ENTENTE FORMELLE

KYLIE GILMORE

1

Alex Campbell était frappé par la malédiction d'un démon de deux ans infernal. Il avait cru que la première année de Viv avait été difficile. Oh non, c'était du gâteau comparé à ceci. Les molaires de sa fille de deux ans allaient le tuer. Trois semaines et aucune amélioration en vue. Il l'avait emmenée chez le pédiatre, avait parcouru Internet, posé des questions à son père qui avait beaucoup d'expérience, et IL N'Y AVAIT PAS DE REMÈDE.

Ses hurlements menaçaient de lui rompre les tympans. Il posa Viv dans la cuisine, sortit un glaçon du congélateur et l'enveloppa dans un torchon. Puis il la souleva et appuya le froid contre ses lèvres.

— Cela fera du bien à tes gencives. Pose-le là où ça fait mal.

Elle suça le torchon et le fit tomber, se remettant à hurler.

Il le regarda sur le sol de la cuisine. Moins de cinq secondes parterre. Il le ramassa et il lui tendit encore.

— Tiens. Remets-le à l'endroit où tes molaires sont en train de sortir.

Elle avait les gencives gonflées, un minuscule point blanc apparaissant en haut. Les molaires du bas avaient poussé sans problème. Il l'aida à placer le glaçon au bon endroit sur le côté le plus gonflé et elle s'apaisa. Il se détendit un peu, observant ses joues rondes maintenant rouges d'avoir reniflé et pleuré, ses cheveux châtains ébouriffés et sans doute emmêlés – encore une autre lutte pour laquelle il n'était pas prêt –, ses grands yeux marron fatigués.

Il se laissa tomber sur une chaise de la cuisine avec Viv sur les genoux et il vit l'heure sur le micro-ondes. Il n'était que dix-huit heures. Il ne lui tardait pas de passer une autre longue nuit sans sommeil, à se lever toutes les deux heures afin d'essayer de réconforter la progéniture de Satan qui grommelait et pleurait. Sauf que ça signifiait qu'il était Satan, alors qu'il était un véritable saint dans ce scénario.

La sonnette retentit. Ouf ! Il avait demandé à son grand frère Josh de passer lui apporter de la nourriture du restaurant qu'il gérait, Garner's Sports Bar & Grill. Alex n'avait pas l'énergie de cuisiner le repas. Il était à bout, très en retard sur son travail, désespéré de trouver un soulagement à la fois pour sa petite fille et pour lui.

— Le dîner est arrivé, dit-il à Viv en se précipitant vers la porte d'entrée avec elle dans les bras.

Il devait la tenir dans ses bras en permanence sinon elle faisait un caprice. Il n'avait jamais connu un véritable caprice avant que les molaires de Viv transforment son petit rayon de soleil en bébé Chucky.

Elle laissa tomber le torchon en chemin et son cri outré fut tellement bruyant que ses oreilles sifflèrent pendant un moment. Il ouvrit la porte derrière laquelle se tenait Josh, même taille qu'Alex, un mètre quatre-vingt-trois, même carrure, sauf que les cheveux bruns de Josh étaient coiffé à la mode, il n'avait pas de cernes sous ses yeux marron, sa mâchoire était bien rasée et son T-shirt noir et son jean usé n'avaient pas de tâches. Alex remarqua ces choses maintenant qu'il considérait que paraître présentable était un luxe. Et surtout, Josh semblait bien reposé et stable. Une bouée de secours pour un homme qui se noyait.

— Entre ! s'exclama Alex d'une voix assez forte pour se faire entendre malgré les cris. Merci beaucoup d'être venu.

Josh entra, observa Viv, Alex, et la maison en désordre avant de déclarer :

— Tu fais la fête comme un fou par ici.

Alex éclata de rire et expliqua vite la situation des molaires.

— Je t'ai apporté ce que tu préfères, Viv, dit Josh en lui ébouriffant les cheveux et en levant le sac de nourriture à emporter.

Elle tourna ses yeux rouges vers son oncle, se calmant pendant un moment merveilleusement paisible.

— Des vers ?

Josh gloussa.

— Oui, des vers et des boules de terre.

Spaghettis et boulettes de viande. Il lui tapa dans la main et il se dirigea vers leur petite table carrée dans la cuisine.

Une étincelle d'espoir délirant s'illumina en lui. Les spaghettis aux boulettes fonctionneraient peut-être. Il les avait demandés en désespoir de cause, car elle n'avait pas mangé ce qu'il lui avait préparé. Il s'agissait là de la nourriture bien meilleure de chez Garner's. Et c'était Oncle Josh, que Viv adorait sans doute parce qu'il était doux et décontracté, comme l'était Alex avant de connaitre l'immense responsabilité de s'occuper d'un autre être humain totalement dépendant de lui pour tout. Tammy, la mère de Viv, était morte au cours de la césarienne. Alex était tout pour Viv, c'était un parent n'ayant aucune expérience avec les bébés, un baptême du feu.

Il l'installa sur sa chaise haute, ajouta un bavoir et lui servit une assiette pleine avec une fourchette en plastique. Il n'eut même pas fini de remplir son assiette quand l'assiette rebondit sur la table suivie par un hurlement frustré. Des sanglots déchirants s'ensuivirent. Il avait mal à la tête et mal au cœur pour elle. Il la comprenait. Ce n'était pas seulement la douleur, c'était qu'elle ne pouvait pas profiter de son repas préféré. Elle avait la bouche grande ouverte, des morceaux de pâtes collés à ses lèvres et à son menton. Il l'essuya vite avec le bavoir, prêt à se mettre à pleurer en même temps qu'elle. Mais il n'avait pas le temps de craquer. À la place, il l'observa, cherchant ce qu'il pouvait faire pour la consoler.

Josh prit la parole.

— Lui as-tu donné le médicament pour bébés ?

— Elle le vomit. J'ai bien ce gel anesthésiant, mais le médecin m'a dit de ne pas trop en utiliser. Je le garde pour le coucher afin qu'elle puisse dormir un peu.

Alex fouilla dans les placards. Il lui restait peut-être

quelques vieux pots pour bébé. Ils avaient un goût terrible, mais elle n'aurait pas besoin de mâcher. Non. Il lui fallait un mixeur plongeant. Il l'ajouta à sa liste mentale de choses à faire, espérant s'en souvenir plus tard. Il se tourna vers le frigo, sortit le lait et en versa un peu dans sa tasse rose et verte préférée avec la paille. Elle prit la tasse, aspira le lait et se mit à tousser.

Il leva les mains en l'air.

— Touch-down.

Elle garda les mains en l'air et il lui tapota le dos. Quand ce fut réglé, elle se remit à boire.

Il se laissa tomber sur sa chaise, trop fatigué pour manger. De toute façon, il allait devoir s'arrêter de manger dans quelques minutes lorsque Viv aurait terminé de boire.

Josh l'observa.

— Tu es dans un sale état.

Alex passa une main sur son visage mal rasé.

— Je sais.

Il ne s'était pas rasé, avait des cernes et les yeux creusés, sa dernière douche datait de… il ne savait plus. Quand son père était-il venu pour la dernière fois ?

— Combien de temps arrives-tu à dormir par nuit ?

— Elle se réveille toutes les deux heures. C'est pire que quand elle était bébé. Tout la contrarie… toute la journée et toute la nuit.

— Qu'a dit papa ?

— C'est maman qui avait géré ça.

Josh pinça les lèvres. Leur mère était un sujet sensible.

— Comment a fait papa avec Mad ?

Leur père avait été parent en solo avec leur petite sœur, Mad, depuis qu'elle avait un an. C'était à ce moment-là que leur mère avait abandonné six enfants, souffrant de sévère dépression post-partum. Et puis elle n'était jamais revenue. Alex détestait sa mère pour cela, mais dernièrement il avait eu une vague idée du désespoir total pouvant pousser un parent à s'échapper. Non pas qu'il quitterait Viv un jour. Elle était tout pour lui et inversement.

— Mad n'a jamais pleuré en faisant ses dents, dit Alex.

— Mange quelque chose, lui ordonna Josh.

Alex avala de la nourriture en se disant qu'il devait

essayer de garder son énergie. Quelques minutes plus tard, il entendit son nom.

— Papa, dit Viv en tendant les bras vers lui.

Il retira son bavoir et la souleva hors de sa chaise haute, faisant les cent pas avec elle dans la petite cuisine en frottant son dos comme il l'avait fait quand elle était un nourrisson. Viv posa la tête sur son torse avant de la soulever en posant la main sur sa joue et en se remettant à pleurer. Il la fit sautiller un peu.

— Un glaçon ? demanda Josh.

— Elle le recrache.

— Crème glacée ? demanda Josh.

— Crème glafée ! cria Viv.

— Non, tu en as déjà eu, lui dit-il.

Viv fronça les sourcils, mais avant qu'elle puisse pousser un grand cri, Josh l'interrompit.

— Des glaces à l'eau ! Celles qui ne sont que du jus de fruits.

Viv tendit les bras vers Josh et Alex la lui passa avec soulagement. Josh repoussa sa chaise de la table et Viv s'assit sur ses genoux, face à lui, avec les deux mains sur les joues de Josh et en le regardant dans les yeux.

— Ze veux glafe à l'eau.

Josh sourit.

— D'accord. Oncle Josh va te chercher des glaces à l'eau.

Il se tourna vers Alex.

— Je vais faire un saut au magasin.

— On t'accompagne, répondit Alex, ne souhaitant pas si vite rester seul avec Viv.

Josh grimaça.

— Elle dormira dans la voiture, expliqua Alex. C'est ma seule chance d'avoir la paix.

Josh ôta Viv de ses genoux et la posa sur le sol.

— D'accord, allons-y.

Viv se précipita vers les jambes d'Alex et les serra fort, le faisant chanceler. Il la détacha et la souleva dans ses bras.

— Peux-tu conduire ? demanda-t-il à Josh. Les clés sont sur la table à côté de la porte d'entrée. Cela fait trois semaines que je n'ai pas fait une nuit complète. Je ne crois pas pouvoir conduire en sécurité.

Josh écarquilla les yeux.

— Tu es à la maison depuis trois semaines ?

Alex fit signe de sortir.

— Oui, papa m'a conduit quelquefois au magasin et chez le pédiatre, mais sinon, je suis resté à la maison.

Il travaillait chez lui en tant que graphiste sur différents projets : des couvertures de livres, des illustrations d'albums pour enfants, des logos et des sites Internet.

Josh secoua la tête et attrapa les clés sur la fine table en bois de cèdre qui servait à déposer les clés et du bazar. L'étagère du bas contenait les chaussures de Viv : les bottes de pluie, les bottes de neige et les tennis. Aujourd'hui, elle portait ses sandales blanches, car c'était une chaude journée du mois de juin.

Josh ouvrit la porte.

— Ce n'est pas sain. Tu vis comme une personne isolée.

Alex le suivit dehors.

— Ma vie ne m'appartient pas.

Ils marchèrent vers la voiture d'Alex, une Honda CR-V argentée, choisie non pas parce qu'elle lui plaisait, car esthétiquement elle était bof, mais parce qu'elle était sûre et fiable. C'était son but dans l'existence depuis la naissance de Viv. Il l'attacha dans son siège auto et il s'assit du côté passager.

Le trajet jusqu'au supermarché durait dix minutes. Viv gémit et pleura et puis s'endormit au bout de cinq minutes.

Le silence soudain aurait dû être bienvenu, mais comme cela arrivait souvent dans les moments calmes, Alex s'enfonça dans des idées sombres de récriminations contre lui-même. Il avait vraiment pensé que Viv était un démon. Elle ne l'était pas. C'était son petit rayon de soleil. La lumière dans sa vie sombre. La culpabilité pour la mort de Tammy lui brûlait les entrailles, comme toujours quand il se sentait submergé par son rôle de parent seul.

Alex n'avait pas fait attention et Tammy était tombée enceinte. C'était de sa faute.

Elle ne voulait pas le bébé, c'était lui. Il avait promis de l'épouser, de prendre la charge de l'éducation de leur enfant, et puis elle était morte en donnant naissance au bébé qu'elle n'avait jamais voulu. C'était de sa faute.

Viv avait eu un début difficile dans la vie et elle méritait tout ce qu'Alex pouvait lui donner. Pourtant, ce n'était jamais assez. Sa petite fille était malheureuse. Il était malheureux. C'était de sa faute.

Tout était de sa faute.

De ma faute, de ma faute, de ma faute. Cette pensée tourna dans son esprit, le tourmentant sans fin jusqu'à ce que la voiture s'arrête dans le parking du supermarché et que Viv s'éveille avec un cri perçant. Alex avait mal à la tête, ses oreilles tintaient.

— Je vais la prendre avec moi, dit Josh. Reste là et repose-toi.

Il ne le pouvait pas. Viv avait besoin de lui.

— C'est bon. Je vais la prendre, dit-il à Josh.

Alex sortit rapidement de la voiture et essaya de la détacher. Viv donnait des coups de pied, alors ce fut difficile. Elle était furieuse d'être réveillée après une si courte sieste. Il dut lui tenir les jambes d'une main et tendre le bras pour défaire la ceinture de sécurité. Il porta sa fille qui criait, raide dans ses bras, jusqu'à l'autre bout du parking.

Josh ferma la portière pour lui et les rejoignit.

— Hé, Viv, tu veux conduire un chariot voiture ?

Elle se calma. Josh indiqua un des énormes chariots avec une voiture en plastique attachée à l'avant. Elle possédait un petit volant. Il n'y en avait toujours que deux de disponibles, à tout moment, et Alex ne lui en avait jamais laissé conduire une car il savait qu'elle voudrait le faire chaque fois alors que ce n'était pas nécessairement libre. Il n'y avait rien de pire qu'un enfant faisant un caprice au supermarché, sauf peut-être un enfant aux prises avec ses molaires infernales à la maison.

Viv hocha la tête à travers ses larmes. Josh la souleva et la posa dans le chariot avant de l'attacher. Elle frappa le petit klaxon en plastique au milieu du volant.

Josh se mit à la pousser vers l'entrée du magasin en zigzaguant.

— Hola ! Il faut que tu conduises, sinon nous allons avoir un accident !

Viv poussa de petits cris de joie. Peut-être est-ce Josh qui devait s'occuper de Viv, pensa Alex sombrement. Pourquoi n'avait-il jamais pensé à une distraction amusante de ce genre ? Parce qu'il était devenu incapable de penser. Il avait l'impression de s'être fait écraser par un camion à l'aller et au retour.

Lorsqu'ils arrivèrent à la caisse avec deux cartons de glaces à l'eau, Viv 'conduisait' avec bonheur son chariot d'une main tout en suçant une glace à la fraise avec l'autre main. Alex passa devant le chariot pour payer. Il jeta un coup d'œil à Viv. Du jus de fraise rouge et de la salive coulaient le long de son menton, ruinant son T-shirt jaune pâle, mais il s'en moquait, car cela fonctionnait. La glace était assez grande pour anesthésier un peu ses gencives et pendant un moment, elle ressembla au petit rayon de soleil dont il se souvenait, très très loin dans son passé. Le rayon de soleil qu'il avait craint voir disparaître à jamais.

Il paya et ils retournèrent à la voiture, Viv profitant toujours de sa glace.

— Laisse-la finir dans le parking, dit-il à Josh. Sinon il y en aura partout sur son siège auto.

Josh baissa la tête et posa le sac à l'arrière de la voiture, où Alex gardait toujours une glacière. Depuis qu'il avait Viv, il avait appris la valeur d'être bien préparé. Il possédait également un jeu complet de vêtements de rechange pour tous les deux et des couches supplémentaires dans un sac à langer d'urgence. Il avait appris cela à la dure, à des kilomètres de la maison, tous les deux couverts de vomi. Le bon vieux temps.

Il appuya les coudes sur la poignée du chariot, baissant la tête, trop fatigué pour tenir debout.

— Tu ne peux pas continuer de cette façon, dit Josh. Tu as besoin d'une aide à plein temps.

Alex leva la tête.

— On s'en sort très bien.

— Tu es en retard au travail ?

Il ne répondit pas. Il devait fournir les couvertures d'une nouvelle série de livres de fantasy à un éditeur pour enfants dans deux semaines. Il en avait fini une des trois et c'était de la merde. Il était un artiste qui ne pouvait pas créer. Le puits s'était asséché. Il aurait mieux fait de se concentrer sur la conception de sites Internet pour son travail. Cela payait bien, même s'il n'y avait pas d'âme dans ce travail. À quoi bon se soucier de son âme quand on était déjà en enfer ?

Josh fit un bruit désapprobateur.

— Combien avant ta date limite ?

— Deux semaines.

— Je répète, tu as besoin d'aide à plein temps.

Il jeta un coup d'œil à Viv qui terminait sa glace, les yeux vifs et à nouveau heureuse. Son cœur se serra douloureusement. Il n'avait pas cru pouvoir aimer une personne autant qu'il aimait Viv. Même Tammy ne s'était pas insinuée aussi loin dans son cœur. Tout ce qu'il voulait, c'était le bonheur de Viv.

Il se tourna vers Josh.

— Elle ira à la maternelle faire des journées complètes en septembre. De neuf heures à quinze heures. Je peux tenir jusque-là.

Quoiqu'il envisageait maintenant d'annuler cette histoire de maternelle. Viv avait encore bien trop besoin de lui. Il l'avait inscrite dans une maternelle Montessori qui donnait aux enfants la liberté d'explorer leurs propres intérêts et les laissait beaucoup jouer dehors. Elle allait avoir deux ans et demi, était déjà très maligne, et il avait pensé qu'elle serait prête à apprendre plus de choses. Mais qui d'autre que lui pouvait l'aider à traverser la journée après une nuit infernale ?

— C'est dans plus de trois mois, dit Josh. Engage une autre nounou.

— C'est une perte de temps. Viv les déteste ou bien moi je les déteste. Et puis qui voudrait nous supporter en ce moment ?

— C'est pour cela que tu as encore plus besoin de quelqu'un. Tu es une épave.

Il poussa un long soupir, sachant que Josh avait raison, mais sachant également qu'il n'avait pas l'énergie de chercher une autre nounou.

— Je n'arrive pas à prendre de décision en ce moment.

— Je vais te trouver quelqu'un.

Il s'appuya encore contre le chariot, posant la tête sur sa main et fermant les yeux.

— Comme tu veux.

Il avait dû s'endormir, car l'instant d'après, Josh lui cria de monter dans la voiture pendant qu'il installait Viv qui pleurait dans son siège auto.

Alex vérifia que Viv était bien attachée. Oui, Josh avait réussi. Il s'assit et attacha sa propre ceinture. Viv s'endormit dès l'instant où Josh s'engagea sur la grande route. Alex s'endormit une minute plus tard.

Il s'éveilla lorsque Josh enfonça un doigt dans ses côtes. Ils étaient dans l'allée de sa maison et heureusement, Viv dormait toujours.

— Merci pour ton aide, t'es le meilleur, dit Alex avec sincérité.

Le grand frère à la rescousse.

— J'aurais trouvé quelqu'un vendredi au plus tard, dit Josh. Je m'occupe de tout.

Alex était tellement vaseux qu'il ne se souvenait pas exactement de quoi Josh allait s'occuper. Il n'était même pas certain du jour de la semaine.

— D'accord.

Il souleva sa fille et il entra dans la maison, pressé d'avoir quelques heures de sommeil.

Josh le suivit un peu plus tard.

— Tu as oublié les glaces.

— Merde. Ça aurait été terrible. Je vais la coucher.

Il longea le couloir jusqu'à la chambre de Viv et il la posa tout doucement, la couvrant d'une couverture légère. Il l'observa un instant. Elle avait les lèvres entrouvertes dans son sommeil, le petit creux dans sa lèvre supérieure et la fossette à son menton venaient entièrement de Tammy. Même son nom, Vivian, avait été l'idée de Tammy. Bien sûr, il avait honoré son souhait étant donné les circonstances tragiques. La dure vérité était qu'il se souvenait toujours d'elle quand il regardait leur fille. Et il ne pourrait jamais oublier ce que Viv avait perdu.

Il se tourna, traversa le couloir jusqu'à sa chambre et se laissa tomber sur le lit, trop fatigué pour passer sous la couverture. Il entendit la porte d'entrée se fermer. Au fait, qui venait vendredi ? Ou quoi ?

2
____

Lauren Bishop fit passer ses longs cheveux châtains derrière ses oreilles et chercha à afficher un regard intéressé et curieux lorsque Hailey commença sa lecture théâtrale de *La fille de l'entremetteuse* à la réunion du Club de Lecture Happy End. Lauren avait secrètement avancé dans le livre, comme d'habitude. Cette romance délicieuse offrait une scène de sexe très chaude. Aucun livre n'était acceptable au Club de Lecture Happy End s'il ne contenait pas au moins une scène torride. Même les classiques qu'elles avaient lus – *Orgueil et préjugés*, *Princess Bride*, *Autant en emporte le vent* – s'étaient vus ajouter de nouvelles scènes érotiques fournies par une ancienne membre du club de lecture, Julia Marino, qui se trouvait être une écrivaine célèbre de romances érotiques. Les scènes étaient toujours décrites du point de vue de l'héroïne et, au moins pour Lauren, elles teintaient le reste de l'histoire d'une tension érotique sous-jacente qui avait cruellement manqué avant.

Hailey Adams, chef du club de lecture, organisatrice de mariages et entremetteuse, jeta un regard appuyé à Lauren au milieu du premier chapitre.

Lauren lui fit un sourire en retour qui signifiait : *oui, j'ai remarqué ton clin d'œil subtil à ma vie dans l'histoire que tu as choisie exprès...* mais avec moins de sarcasme, car elle essayait toujours de parler avec gentillesse aux personnes bien intentionnées, même dans sa tête.

Elle avait grandi avec Hailey à Clover Park, dans le Connecticut, mais elles n'étaient que récemment devenues amies. À l'école, particulièrement au lycée, Hailey avait été la fille la plus populaire, belle, calme et raffinée, bien plus sophistiquée que la plupart des adolescentes grâce à son entraînement au concours de beauté. Et Lauren avait joué de la flûte dans la fanfare. Ce qui était merveilleux, et elle s'était fait de très bonnes amies là-bas, mais pas Hailey. Leurs chemins ne s'étaient pas croisés socialement jusqu'à ce que Lauren retourne en ville bien plus tard et voie le prospectus faisant la publicité d'un club de lecture pour célibataires. Lauren avait découvert que sous l'apparence raffinée et quelque peu intimidante de Hailey se trouvait une personne généreuse et aimante, ce qui expliquait pourquoi Lauren s'était récemment inscrite au plan Faites Naître l'Amour (TM) de Hailey. La marque déposée était en attente, mais il était important de l'inclure.

Après avoir eu vingt-sept ans quelques semaines auparavant, Lauren avait décidé d'arrêter de perdre son temps dans des relations qui ne la menaient nulle part. Trois de ses amies du club de lecture – Claire, Mad et Charlotte – avaient trouvé l'âme sœur. Et lorsque Charlotte avait annoncé qu'elle était enceinte, eh bien, Lauren avait dû admettre une pointe de jalousie. Peut-être plus qu'une pointe, une véritable envie brutale. Elle était prête pour le mariage et les enfants. C'était ainsi, comme on dit.

Elle continua à écouter sereinement lorsque la fille de l'entremetteuse sortit avec un homme tout à fait inapproprié. L'histoire n'avait pas seulement souligné quelques ressemblances avec la vie de Lauren – une fille ordinaire gère maladroitement ses rendez-vous jusqu'à ce que l'entremetteuse prenne le contrôle – mais elle s'appliquait également directement à la vie de Hailey. Son amie était entremetteuse sans amoureux. C'était choquant ! Une accro à l'amour et facilitatrice de happy ends, comme elle disait, devait vraiment avoir de l'amour dans sa vie. Lauren prévoyait de passer au crible chaque candidat que Hailey lui proposait, d'abord à la recherche d'une étincelle pour elle-même, comme elle était censée le faire. Et si cela n'avait pas lieu, elle enfilerait ses lunettes analytiques – métaphoriquement, car sa vue était de 10/10 – et elle les envisagerait comme des candidats pour son amie. Deux pour le prix d'un.

Bon sang, si cela fonctionnait à la fois pour Hailey et elle, Lauren allait vraiment encourager les célibataires restantes du club de lecture – Carrie, Ally, Missy, Sabrina et Lexi – à s'inscrire à Faites Naître l'Amour (TM). Hailey pouvait faire fortune. Lauren était sa première cliente et en tant que telle, et c'était gratuit, car elle était la cobaye.

Hailey termina le premier chapitre et les femmes se mirent brusquement à poser des questions.

— Est-ce une série ? demanda Carrie, une adorable infirmière blonde à lunettes.

Lauren l'appréciait beaucoup. Elle adorait les gens gentils.

— S'il te plaît, dis-moi qu'il y a des scènes torrides, dit Mad en croisant une chaussure de chantier sur l'autre. Mad n'était pas gentille. Elle était dure, effrontée et rentre-dedans. Au départ, Lauren avait été un peu nerveuse en sa présence, mais lorsqu'elle avait appris à connaître sa situation – la plus jeune et la seule fille d'une maisonnée de frères Campbell et d'un père flic – elle avait compris Mad. Et elle compatissait secrètement avec elle. Lauren n'avait qu'une seule sœur beaucoup plus jeune. Si elle avait grandi avec tous ces frères sportifs et bruyants, plus leurs frères honoraires qui traînaient toujours à la maison, elle aurait sans doute fini de la même façon. Enfin, quelques-uns des hommes Campbell étaient gentils et pas trop bruyants, spécifiquement Alex et Logan.

Hailey jeta ses cheveux blonds vénitiens par-dessus son épaule.

— Oui, c'est une série et oui, il y a des scènes torrides. Ai-je déjà mal choisi dans le passé ?

Mad grommela quelque chose au sujet de *Princess Bride*.

— N'oublie pas la scène de Julia dans le grenier à foin, lui rappela Lauren.

C'était la scène de sexe bonus qu'elles avaient toutes lue grâce à leur amie qui écrivait des romances érotiques.

Les femmes gloussèrent. Mad rougit.

— Oui, c'était pas mal. Je devrais la relire.

Hailey se leva dans sa robe de couturier rose à manches courtes avec les chaussures assorties. Elle s'habillait toujours avec chic. Les autres étaient vêtues de façon décontractée, en T-shirts, leggings et shorts.

— Tout le monde est d'accord pour boire un coup chez Garner's ?

— Oui, répondirent les femmes en cœur, sauf Mad, qui dit :

— Tu le demandes ?

Il s'agissait de leur tradition du jeudi soir.

— Ça ne fait pas de mal de demander, expliqua Hailey. Si quelqu'un n'était pas d'accord, j'aimerais lui faire un câlin et discuter et m'assurer qu'elle va bien.

— Tout le monde va bien, dit Mad. Allons-y !

Mad ouvrit la voie et sortit du café Something's Brewing. Garner's se trouvait juste en face, de l'autre côté de la rue. Lauren voulut la suivre lorsque Hailey l'attrapa par le coude et la tira à l'arrière du groupe. Mad les suivit du regard et Hailey lui fit signe de partir.

Mad leva les yeux au ciel et partit.

Hailey vibrait presque d'excitation à côté de Lauren.

— J'ai organisé un rendez-vous à dîner samedi soir avec un candidat prometteur de eLoveMatch.com. Il s'appelle Patrick McGee.

— D'accord.

Hailey avait inscrit Lauren au service de rencontres en ligne et elle prévoyait également d'organiser quelques événements de groupe afin de créer efficacement des étincelles avec de bons partis. C'était son premier rendez-vous depuis qu'elle avait donné les rênes à Hailey. Elle se sentait plus détendue que jamais concernant les rencontres avec les hommes en sachant que sa vie amoureuse était entre les mains de Hailey.

— C'est tout ? demanda Hailey. Juste d'accord ?

— Ça me paraît bien, ajouta Lauren.

— Tu ne veux rien savoir sur lui ?

— Je te fais confiance.

Elle sourit, ravie que Hailey soit là pour amortir et arrondir les angles. Plus de textos vagues, d'attente à côté du téléphone ou pire, de lapins au deuxième rendez-vous.

Hailey rayonna.

— Merveilleux. Je ne te dirais que ça : il est mignon et il adore les animaux.

— Super. J'adore les animaux, moi aussi.

Elle avait deux chats, un mâle et une femelle qui se détestaient, mais qui adoraient Lauren.

Hailey serra le bras de Lauren.

— Je suis tellement excitée pour toi !

Lauren sourit.

— Moi aussi. Je t'appellerai après et je te donnerai tous les détails.

— Sauf si ça finit tard, dit Hailey en lui donnant un coup de hanche. Peut-être que si tout va bien, tu resteras boire un verre ou vous irez danser.

— Je ne crois pas. Le dîner est bien assez long pour savoir s'il y a une étincelle. Et si c'est le cas, je suis sûre qu'il organisera un deuxième rendez-vous. Tout se passera en temps voulu.

Elle avait toujours pensé que si une chose devait se faire, elle se faisait. Elle avait eu deux relations sérieuses qui s'étaient déroulées très naturellement sans grand effort de sa part. Pendant son année de terminale, elle était tombée amoureuse de Drew et elle avait voyagé en Europe avec lui après le diplôme. Ils avaient rompu au bout de deux semaines de voyage, et puis, se trouvant toute seule dans le sud de la France, elle avait rencontré le merveilleux et très beau Lucas, un autochtone de cinq ans plus âgé qui avait sa propre maison. Elle avait fini par vivre avec Lucas tout l'été. Cette rupture avait été bien plus difficile qu'avec Drew, car Drew l'avait trompée, c'était donc évidemment une ordure, alors qu'avec Lucas, l'adorable Lucas, elle avait cru rencontrer son âme sœur. Il avait avoué, lorsque le moment de rentrer chez elle était proche, qu'il était gay. Il avait espéré avoir tort à cause de la proximité de leur relation, mais il avait finalement dû admettre la vérité à lui-même et à tous les autres dans sa vie. Plus tard, dans une autopsie de la relation Lucas-Lauren, ses amies avaient commenté sur leur absence de vie sexuelle – ils se faisaient des câlins, se tenaient par la main et s'embrassaient ; Lucas n'avait pas voulu la presser – et le fait qu'ils passaient tout leur temps à cuisiner, à faire du shopping et de longues promenades le long de la Riviera. Elle avait été bien trop heureuse pour remarquer que quelque chose n'allait pas.

Elle remarqua soudain que Hailey l'observait avec curiosité.

— Si cela doit se faire, cela se fera, élabora Lauren.

— Tu es tellement philosophe ! s'exclama Hailey.

— Je suppose.

— Je suis vraiment ravie que tu sautes le pas vers ton propre happy end ! s'exclama Hailey avec un grand sourire. Il a dit qu'il porterait une chemise rose. On est obligé d'apprécier un homme qui a assez confiance en lui pour porter du rose !

— Mmm-hmm.

En voyant Hailey froncer les sourcils, elle essaya de mettre plus d'enthousiasme dans sa voix.

— Il me tarde.

Et puis, avec un véritable enthousiasme, elle ajouta :

— C'est un gros soulagement de te laisser t'occuper de toutes ces histoires de rendez-vous à ma place.

Hailey sourit.

— Et je suis contente de le faire.

Elles furent les dernières du groupe à arriver chez Garner's, car Hailey s'arrêta pour parler avec la gérante de la librairie voisine du café. Lauren la connaissait également, alors elle s'était jointe à la conversation. Mad leur fit signe de venir s'asseoir aux places qu'elle leur avait gardées au bar.

Josh Campbell, le barman et manager de Garner's, ainsi que le grand frère de Mad, apparut devant elles. C'était un très bel homme. Il avait la trentaine avec des cheveux bruns qui bouclaient un peu, il était grand et musclé, charmant et naturellement sexy. Enfin, tous les hommes Campbell étaient sexy. C'était une sorte d'aura qu'ils avaient, une assurance qui se dégageait d'eux, annonçant qu'ils 'l'avaient' et qu'ils savaient s'en servir. C'était un fait que toute femme un peu intuitive constatait. Lauren avait toujours été attirée par la nature décontractée de Josh. Malheureusement, Lauren savait qu'il n'était pas bien pour elle, car ce qui le faisait vraiment réagir, que cela lui plaise ou non, c'était Hailey.

Malheureusement aussi – même si c'était très divertissant

– Hailey s'était engagée dans une guerre de meilleurs ennemis avec Josh. Leur querelle avait commencé par une rancune lorsque Josh avait arrêté d'être l'escorte payée de Hailey pour les nombreux mariages qu'elle organisait. Les choses s'étaient envenimées à cause de piments cachés dans des nachos (Josh), de rumeurs d'une maladie causant l'impuissance (Hailey), jusqu'à l'absence *permanente* des ingrédients du mojito, boisson préférée de Hailey (Josh).

Josh fit son sourire charmant habituel à Lauren et elle lui sourit à son tour, détournant rapidement les yeux. Josh avait des yeux sombres de vieille âme avec une douleur cachée. Elle ressentait toujours une pointe de compassion pour lui quand leurs regards se croisaient. Les seules fois où elle arrivait à soutenir le regard de Josh, c'était quand Hailey et lui se querellaient, car c'était le seul moment où la douleur dans ses yeux s'estompait. Il posa un verre de son chardonnay préféré devant elle.

— Merci, dit Lauren.

Josh inclina la tête et se pencha pour attraper quelque chose derrière le bar. Lauren regarda autour d'elle. Tout le monde avait déjà son verre. Mad avait une bière, Charlotte de l'eau avec un citron, car elle était enceinte. La boisson suivante devait être pour Hailey, ce qui était significatif, car Josh l'avait privée de boisson depuis que Hailey avait mis fin à la rumeur d'impuissance – à la demande de Josh – en sous-entendant que le problème n'était vraiment qu'une toute petite banane.

Hailey le surveilla. Contre toute attente, Josh commença à préparer le mojito préféré de Hailey. Le premier indice était le verre. Hailey et elle échangèrent un regard surpris. Lorsque Josh ajouta les feuilles de menthe, Hailey sourit à s'en décrocher la mâchoire. Toutes leurs amies regardaient en chuchotant. C'était un moment historique. Une branche d'olivier sous la forme d'un mojito.

— Merci Josh ! s'exclama Hailey lorsqu'il posa le verre devant elle.

Il garda la main autour du verre et baissa la voix.

— J'ai besoin d'un service.

Hailey posa la main sur le verre au-dessus de celle de Josh et chuchota avec espoir :

— Est-ce un armistice ?

Elle regarda autour d'elle afin de s'assurer que toutes ses amies l'observaient.

Lauren croisa le regard de Josh, dénué de douleur, mais plein d'exaspération. Il poussa un gros soupir et se concentra à nouveau sur Hailey.

— Il s'agit d'un marché, princesse. Tu as le mojito, j'ai la faveur.

Hailey laissa tomber sa main du verre.

— Quel genre de faveur ?

Josh leva le menton.

— Tu connais beaucoup de femmes.

Hailey leva les mains pour l'arrêter.

— Oh non, je ne vais pas t'arranger un rendez-vous. C'est déjà assez terrible que tu aies raconté à tout le monde que nous sommes sortis ensemble.

Josh gloussa. Hailey lui jeta un regard noir.

Lauren étouffa un rire, secrètement impressionnée par la manœuvre de Josh : il avait contré la rumeur de petite banane en sous-entendant que Hailey était tout simplement rancunière. C'était une querelle exemplaire !

Mmm, Lauren devait peut-être intervenir et faire la paix entre eux. S'ils arrêtaient de se quereller assez longtemps, ils pourraient apprécier ce que l'un pouvait offrir à l'autre. Ils étaient le yin et le yang, des opposés de presque toutes les façons, mais cela pouvait fonctionner. Hailey était lumineuse et solaire, ambitieuse et motivée, vêtue pour le succès. Josh était sombre et discret, décontracté, vêtu comme s'il venait de tomber du lit et qu'il avait attrapé le premier jean et T-shirt à sa portée. Mais sous tout cela, ils adoraient tous les deux les défis, ils étaient passionnés par les professions qu'ils avaient choisies. Hailey aimait tant être une organisatrice de mariages qu'elle sacrifiait sa propre vie amoureuse pour mettre toute son énergie dans la construction de son entreprise. Josh économisait pour ouvrir un jour son propre bar avec de la nourriture exquise. Pour l'instant, il était manager de Garner's, mais il avait pour ambition de faire plus.

En outre, il était difficile de ne pas voir crépiter les atomes crochus entre eux.

Josh fit un sourire en coin.

— J'ai seulement dit à Maggie que nous sortions ensemble parce qu'elle n'arrêtait pas de me parler de la thérapeute sexuelle qu'elle avait envoyée ici pour m'aider avec un problème *inexistant*.

Cela avait été un effet secondaire regrettable de la rumeur d'impuissance lancée par Hailey. Maggie O'Hare, une grand-mère âgée qui vivait près de là et qui se souciait profondément de tous les habitants de Clover Park, avait pour ainsi dire pris en main le problème de Josh.

Hailey se renfrogna.

— C'est la même chose que de le dire à la ville entière, et tu le sais.

Josh devint sérieux.

— J'ai besoin d'une faveur pour Alex.

Lauren se pencha plus près, attirée à la fois par son ton sérieux et par la mention de son frère. Alex était l'un des rares hommes avec lequel elle avait ressenti une étincelle immédiate, qui se reproduisait chaque fois qu'elle le voyait. Et par une étincelle, elle voulait dire un désir dévorant. Comme tous les frères de Mad, il était grand avec une carrure musclée et sportive : des épaules larges et un grand torse au-dessus d'une taille mince. Des cheveux bruns, des yeux sombres, des lèvres sensuelles, etc. Elle essaya de ne pas s'attarder dessus. De longs doigts, des doigts d'artiste. Doués. Magistraux. Elle imaginait que ses doigts étaient magistraux, non pas qu'elle le savait de façon intime… enfin bref. Pourtant, il ne s'agissait pas que de son apparence, il avait également l'amour le plus pur et le plus attachant pour sa fille, Viv. Pour Lauren, qui adorait les enfants, c'était un mélange ensorcelant. Elle n'avait parlé à personne de son désir secret, car elle cherchait une relation et il était clair que ce n'était pas son cas à lui. Ses yeux sombres étaient remplis de douleur et de chagrin d'avoir perdu sa fiancée, Tammy. De plus, c'était un père célibataire extrêmement occupé. Viv avait fait la sieste sur Lauren une fois pendant un mariage et elle avait dit qu'elle était 'fou-pè'. Lauren avait été certaine qu'elle avait voulu dire 'super'.

Hailey se réjouit.

— Oh, Alex souhaite que je lui organise un rendez-vous ? Un père célibataire canon, ce sera facile.

Lauren avait du mal à croire qu'Alex voulait un rendez-vous arrangé. Tout le monde savait qu'il n'était sorti avec personne depuis la mort de Tammy.

— Non, princesse, dit Josh en grinçant des dents. Pas un rendez-vous. Il a besoin d'une aide à plein temps avec Viv cet été. Elle commence la maternelle à l'automne, et à partir de là, ça ira.

Hailey resta étonnamment silencieuse. Lauren s'agita. Comme elle était institutrice, elle était en vacances pendant l'été et elle aurait pu se proposer, mais elle savait qu'Alex travaillait chez lui, car elle lui avait demandé un jour ce qu'il faisait. Si elle se portait volontaire, elle serait proche d'Alex tout l'été, le désirant secrètement alors qu'elle devait s'occuper de chercher son âme sœur. Comment pouvait-elle être vraiment prête à trouver l'amour si elle désirait terriblement, follement, passionnément, son employeur indisponible ?

Elle garda la bouche fermée. Hailey avait beaucoup de connaissances dans la communauté. Il y aurait certainement quelqu'un d'approprié. Peut-être une grand-mère, qui serait immunisée contre l'attrait d'Alex.

— Quoi ? demanda Josh lorsque Hailey ne répondit toujours pas. Tu ne veux pas m'aider ?

Hailey grimaça.

— Sans vouloir t'offenser, Mad dit que Viv est assez pénible. Alex a épuisé un nombre ridicule de nounous.

— Douze en douze mois, intervint Mad.

— Je suis offensé, aboya Josh. Elle est comme Mad l'était à cet âge.

Hailey leva les sourcils.

— C'est bien ce que je veux dire.

— Hé ! s'exclama Mad. Il se trouve que j'étais une enfant merveilleuse. Tout comme Viv.

— Tu vois ? dit Josh, d'un ton pas du tout convaincant.

Lauren essaya d'imaginer Mad à deux ans. Elle devait être très active, c'est certain, et sans peur. Mad était une vraie dure.

— J'aiderais bien, dit Mad, mais je vais travailler deux fois plus cet été afin de couvrir mes frais d'université.

— Allez, dit Josh à Hailey. Tu connais des tonnes de gens.

— D'accord, dit Hailey. Je vais *essayer* de t'aider à trouver quelqu'un.

Josh lui laissa son verre et Hailey but avidement quelques gorgées à travers la fine paille.

— Ah, les mojitos m'ont tellement manqué.

Elle jeta un regard adorateur à Josh.

— Merci.

Elle but un peu plus.

— J'ai besoin de quelqu'un tout de suite, dit Josh avec précipitation.

Les cheveux à l'arrière de la tête de Lauren se dressèrent, son cœur battant très fort en sachant ce qu'il fallait qu'elle fasse. Alex devait être à bout. Josh ne semblait jamais précipiter pourquoi que ce soit. Elle pouvait aider Alex, car elle avait été nounou pendant le lycée et la fac avant de devenir institutrice. Et, avec quelques efforts, elle pouvait ignorer toutes ces étincelles de désir stupide.

— Je vais le faire, dit-elle fermement à Josh. Je suis institutrice, alors je suis en vacances pendant l'été.

— Merci, Lauren, dit Josh en attrapant le mojito de Hailey qu'il vida dans l'évier derrière le bar.

— Josh ! protesta Hailey. Je croyais que nous avions une entente.

Le sourire de Josh fut diabolique.

— Il se trouve que je n'ai pas besoin de faveur.

La bouche de Hailey bougea, mais aucun son n'en sortit. Son visage et son cou étaient rouges. Elle finit par annoncer :

— Excusez-moi, je dois aller me poudrer le nez.

Josh ricana. Hailey tourna vite le dos et marcha à grands pas vers les toilettes. Lauren la suivit, les jambes tremblantes, car elles avaient toutes deux besoin d'une distraction et elle espérait améliorer les choses pour son amie.

— Attends, Hailey. Tu sais bien que nous y allons toujours par deux.

Hailey rit et elles longèrent ensemble le couloir jusqu'aux toilettes. Une fois à l'intérieur, Hailey ouvrit son sac à main et se poudra vraiment le nez, le reste de son visage également, puis elle remit un peu de son rouge à lèvres rose.

— Hailey, dit doucement Lauren.

— Mmm-hmm, dit-elle en frottant les lèvres l'une contre

l'autre avant de se sourire dans le miroir, sans doute afin de vérifier qu'il n'y avait pas de rouge à lèvres sur ses dents blanches éclatantes.

— J'ai une idée pour Josh et toi.

Les yeux bleu clair de Hailey se plissèrent en regardant Lauren dans le miroir.

— Il n'y a pas de 'Josh et moi'.

Lauren enchaîna vite.

— Je pense que si tu agis en adulte, tu sais, que tu es particulièrement gentille, eh bien il fera pareil.

— Ha ! Tu ne comprends pas du tout Josh. Il est sournois. Tu l'as bien vu reprendre mon verre ?

Elle jeta son rouge à lèvres dans son sac.

— Excuse-moi. Je te vois là-bas.

Elle partit dans une des cabines de toilettes.

Lauren retourna au bar où son bon verre de chardonnay attendait à côté de l'espace vide de Hailey, où il n'y aurait plus jamais de boisson.

— Josh ? appela-t-elle.

Il arriva tout de suite.

— Oui m'dame, dit-il avec un clin d'œil et un sourire.

Il était particulièrement charmant parce qu'elle avait proposé d'aider Alex.

— J'ai une idée pour Hailey et toi.

— Garde ta salive, marmonna-t-il.

Elle poursuivit, bien décidée à aplanir les angles avant que quelqu'un se blesse.

— Je crois que si tu agis en adulte, que tu es particulièrement gentil, elle agira en conséquence.

Ses yeux marron sombre s'illuminèrent.

— Ou alors elle ne comprendra pas ce qui lui arrive. Elle deviendra dingue en essayant de comprendre ce que je prépare. Tu es géniale !

Elle leva une main.

— Non, je pense en fait…

— Géniale, marmonna Josh en se souriant à lui-même et en attrapant un autre verre de mojito.

Oh mince. Lauren but son vin, mal à l'aise en pensant à ce qu'elle pouvait avoir déclenché. Elle jeta un coup d'œil pour voir si quelqu'un d'autre avait entendu leur échange, mais ses amies discutaient en ne se rendant compte de rien. Bon, il n'y avait rien d'autre à faire que regarder et intervenir si nécessaire.

Hailey retourna s'asseoir. Josh lui servit immédiatement le mojito fraîchement préparé.

Hailey écarquilla les yeux.

— Qu'est-ce que c'est ?

Josh sourit.

— J'agis en adulte. Ce mojito est offert par la maison.

Il dit cette dernière partie d'une voix assez forte pour que toutes ses amies l'entendent.

Les femmes observèrent avec curiosité ce geste étonnamment gentil de la part de Josh. Lauren se félicita modestement d'avoir au moins commencé le chemin vers la paix.

Hailey regarda tous les yeux curieux autour d'elle avant de se tourner vers Josh.

— Je paierai le double afin que tu puisses avoir un gros pourboire.

Josh ricana.

Hailey fronça les sourcils.

— Un extra large.

— Ça, c'est ce qu'elle a dit après l'acte, plaisanta Mad.

Josh et Mad éclatèrent de rire.

Hailey tourna brusquement la tête vers Mad.

— De quel côté es-tu ?

Lauren sauta dans la mêlée.

— Il n'y a plus de côtés. Tout le monde a fait la paix. Maintenant, profitons d'un moment paisible et harmonieux.

Elle leva son verre et tout le monde trinqua avec elle.

Hailey refusa, cependant.

— Tu aurais dû être hippie.

Lauren serra doucement l'épaule de Hailey.

— Je préfère quand tout le monde s'entend bien. N'est-ce pas mieux ?

Hailey souffla.

— C'est mieux quand tout le monde s'entend, dit Josh d'une voix mielleuse.

Hailey observa Josh d'un air suspicieux. Il gloussa sournoisement avant de se retourner vers Lauren.

— Pourras-tu rencontrer Alex pour un déjeuner d'entretien d'embauche samedi ?

— Je devrais pouvoir.

Elle n'avait rien sur son emploi du temps avant son
rendez-vous du soir.

— Un entretien d'embauche ? s'exclama Hailey. Il aura de
la chance de l'avoir. C'est une institutrice avec la patience
d'une sainte.

— Ça ne me gêne pas, dit Lauren. C'est une bonne idée
d'apprendre à connaître la personne qui garde son enfant.

Josh montra Lauren d'un geste signifiant 'exactement ce
que je voulais dire'.

— Lauren, encore une fois, tu prouves que tu es géniale.

Lauren sentit ses joues se mettre à chauffer et elle glissa
ses longs cheveux derrière ses oreilles.

— Merci.

Hailey les fixa tour à tour avec méfiance, puis elle partit se
mêler à ses amies de l'autre côté du bar.

Josh se pencha vers Lauren au-dessus du bar et baissa
la voix :

— Ne sois pas alarmée par l'apparence d'Alex. Je ne suis
pas certain qu'il se douche régulièrement, mais il reprendra
bientôt le dessus.

Son cœur se serra. Alex devait vraiment être au plus mal.
Il avait *besoin* d'elle. Viv aussi.

— Ne t'inquiète pas, dit-elle avec assurance. Je ferai en
sorte qu'il se douche régulièrement.

Elle se sentit rougir, imaginant soudain Alex nu dans une
douche brûlante. Peut-être avait-il un tatouage. Il avait un
côté rebelle quand il n'était pas concentré sur Viv.

— Bien, dit Josh d'une voix amusée.

Elle se dépêcha d'expliquer.

— Je veux dire, je ne serais pas avec lui quand il le fait, du
genre – elle agita l'index – va prendre cette douche, Alex !

Oh, mon dieu, tais-toi.

Josh se contenta de la fixer, alors elle continua à expliquer
ce qu'elle voulait *vraiment* dire avant qu'elle imagine Alex
dans la douche.

— Je veux dire, je m'occuperai de Viv, alors il pourra se
déshabiller tout seul... se doucher, je veux dire ! Pas pour...

Elle s'interrompit, car Josh la regardait avec un grand sourire.

— J'ai besoin de boire, marmonna-t-elle en finissant son verre.

— D'ac-coord, dit Josh en secouant la tête et en lui versant un autre verre.

Elle but une gorgée et elle s'efforça de reprendre son calme. Alex avait besoin d'une professionnelle et c'était exactement ce qu'il aurait. Elle pouvait totalement le faire.

Josh lui fit signe de s'approcher et elle hésita un instant à se pencher vers lui. Il avait un regard diabolique et elle ne savait pas si elle pouvait encore supporter plus d'humiliation. Il ne lui laissa pas le temps d'hésiter davantage, se penchant vers elle en chuchotant :

— Alex est chaste depuis deux ans.

Elle sursauta.

— Je ne comprends pas pourquoi tu me dis ça. C'est privé.

Elle voulut attraper son verre de vin, mais elle le renversa.

— Ah ! Pardon !

— Voilà pourquoi, répondit Josh en attrapant des serviettes en papier afin d'éponger tout le bazar.

— Merci d'avoir nettoyé tout ça, dit-elle en lui tournant le dos, honteuse.

Un petit sentiment de bonheur l'envahit alors qu'elle essayait vraiment de le tuer dans l'œuf. Elle ne devait pas être contente qu'Alex n'ait pas eu de rapports. C'était sa douleur et son chagrin qui le rendaient ainsi. Il avait besoin de temps pour guérir. Oui, c'était son travail. Sa mission cet été allait être de veiller sur Viv afin qu'Alex puisse s'occuper de ses problèmes.

Elle décida rapidement qu'elle était *reconnaissante* et non pas heureuse qu'il soit chaste, car cela l'aidait à s'ouvrir au plan Faites Naître l'Amour (TM) de Hailey avec des hommes célibataires appropriés. Et c'était tout. Absolument.

3

Lauren portait sa robe bleu-marine à pois blancs et à fines bretelles croisées dans le dos préférée lorsqu'elle se dirigea vers Main Street pour rejoindre Alex à déjeuner au café Something's Brewing. C'était une journée de juin ensoleillée et pas trop chaude, avec une légère brise merveilleuse sur ses épaules et son dos nus. Elle l'aperçut assis en terrasse à une table en fer forgé, sous un parasol.

Elle le salua d'un petit geste de la main. Il se leva, portant un T-shirt de la même teinte bleue que sa robe, un short de basket noir et des tennis. *Étincelle* ! Elle inspira profondément pour se calmer en s'approchant, tout en examinant son apparence de façon objective afin de voir s'il était aussi mal en point que Josh l'avait dit. Ses cheveux bruns étaient coupés très court sur les côtés, seulement légèrement plus longs au-dessus. Il ne s'était pas rasé et avec quelques jours de plus, il aurait eu une barbe complète. Elle décida rapidement que l'avertissement de Josh avait été injustifié. Il ne semblait pas si mal, juste un peu négligé. Ses yeux étaient cachés par des lunettes de soleil d'aviateur et elle en fut terriblement soulagée. Ses yeux sombres et sages lui faisaient toujours ressentir une pointe de compassion pour la douleur qu'elle y lisait et elle voulait que les choses restent enjouées pendant son entretien.

Elle atteignit la table et sourit.

— Bonjour.

— Salut, Lauren. Merci d'avoir accepté de venir.

Il passa de son côté de la table et sortit la chaise pour elle. Elle fut un peu surprise par ses manières côté gentleman. La plupart des hommes n'en prenaient pas la peine. En bonus, il sentait merveilleusement bon. Tout frais sorti de la douche, c'était son odeur préférée.

— Merci, dit-elle en s'asseyant.

Il l'aida à pousser la chaise vers la table.

— Aucun problème, murmura-t-il avant de s'asseoir en face d'elle.

— Nous sommes coordonnés, dit-elle en montrant sa robe et son T-shirt.

Il fit un petit sourire.

— As-tu appelé Viv pour découvrir ce que je portais ?

Sa fille de deux ans avait un téléphone portable en jouet pour faire comme son père.

— Oui, elle a dit que tu serais en bleu et qu'il était important que je porte ma robe bleue pour faire bonne impression.

Il gloussa.

— Elle est futée, c'est vrai.

Il indiqua le menu devant elle.

— Jette un coup d'œil, dis-moi ce que tu veux et j'irai le commander pour toi.

Le café ne servait qu'au comptoir. Il n'y avait pas de serveur.

Elle regarda vite fait le menu avant de le poser.

— Je prends toujours le wrap au poulet et aux tomates séchées.

Il se leva.

— La boisson ?

— De la limonade.

— Pas de café ?

Elle secoua la tête.

— J'en ai déjà eu ce matin. Ça va.

— Tu as de la chance. Il m'en faut toute la journée. Je reviens.

Lauren attendit, observant le flot permanent de gens qui profitaient de la merveilleuse journée d'été dans les magasins et les restaurants locaux. De l'autre côté de la rue se trouvait Shane's Scoops avec les meilleures crèmes glacées du monde et plus loin il y avait le bar Garner's Sports Bar & Grill, où elle traînait avec ses amies. À côté du café se trouvait Book It, où elle essayait d'acheter tous ses livres, y compris les livres pour sa classe de CE1. Il était important de soutenir les entreprises locales si l'on voulait qu'elles restent. Elle avait grandi à Clover Park et elle l'adorait. En fait, sa collègue, l'enseignante de CM1 Liz O'Hare, avait été sa baby-sitter. Maintenant, elles étaient bonnes amies, déjeunant fréquemment ensemble dans la salle des maîtres. C'était Liz qui avait recommandé Lauren pour le travail d'enseignante.

Alex apparut quelques instants plus tard, les bras chargés de deux wraps, un grand sac de chips, sa limonade et un café glacé.

Elle bondit de sa chaise, lui prenant les boissons.

— Je t'aurais aidé à porter tout ça.

— Ça va, dit-il. J'ai l'habitude de jongler avec plein d'affaires.

Elle l'aida à installer le déjeuner et ils commencèrent à manger en bavardant des gens qu'ils connaissaient tous les deux. Elle avait rencontré la plus grande partie de sa famille, sauf certains de ceux que Mad appelait ses frères de sang, les garçons que son père avait pris sous son aile quand ils étaient petits.

— Difficile de croire que nous avons tant de monde de notre famille dans le show-business maintenant, dit Alex.

— C'est vrai, hein ? Je veux dire, d'accord, Claire Jordan a toujours été une pointure à Hollywood, mais maintenant il y a Jake, Ty et Park.

Jake Campbell était le mari de Claire et le producteur d'une émission de télé-réalité dans laquelle Ty et Park rénovaient et vendaient des voitures classiques. Ty était aussi un Campbell, Park un Campbell honoraire.

Alex frissonna.

— Je détesterais ça.

— Moi aussi. Ça a l'air glamour, mais c'est super ennuyeux. Mes amies et moi, nous avons été figurantes dans le film de Claire, *Désir Féroce*.

Elle fit la grimace.

— C'est tellement répétitif. Des heures et des heures à faire la même chose afin d'obtenir la prise de vue parfaite.

Il hocha la tête.

— C'est un peu comme être parents, des heures et des heures de la même chose. Sauf que l'on ne sait pas comment sera le résultat final tant que l'enfant n'est pas adulte, et alors il est trop tard.

Elle sentit qu'il était inquiet, alors elle se dépêcha de le rassurer.

— Viv est géniale.

Il fit un grand sourire en l'entendant mentionner Viv.

— Ouais, elle est plutôt géniale. Je ne sais pas dans quelle mesure cela vient de moi.

— Je t'ai vu avec elle. Tu t'en sors vraiment bien.

Il baissa le regard, marmonna un merci rapide et se remit à manger.

Quand ils eurent terminé leur repas, Alex retira ses lunettes de soleil et les posa sur la table.

— Puis-je te poser quelques questions ?

Il la regarda droit dans les yeux. Il avait des cernes sombres sous ses yeux marron foncé et ses yeux… son cœur se serra… si tragiques. À sa place elle aurait été dévastée. Elle avait envie que tout aille mieux pour lui ou au moins de le soulager un peu en l'aidant avec Viv. Elle voulait aussi lui faire un câlin, mais elle ne le connaissait pas assez bien pour cela.

— Lauren ?

— Oh. Pardon.

Elle sourit.

— Bien sûr, que veux-tu savoir ?

— Si nous commencions par ton expérience avec les enfants ?

Elle leva un doigt avant d'attraper son sac posé sur le trottoir à côté de ses pieds.

— J'adore les enfants.

Elle ouvrit le sac et en sortit son CV soigneusement plié en quatre. Elle le lui tendit et lui résuma les points importants pendant qu'il lisait.

— Je suis institutrice de CE1 à l'école élémentaire de Clover Park, j'ai fait du baby-sitting pour ma petite sœur, elle a dix ans de moins que moi, et j'ai passé les étés à faire la nounou pour des familles locales tout au long du lycée et de la fac.

Alex lut des parties de son CV à voix haute.

— Master en éducation, formation en psychologie de l'enfant, certifiée en premiers secours pédiatriques et RCP.

Il la regarda dans les yeux.

— Tu es bien trop qualifiée pour ce travail. Que fais-tu normalement en été depuis que tu es diplômée de la fac ?

— Je travaillais sur mon troisième cycle universitaire, mais c'est fini. J'ai décidé de me reposer cet été.

Il fronça les sourcils.

— Travailler pour moi, ça ne sera pas de tout repos. Pourquoi voudrais-tu ce travail ?

— Tu as besoin de moi.

Il inclina la tête d'un air interrogateur.

— J'ai effectivement besoin d'aide.

— Non, tu as besoin de *moi*. Je t'aiderai avec Viv, ce qui te laissera le temps dont tu as besoin pour mettre de l'ordre dans ta vie.

Il posa le CV et il examina Lauren.

— Que veux-tu dire par mettre de l'ordre dans ma vie ?

Tes yeux, pensa-t-elle. Tellement de douleur et de chagrin. Elle parla avec précaution, ne voulant pas le contrarier lors de cette première rencontre. Ils ne s'étaient encore jamais vraiment assis pour parler ensemble, juste tous les deux.

— Je veux dire, eh bien, il t'est arrivé beaucoup de choses en très peu de temps et tu as peut-être besoin de respirer un peu.

Il s'appuya contre le dossier de sa chaise.

— Tu es au courant pour Tammy.

Ce n'était pas une question, alors elle resta silencieuse, lui donnant le temps dont il avait besoin pour gérer son chagrin. Elle vit son regard se perdre au loin.

— Je vais bien. Ça fait deux ans. Mon problème principal, c'est le manque de sommeil.

Elle n'était pas d'accord pour dire que c'était le problème principal, même si elle était certaine que cela ne devait pas l'aider.

— D'accord.

Il resta silencieux, la mâchoire serrée.

— J'ai été trop loin, lâcha-t-elle. Je suis désolée. C'est juste que je suis quelqu'un de très empathique et je peux percevoir les sentiments dans les yeux des gens. Pas tout le monde. Juste certains qui ont ce que j'appelle des yeux de vieille âme. Comme Josh. Parfois cela me fait mal de le regarder, car je ressens trop vivement sa douleur.

Alex resta silencieux pendant si longtemps qu'elle craignit de laisser échapper son avis sur ses yeux de vieille âme, alors elle s'occupa en buvant un peu de limonade avec sa paille. Avant de parler enfin, Alex regarda ses lèvres pendant qu'elle suçait la paille.

— Josh s'est débattu un moment avec le syndrome post-traumatique, mais il va très bien maintenant.

Il la regarda dans les yeux : la douleur, la peine et la fatigue la frappèrent d'un seul coup. Son cœur saigna pour lui.

Elle posa son verre.

— Mad m'a dit qu'il était parachutiste dans l'armée.

— Oui. Des trucs hardcore de la ligne de front. Du combat rapproché.

Il la fixa encore un long moment avant de demander :

— Ai-je des yeux de vieille âme ?

Elle hocha la tête.

— Sont-ils comme ceux de Josh ?

— Non.

Elle envisagea de lui parler de la fatigue dans ses yeux, chose qu'il pourrait facilement prétendre être temporaire, mais cela ne l'aiderait pas sur le long terme.

— Tes yeux reflètent la douleur et le chagrin, dit-elle avec sérieux.

Il attrapa les lunettes de soleil et les enfila.

— Tout le monde peut le deviner en étant au courant pour Tammy.

Elle ravala toute la compassion qu'elle avait pour lui.

— Tu as raison. Tout à fait. Bref, je veux t'aider et ce serait merveilleux de passer plus de temps avec Viv. C'est un ange.

Elle savait que mentionner Viv allait améliorer son humeur.

Les lèvres d'Alex esquissèrent un sourire de travers.

— Ce n'est pas un ange. Je me sens obligé de t'avertir que les molaires de ses deux ans ont créé un diable.

Elle balaya cela de la main.

— C'est temporaire ! Elle est absolument toujours un ange. Tu te souviens qu'elle a fait la sieste sur moi à la réception du mariage de Claire et Jake ?

— Ça, c'est la Viv endormie.

Il resta longuement silencieux.

— Tu es certaine de vouloir ce travail ? Je le comprendrais complètement si tu voulais avoir ton été de libre.

Il lui laissait une possibilité de sortie, elle avait déjà pris sa décision, toutefois. Elle allait l'aider et cela aiderait Viv sur le long terme. N'importe quelle femme avec des yeux dans la tête pouvait voir que, malgré le très beau visage et la forme olympique d'Alex, il était émotionnellement indisponible. C'était aussi clair que l'eau de roche dans ses yeux de vieille âme. Et sa fille allait avoir besoin de lui en grandissant.

— Je ne te ferais pas perdre ton temps si je n'étais pas sûre de moi, dit-elle. J'aime aider les gens. Je suis douée pour cela.

Il inclina la tête.

— D'accord, quand es-tu disponible ?

— Quand tu veux. L'école a fini hier. Quand as-tu besoin de moi ?

— Toute la journée et toute la nuit.

Elle rit.

Il ricana.

— Tu crois que je plaisante ? Ça a été un enfer… toute la journée et toute la nuit. Viv est un boulot pour deux personnes, peut-être trois ou quatre.

Elle leva les mains.

— Je ne suis qu'une seule personne.

Il redevint sérieux.

— Je prendrai les nuits. Peux-tu t'occuper d'elle de neuf heures à cinq heures du lundi au vendredi ?

Il mentionna un salaire horaire qui lui convenait tout à fait. Elle l'aurait fait gratuitement. C'était sa seule mission de l'été : les aider, Viv et lui. Bon, il y avait aussi le fait de trouver l'âme sœur, mais ça, c'était la mission de Hailey maintenant.

— Oui à tout. Je peux commencer lundi et je suis libre

jusqu'à la dernière semaine d'août. C'est là qu'il me faudra reprendre le travail.

— Ça me paraît bien.

Il retourna la feuille du CV.

— Rendons les choses officielles. As-tu un stylo ?

Elle fouilla dans son sac et elle lui en tendit un. Alex écrivit vite, en jolies lettres majuscules, avant de glisser la feuille vers elle. Elle lut les termes de son contrat : les dates, les horaires, le lieu (chez lui), et le salaire.

— C'est tellement formel, le taquina-t-elle.

Il croisa les bras.

— Je trouve que c'est toujours mieux d'avoir une entente explicite.

Bien sûr, elle se demanda donc tout de suite ce qui était arrivé avec toutes les autres nounous et pourquoi cela n'avait pas fonctionné. Peut-être que sans l'entente formelle, les choses étaient parties au diable et que tout le monde s'était mis à mordre et à aboyer.

— Dois-je le signer ? demanda-t-elle.

— Bien sûr.

Elle prit le stylo sur la table et elle signa le papier d'un geste théâtral. Il plia son CV, qui était maintenant leur contrat formel, et il le rangea dans la poche de son short. Puis il lui tendit la main.

Elle la serra, profitant de sa force et de sa chaleur. Seulement parce qu'il était quelqu'un de bien et qu'elle adorait les gens bien.

— Puis-je te poser une question ?

Il garda sa main dans la sienne pour une raison ou pour une autre, en la fixant.

— Quoi ?

Elle retira la main de son emprise.

Il secoua la tête.

— Pardon. Je manque vraiment de sommeil et... que voulais-tu demander ?

— Pourquoi as-tu tant de mal à garder une nounou ?

Il ne répondit pas tout de suite, alors elle poursuivit vite.

— J'ai entendu dire que tu en as eu douze en douze mois. Je pose seulement la question afin de pouvoir éviter leurs erreurs.

Elle enroula ses longs cheveux autour de sa main avant d'avouer :

— En plus, je suis curieuse.

— Ce n'est pas de la faute de Viv.

— Oh non, je ne ferais jamais porter le chapeau à un enfant.

Il fronça les sourcils.

— Ce n'est pas non plus de ma faute.

— Alors tu choisis simplement des nounous affreuses tout le temps ?

Il éclata de rire.

— Non. Enfin, certaines. Pour la première année de Viv, j'ai pris un an de congé. Je voulais lui donner ça après…

Il déglutit et il inspira profondément.

— L'année suivante, quand elle a eu un an, il fallait que je travaille. Jake avait financé cette première année et nous avait installés dans la maison que nous occupons. Il s'est chargé de l'apport, et moi je paie le crédit. Je ne voulais plus vivre à ses crochets…

— Tu ne vis pas à ses crochets quand il s'agit de ta famille qui se soucie de toi.

Jake était son grand frère. Son entreprise de technologies l'avait rendu riche et il avait épousé une star de cinéma fortunée, elle aussi.

— J'avais besoin de gagner ma vie, dit-il d'un ton neutre. Quoi qu'il en soit, Viv et moi nous nous sommes rapprochés. Elle n'aime pas les nounous. Elle les ignore complètement. Je travaille à la maison – je suis graphiste – donc je sais ce qu'il se passe. Certaines ont démissionné, furieuses.

— Et les autres ?

— Je les ai renvoyées, car elles n'essayaient pas de communiquer avec elle. Ces nounous-là se contentaient de regarder la télé ou de jouer sur leur téléphone pendant que Viv faisait des bêtises. Elles auraient dû essayer de créer un lien. Elle est très mal tombée en n'ayant que moi.

— Je ne crois pas qu'elle voie les choses de cette façon. Elle est folle de toi.

Il ne dit rien, apparemment perdu dans ses pensées.

Elle brisa le silence.

— Alors tu as essayé plus d'une douzaine de nounous en un an et personne n'a été à la hauteur ?

— Deux d'entre elles étaient pas mal, mais ensuite elles m'ont dragué, alors je les ai virées.

— Oh ! Ha ! lâcha-t-elle, les joues brûlantes.

Avait-elle laissé entrevoir son désir pour lui ? essayait-il de l'avertir ?

Il se raidit.

— Tu ne crois pas que quelqu'un pourrait me draguer ?

— Non, c'est pas ça.

Elle but sa limonade en essayant de reprendre son sang-froid.

— Pardon. J'étais seulement surprise parce que tu ne donnes pas l'impression d'être disponible.

Il fronça les sourcils.

— C'est parce que je ne le suis pas. Être avec quelqu'un, cela ne m'intéresse pas pour le moment. Elles ont rendu les choses difficiles. Je les ai laissées partir.

Si ce n'était pas un signal clair indiquant qu'elle devait rester professionnelle, elle ne savait pas ce que c'était. Malgré tout, sa bouche continua à parler.

— Étaient-elles de ton âge ? Espéraient-elles un enfant ?

— Ce n'était pas Viv qui les intéressait…

Il s'interrompit.

— Quel âge crois-tu que j'ai ?

Elle supposait trente-cinq ans, mais elle ne le dit pas au cas où c'était trop élevé. Elle n'avait aucune raison de l'insulter, même si elle craignait l'avoir déjà fait.

Elle haussa les épaules.

— Plus jeune que Josh.

Elle savait que Josh et Jake, des jumeaux, étaient les Campbell les plus âgés. Cependant, elle n'avait aucune idée de l'âge de Josh. Trente et quelques.

— J'ai trente ans, dit Alex d'un ton pincé.

Heureusement que je n'ai pas essayé de deviner !

Il poursuivit.

— Quoi qu'il en soit, une des nounous qui m'a dragué avait dix-huit ans.

Lauren poussa un long soupir. C'était bien trop jeune pour faire des avances à un homme plus âgé.

— Ouais, dit-il. Ç'a été plus ou moins ma réaction aussi.

— Et l'autre ?

— Cinquante-cinq ans.

Comme c'était étrange d'attirer des femmes aux deux extrémités d'âge. Bien sûr, elle ne connaissait pas leur passé. Les femmes voyaient peut-être, comme elle, qu'Alex était extrêmement attirant, ce qui les aveuglait complètement quant à son indisponibilité émotionnelle. Ou peut-être le voulaient-elles pour des besoins plus primaires. Elle était au-dessus de cela. Elle était en *mission*.

Il semblait attendre qu'elle dise quelque chose.

Elle le rassura vite.

— Tu n'as absolument pas à t'inquiéter d'avances importunes de ma part.

— Importunes, répéta-t-il avec un petit sourire sur les lèvres.

Il retira ses lunettes de soleil et il la regarda chaleureusement. Heureusement. Il était très difficile pour elle de ressentir sa douleur sans rien faire. Sans lui faire un câlin, par exemple.

Elle entortilla une mèche de cheveux sur son doigt.

— Mmm-hmm. Je suis officiellement retirée de la liste des avances importunes.

Alex se pencha vers elle au-dessus de la table, souriant toujours un peu.

— Tu as donc un petit ami sérieux ?

— Oh !

Elle fit un geste de la main.

— Ha ! C'est l'impression que j'ai donné, hein ? Mais non. Je veux dire, pas encore.

Il la fixa dans les yeux, donc elle poursuivit son explication.

— Je veux dire, sans doute bientôt.

Elle rit un peu.

— C'est le plan.

Il leva un sourcil.

— Tu as un plan ?

Ses joues se mirent à rougir. Pourquoi avait-elle dit avoir un plan ? Elle ne voulait *pas* expliquer le plan de Hailey pour son été.

— Ce n'est pas *mon* plan.

Il sourit, un grand sourire blanc et éclatant qui contrastait avec les poils sombres sur sa mâchoire. Cela le fit paraître plus jeune et sérieusement canon.

— C'est le plan de qui ?

— Oh, mince.

Regarde ailleurs, regarde ailleurs. Elle ne pouvait pas détourner le regard. Il fallait qu'elle s'imprègne de son côté sexy tout en essayant de ne pas parler de sortir avec d'autres hommes. Elle déglutit.

— Je ne suis pas censée en parler.

Il gloussa.

— Je suppose que Hailey a un rapport avec ton plan ?

— Comment le sais-tu ?

— Parce qu'elle n'a pas arrêté avec Mad, essayant d'aider Park et elle à se mettre ensemble. Et elle vous a toutes embarquées dans une soirée de questions sur la romance avec les garçons.

Ce soir-là avait été la tentative de Hailey pour comprendre la romance et l'homme célibataire tout en mélangeant des personnes célibataires. Alex avait été présent avec les autres, mais il avait refusé de faire des commentaires sur la romance. Personne ne le dérangeait parce qu'il était en deuil.

Elle baissa la voix et se pencha plus près pour chuchoter :

— Hailey a une garantie de fin de l'été. Je la laisse gérer toute ma vie amoureuse.

Il se pencha vers elle pour chuchoter sa question suivante, leurs visages ne se trouvant qu'à quelques centimètres l'un de l'autre.

— Et comment fait-elle cela ?

Sa voix fut comme un velours profond qui réchauffa ses joues et son cou et quelques autres points plus bas. C'était comme du chocolat chaud qui fondait sur sa langue pendant que son corps était entouré par une couverture douce. Délicieusement sensuel.

Elle se redressa brusquement.

— Oh, c'est très compliqué. Elle est extrêmement minutieuse. J'ai rempli tout un tas de questions sur la personnalité, les attentes romantiques, des choses de ce genre. Elle m'a inscrite sur un service de rencontres en ligne qu'elle filtre pour moi et je vais aussi me rendre à quelques soirées de groupe avec des hommes célibataires. Mais ce n'est pas du tout embarrassant. C'est ce qui est important.

Elle fronça les sourcils en y réfléchissant. Hailey avait promis que ce serait confortable et facile, mais Lauren n'en était pas certaine, car elle n'était pas encore allée à un seul rendez-vous.

— Tout ce que j'ai à faire, c'est de venir et de le dire à Hailey s'il y a une étincelle.

Elle sourit en concluant :

— Tout est très simple et civilisé. Cela retire l'angoisse des rendez-vous et je lui en suis reconnaissante.

Il sembla avoir un sourire narquois. Pas vraiment un sourire. Juste un coin de sa lèvre qui se relevait. Elle s'agita un peu, espérant que cela n'avait pas paru trop bizarre. Elle était vraiment contente de ne plus avoir à s'inquiéter de toutes les choses gênantes et compliquées des rendez-vous avec les hommes.

— Quoi ? finit-elle par demander.

Il secoua la tête, avec un sourire à moitié narquois et à moitié sincère.

— Comment cela se passe jusque-là ?

— Mon premier rendez-vous via le service en ligne a lieu ce soir. Samedi prochain, ce sera un événement de groupe.

— Ah ha. Et qu'en retire Hailey ? Est-ce que tu la paies ?

— Oh, non. C'est complètement gratuit. Tout ce que j'ai à faire, c'est de donner un témoignage pour son service de Faites Naître l'Amour...

Elle s'arrêta et elle fronça les sourcils. Riait-il ? Il tenait une serviette devant sa bouche, mais ses épaules étaient secouées de façon suspicieuse.

— Elle a posé un dossier pour la marque déposée, souffla-t-elle. Ça existe vraiment.

Il laissa tomber la serviette et pinça les lèvres ensemble pendant un long moment.

— Je t'en prie, continue.

Il ne souriait pas, mais ses yeux contenaient une trace d'amusement.

— Et j'ai accepté d'apparaître sur toutes ses publicités en

tant que mariée heureuse, termina-t-elle, un peu vexée de son hilarité à peine contenue.

Il s'agissait de quelque chose de sérieux.

Il dut s'en rendre compte, car il devint sérieux, fixant ses cheveux, puis ses yeux, son nez, sa bouche et son cou, son regard descendant sur son épaule nue, ou il resta. Sa voix était redevenue grave et douce.

— Mais tu n'es pas une mariée.

— Pas encore, dit-elle.

Sa propre voix lui sembla étrangement inconnue, comme si une autre personne était assise là et bavardait de son avenir de mariée pendant qu'elle était perdue dans le velours profond de la voix d'Alex.

— Cela arrivera bientôt, ajouta-t-elle, même s'il ne l'avait pas défiée. Le truc de mariée, je veux dire.

— Je ne comprends toujours pas pourquoi tu la laisses les choisir pour toi.

Sa voix devint dure.

— As-tu eu une mauvaise expérience ? Quelqu'un t'a fait du mal ?

Elle se pressa de le rassurer.

— Je ne dirais pas ça.

Elle savait que tous les frères Campbell pouvaient être très protecteurs. Mad était la petite sœur et elle s'en plaignait beaucoup.

— Juste des choses habituelles. Tu sais, les hommes ne s'intéressent pas tellement à moi, mais ils ne le disent pas, alors je reste en suspens, essayant de comprendre ce qui vient de m'arriver avec des textos bizarres ou des appels dans la nuit qui ne mènent à rien.

— Tu veux dire, des coups de téléphone pour des plans cul ?

Elle sentit des papillons au fond de son ventre signalant son désir le plus pur, car 'plan cul' et Alex ensemble suffisaient à évoquer cela. Deux années de célibat. Il devait être *affamé*. Tous ses petits amis avaient été de la variété non affamée. Pas à pas, maladroitement, jusqu'au bout. Ce qui n'était pas grave. Qui aurait aimé perdre le contrôle, submergée par un homme affamé ?

Saurait-elle gérer cela ?

Oh, mon Dieu, calme-toi. Il ne t'a donné aucune indication qu'il voulait changer cette situation.

Il lui faisait encore son sourire à moitié narquois. Pourquoi était-ce si sexy ?

Elle regarda la table.

— Ce n'est pas très flatteur quand un type t'appelle juste pour ça.

Particulièrement après t'avoir posé un lapin pour un rendez-vous. Vraiment. C'était ce genre de loosers qu'elle rencontrait régulièrement.

Il recourba les lèvres en un sourire lent et sexy.

— Je suppose que ça dépend.

— De quoi ?

La voix d'Alex devint grave et douce.

— De ce que le type peut faire pour toi.

Son estomac plongea encore. Était-il en train de flirter ?

— Et si c'est une entente des deux côtés, ajouta-t-il avec haussement d'épaules, cela fonctionne pour certains.

— Pas pour moi.

Il baissa la tête, but un peu de son café glacé, puis il se pencha en arrière en la fixant pour une raison inconnue. C'était pour cela qu'elle avait besoin de Hailey. Les hommes étaient si incompréhensibles.

Retour à la mission.

Elle chercha à adopter un ton décontracté.

— Quoi qu'il en soit, cela ne gênera pas mon travail avec Viv. Faites Naître l'Amour (TM) est strictement réservé aux week-ends.

Il souriait encore à moitié narquoisement, ce qui l'aurait normalement angoissée, sauf que ses yeux étaient tendres, et sa voix de velours glissa sur elle en un flot chaud et sensuel.

— Ça m'a l'air d'être un bon plan.

4

Ce soir-là, Lauren rencontra l'homme choisi par Hailey chez Lombardi, un bon restaurant italien à Eastman. Elle avait pris le temps de se préparer pour faire bonne impression : elle portait sa plus jolie robe d'été verte brodée qui s'accordait à ses yeux, elle s'était maquillée et elle avait fait un masque à ses cheveux longs et châtains, qui avaient quelques jolies mèches éclaircies par le soleil de l'été. Elle s'était même accordé un plaisir rare : de nouvelles chaussures noires à talons hauts avec des lanières sexy. Elle avait de grands espoirs pour son aventure de l'été avec le programme Faites Naître l'Amour (TM). Rien n'avait jamais été aussi facile que depuis que Hailey l'aidait. Elle avait reçu pour instructions de chercher un homme de la trentaine avec des cheveux bruns qui portait une chemise rose.

Elle l'aperçut tout de suite : il était assis sur la terrasse à l'extérieur. Elle aperçut également un énorme serpent jaune drapé autour de son cou. Un petit cri involontaire s'échappa de ses lèvres. Elle s'arrêta net, le cœur battant. Ce n'était pas qu'elle avait peur des serpents, mais, d'accord, oui, elle avait peur des serpents. Et des hommes tarés qui les emmenaient pour leur premier rendez-vous.

Il se leva.

— Lauren ?

Elle bougea vers lui, les jambes tétanisées, se forçant à

s'approcher suffisamment pour fuir poliment. Son cœur ralentit lorsqu'elle se rendit compte que le serpent était une peluche. Pas réel. Malgré tout, qu'est-ce que c'était que ça ?

— Patrick ?

Il eut un sourire apparemment sincère.

— C'est moi.

Il avait des fossettes. Il avait également une chevelure brune épaisse et des yeux bleus perçants qui ne faisaient absolument pas 'vieille âme'. Ils ne reflétaient rien. Complètement vides. Il était effectivement beau, comme Hailey le lui avait promis, mais tout le reste n'allait pas du tout. Pas d'étincelle, c'était certain. Elle ne souhaitait même pas à Hailey de tomber sur l'homme au serpent, alors qu'elle allait sérieusement lui remonter les bretelles. Elles avaient clairement besoin de filtrer les hommes plus efficacement.

— Je suis Lauren, dit-elle en essayant de trouver la façon la plus rapide de partir sans qu'il y ait de rancune.

— Je sais. Tu ressembles exactement à ta photo. Cela n'arrive pas souvent.

Elle n'avait pas vu la photo de cet homme, elle avait simplement fait confiance à Hailey. *Énorme* erreur de jugement.

Elle s'éclaircit la gorge.

— Oui, eh bien, je savais que c'était toi grâce à ta, euh, chemise rose.

Dois-je l'interroger sur son serpent ? Elle le fixa. Il était long et entourait une fois son cou, les extrémités pendant devant son torse. Elle regarda autour d'elle sur la terrasse, cherchant à voir si quelqu'un d'autre avait remarqué l'homme étrange en face d'elle. C'était le cas.

— Assieds-toi, je t'en prie, dit Patrick. Je me suis dit que nous pourrions parler en buvant un verre à l'extérieur avant d'entrer pour le dîner.

Elle sentit immédiatement qu'il la snobait. Il ne voulait pas se jeter sur le dîner s'ils ne s'entendaient pas. Cela ne la dérangea pas terriblement. Elle s'assit, ressentant le besoin d'expliquer poliment qu'elle devait se rendre ailleurs.

— Aimes-tu les serpents, Lauren ? demanda-t-il tout de suite.

— Pas spécialement.

— Ah.

— C'est pour cela que tu as un serpent autour du cou ? C'était un test ?

Il inclina la tête puis il frotta sa joue contre le serpent.

— Très perspicace. Oui. Ton profil indiquait que tu adorais les animaux.

Elle se concentra sur ses yeux bleus, froids et vides. Comme ceux d'un serpent.

— J'aime les animaux à fourrure comme les chats et les chiens.

Son regard s'illumina.

— Oh, j'ai quelques animaux à fourrure… des rats. Pour nourrir Jeffrey. C'est mon python birman. Il fait trois mètres, mais il peut grandir jusqu'à en faire sept. Bien sûr, la personne qui fonctionnera en tant que partenaire pour moi doit être à l'aise avec Jeffrey en tant que membre de la famille.

Son estomac se retourna. Des rats. Un python. Non, non, non. Affaire classée ! Étrangement, elle fut ravie qu'il ait tout de suite abordé son étrange obsession pour les serpents. Si elle l'avait rencontré sans son serpent en peluche, elle aurait pu être attirée par sa beauté et puis, si elle était allée chez lui, elle aurait été absolument terrifiée de trouver un python qui la dévisageait. Cela ne risquait pas d'arriver maintenant.

Elle se leva et elle décida d'être aussi honnête et franche que lui.

— Je suis ravie de t'avoir rencontré, Patrick. Désolée, je ne supporte pas les serpents ou les rats.

Elle réprima un frisson.

Il inclina la tête.

— C'est bon de le savoir tout de suite.

— Oui, dit-elle en reculant. Profite de ton serpent, je veux dire, de ton dîner.

— C'est ce que je vais faire.

Il appela un serveur.

Elle partit, marchant à toute vitesse vers le parking derrière le restaurant. Elle monta dans sa vieille Toyota rouge, la démarra et sortit son téléphone. Il fallait qu'elle appelle tout de suite Hailey. C'était vraiment un rendez-vous très bizarre. Pas seulement pour quelqu'un de sensible comme elle. Dès que Hailey décrocha, Lauren aboya :

— Aucune étincelle ! Il a un serpent de compagnie et des rats !

— Lauren ?

— Qui d'autre ?

Elle orienta le conduit de l'air conditionné vers elle, perturbée et brûlante après cette expérience étrange.

— Pourquoi n'es-tu pas au dîner ?

— Patrick est venu avec un serpent en peluche autour du cou. Il était énorme et jaune et il le câlinait ! J'ai échoué au test, Hailey ! Je ne suis pas un bon parti pour Patrick. Il me l'a dit, mais crois-moi, c'était évident dès que j'ai posé les yeux sur lui.

— Était-il mignon ?

— Oui, il était mignon ! C'était aussi un taré ! Pour que ça fonctionne, nous avons besoin de filtrer de façon beaucoup plus stricte. Lui as-tu parlé ou bien as-tu seulement regardé son profil ?

— Euh…

— Peu importe !

Elle agita les bras même si Hailey ne pouvait pas la voir.

— Je sais que tu ne l'as pas fait, sinon il n'aurait pas parlé de Jeffrey. C'est son python, soit dit en passant !

— Lauren, calme-toi s'il te plaît.

— Un membre de sa famille !

— Je ne veux pas que tu sois dégoûtée par cet unique rendez-vous. Il faut embrasser beaucoup de crapauds avant de trouver ton prince.

— Ai-je mentionné les rats ?

Sa voix se brisa.

— Il les donne à manger au serpent !

Hailey poursuivit d'un ton apaisant.

— Avec mon aide, les statistiques sont de ton côté.

— Je ne veux pas de statistiques ! Je veux quelqu'un qui ne me donne pas des frissons de dégoût la première fois que je le rencontre.

— Samedi prochain, ce sera beaucoup mieux. Un événement de groupe avec de bons partis au bar de Marcus en ville. Je serai là pour te soutenir et nous ferons une sorte de

tour rapide des hommes à la recherche d'étincelles, d'accord ?
Et s'il n'y en a avec personne, tu m'auras toujours moi.

— Personne d'autre ?

Oups. Elle n'avait pas eu l'intention d'être aussi sarcastique. C'était juste que… un serpent et des rats. Elle frissonna en pensant au nombre de rats qu'il avait. La maison était sans doute envahie. Et puis le serpent qui les avalait tout rond.

Hailey resta imperturbable.

— Oui, j'ai aussi invité quelques membres du club de lecture. Ce sera une sortie décontractée entre filles avec la possibilité d'aller plus loin.

Elle se calma un peu.

— Oui, ça me semble pas mal.

— Ça le sera. Marcus est content de nous accueillir. Il est gentil et il n'est pas moche.

Cette femme était sournoise. Elle savait que Lauren adorait les gens gentils. Marcus était l'un des frères honoraires de Mad. Lauren lui avait seulement brièvement dit bonjour au mariage de Claire et à la soirée des questions sur la romance. Ty était le seul type à cette soirée qui appréciait la romance et devinez quoi ? Il avait fait tourner la tête de Charlotte, une dure blasée par les hommes. Lauren voulait aussi qu'on lui fasse tourner la tête.

Elle inspira profondément, prête à réessayer s'il y avait une chance de tomber ou au moins de trébucher dans des bras forts.

— Ai-je déjà rencontré les autres hommes ?

Elle n'avait pas grand espoir si Hailey les choisissait dans le même groupe d'hommes de la soirée des questions sur la romance. Des hommes qui se moquaient totalement de tout romantisme.

— Il y aura Ethan, Ben et Marcus. Les autres sont occupés.

Ils étaient effectivement dans ce même groupe. Les frères honoraires qui avaient grandi avec la famille Campbell. Elle n'avait pas passé beaucoup de temps avec eux. Elle savait seulement qu'Ethan était flic et que Marcus était propriétaire du bar. Elle ne savait rien au sujet de Ben et elle ne posa pas de questions. Ses espoirs pour le programme Faites Naître l'Amour disparaissaient à vue d'œil.

— Ça va ? demanda Hailey. On est ensemble dans cette histoire et je ne te laisserai pas tomber.

Lauren soupira.

— Est-ce que les garçons savent pourquoi ils sont là ?

— Je leur ai dit que c'était pour mon anniversaire.

— Hailey ! C'est dans un mois.

Et le plus drôle, c'était que Lauren et ses amies avaient planifié un anniversaire surprise pour elle. C'était sans doute pour cela qu'il n'y avait que quelques-uns des garçons. Tout le monde avait été invité à la fête de Hailey, donc ils devaient se douter que cette fête en avance au bar de Marcus était louche. Ils pensaient sûrement que c'était encore un autre effort d'entremise de Hailey. Et ils avaient raison.

— C'est pas loin, dit Hailey. Une différence d'un mois, ce n'est rien.

— Qu'ont-ils dit au sujet de ton anniversaire ? Ont-ils été surpris ?

— Bien sûr qu'ils étaient surpris. Ils ne savent pas à quelle date est mon anniversaire.

— Et s'ils achètent des cadeaux ?

— Alors je leur dirai merci.

Elle sourit, contente d'avoir un secret qui plairait à Hailey quand elle allait l'apprendre.

— D'accord. Il me tarde.

Lauren adopta son ton d'institutrice sévère pour ajouter :

— Mais à partir de maintenant, plus de rendez-vous à deux sans vérifications approfondies. Tu dois éliminer les gens bizarres avant que je les rencontre.

— Je jure solennellement qu'il n'y aura plus de gens bizarres. Pardon, Laur.

Elle lui pardonna instantanément, étant donné la sincérité de ses paroles.

— Ça va.

— Comment s'est passé ton entretien d'embauche avec Alex ?

— Super. Je commence lundi.

— Il est mignon.

— Il ressemble beaucoup à Josh, tu ne crois pas ? demanda-t-elle avec un sourire diabolique.

Heureusement que Hailey ne pouvait pas la voir.

— Faut que j'y aille. Très occupée. Salut !

— Au revoir.

Elle raccrocha en souriant. Ne serait-ce pas amusant de mettre Hailey avec Josh ? Particulièrement si aucun des deux ne savait qu'ils étaient piégés. Tout ce qu'elle avait à faire, c'était de prendre les tactiques utilisées pour elle par Hailey et de les inverser. Que serait l'inverse de Faites Naître l'Amour (TM) ? Peut-être le Plan de l'Amour Explosif. Houla ! Ce serait une marque déposée gênante à faire enregistrer. Elle allait devoir garder le secret.

5

———————

Alex n'arrivait toujours pas à croire que l'adorable et bien trop qualifiée Lauren accepte de s'engager sur l'été entier avec Viv, et si rapidement. Il se dit qu'elle ne comprenait pas entièrement à quel point c'était terrible chez lui, alors il l'appela le dimanche et il lui dit que le premier jour pouvait être un test avant qu'elle prenne sa décision finale. Elle avait répondu :

— Cela ne me gêne pas de vous observer le premier jour afin de pouvoir apprendre votre routine, mais je sais déjà que je l'aimerai tout plein, alors disons que je suis à toi jusqu'à la fin du mois d'août.

Un ange de miséricorde envoyé pour le sauver de son enfer personnel.

Bien sûr, il se souvenait de Lauren du mariage de Jake et Claire. Elle était arrivée comme un ange à ce moment-là aussi, proposant de porter Viv qui s'était endormie afin qu'il puisse se détendre et profiter de la réception.

Il regretta presque de ne pas lui avoir demandé d'emménager et d'être une nounou à plein temps. Bien sûr, ce n'était pas pratique. Sa maison de style ranch à trois chambres n'était pas assez grande. Viv et lui avaient tous deux leur propre chambre et la troisième était son studio de dessin. En outre, il ne voulait pas que Viv s'attache trop à elle avant de devoir lui dire adieu à la fin de l'été. Il était juste extrêmement reconnaissant que le comportement calme et doux de Lauren soit entré dans leurs vies. Et elle n'avait même pas encore commencé.

Lundi matin, il fut bien décidé à ne pas l'effrayer. Il avait emprunté le mixeur de son père et il avait fait un smoothie à la banane pour le petit-déjeuner de Viv. C'était sa deuxième journée de smoothies, et jusque là, cela fonctionnait. Ils remplissaient son ventre sans blesser ses gencives gonflées. Après le petit-déjeuner, il vêtit Viv de son T-shirt à dinosaures bleu préféré et d'un legging à rayures rouges. Puis il brossa ses dents et il frotta le gel anesthésiant sur ses gencives afin qu'elle reste polie pendant au moins une heure au début. Elle était debout sur le marchepied en plastique devant le lavabo de la salle de bains.

— Mademoiselle Lauren vient jouer avec toi aujourd'hui, lui dit-il en attrapant la brosse et en brossant ses cheveux châtains ondulés.

Ils atteignaient tout juste ses épaules. Il les avait lavés la veille et il les avait peignés avec du démêlant pour bébés, alors c'était facile à brosser aujourd'hui.

— Elle pourrait même jouer avec toi tout l'été.

Viv parut curieuse et intéressée.

— Vieille dame ?

Elle était fascinée par les vieilles dames à cause d'un album sur une grand-mère aux cheveux blancs qu'elle adorait. Elle était sûre que toutes les dames aux cheveux blancs qu'elle voyait étaient des grands-mères. Elle n'avait pas de grand-mère. Les parents de Tammy avaient renié leur fille – ils étaient très mal assortis : Tammy était une fille rebelle et ses parents étaient des puritains purs et durs. Alex avait montré une photo de Viv venant de naître aux parents de Tammy lors de l'enterrement. Ils avaient envoyé une grosse somme d'argent pour l'éducation de Viv et ils ne voulurent pas davantage avoir affaire à leur petite fille. Sur la carte qui accompagnait le chèque, il était écrit : 'Notre dette est maintenant payée. N'attends pas un sou de plus.' Alors oui, il avait pris l'argent. Il s'était dit que Viv le méritait, que cela paie pour la crèche, des cours de dessin ou l'université. Il le gardait dans un compte séparé pour tout ce qui était lié aux besoins de Viv. Entre ça et ce qu'il avait épargné en faisant des sites Internet pour quelques entreprises majeures, il s'en sortait bien, malgré la récente interruption de son emploi du temps. Sa propre mère était exclue de leur vie de façon permanente depuis qu'elle avait abandonné ses six enfants.

— Pas une vieille dame, dit-il. Sûrement de l'âge de tante Mad. Vingt-six ans à peu près. Ce n'est pas vieux. Tiens-toi tranquille.

Il lui fit une raie au milieu et brossa la moitié de sa chevelure avant de l'attacher en couette sur le côté. Elle était particulièrement mignonne avec des couettes. Ils avaient besoin de toute l'aide qu'ils pouvaient trouver.

Viv lui jeta un regard noir.

— Nounou ?

Elle était maligne. Elle savait que peu de gens venaient jouer avec elle quand ce n'étaient pas des nounous. En général, il n'y avait que la famille. Il n'avait eu aucune vie sociale depuis qu'elle était née. Par choix. Il avait eu des propositions, mais il n'avait ni le désir ni l'énergie d'avoir une relation.

Il fit passer l'élastique à cheveux autour de la couette puis il entortilla les cheveux afin de faire une jolie bouclette.

— Elle est meilleure qu'une nounou. Elle est comme un ange.

Viv écarquilla les yeux. Merde. Elle venait d'apprendre des choses au sujet des anges et du paradis.

— C'est juste une expression, précisa-t-il. Elle n'est pas un ange. Elle est une très gentille *personne*.

Elle bougea, en ayant assez de rester immobile et prête à foncer, lorsqu'il l'attrapa.

— Attends. Il reste encore une couette à faire.

Il rassembla vite ses cheveux, ne prenant pas la peine d'utiliser la brosse, et il fit passer l'élastique autour. Elle bougea avant qu'il puisse terminer le deuxième tour de l'élastique, en tirant sur ses propres cheveux.

— Aïe ! cria-t-elle en lui jetant un regard accusateur.

— Je t'ai dit de ne pas bouger.

Il termina avec l'élastique et il parvint à faire une demie bouclette avant qu'elle parte à toute vitesse. C'était presque réussi.

Viv courut à sa chambre et revint en portant le masque de Frankenstein. Super. C'était sa tactique qui signifiait *restez loin, je suis effrayante*.

— Range le masque, dit-il. Elle va te plaire.

Viv secoua la tête. Ses couettes sautillèrent à l'endroit où elles sortaient en haut du masque. C'était toujours assez mignon. Il s'agissait d'un de ces masques en plastique avec un élastique fin à l'arrière. Elle en était folle depuis le dernier Halloween.

La sonnette retentit. Il inspira profondément et il alla ouvrir. Lauren se tenait là, l'air fraîchement reposée et jeune : ses longs cheveux châtains tombaient sur ses épaules, ses yeux verts étaient vifs, ses lèvres roses et jolies. Son regard suivit plus de peau rose jusqu'à son débardeur qui montrait un peu de décolleté et le short blanc qui s'arrêtait en haut de ses jambes. Elle avait de longues jambes fermes et bronzées. Son regard fit le voyage de retour le long de ses jambes magnifiques avant qu'il remarque qu'elle parlait.

Il bondit en arrière.

— Salut, entre.

Lauren sourit, n'ayant d'yeux que pour Viv, qui se cramponnait maintenant au jean d'Alex, regardant Lauren de derrière sa jambe.

— Salut, Frankenstein, dit Lauren. Je suis contente de te voir aujourd'hui.

Viv grogna.

— Viv, gronda-t-il, dit bonjour à Mademoiselle Lauren.

Viv lâcha son jean et s'approcha de Lauren en tenant les doigts comme des griffes et en grognant férocement.

Il soupira. Vraiment, elle savait qu'elle ne devait pas se comporter ainsi. Il fut sur le point de lui dire d'être gentille lorsque Lauren s'accroupit devant Viv, se plaçant ainsi à sa hauteur.

— Demain, il faudra que j'apporte mon propre masque de Frankenstein, même si le tien est beaucoup plus effrayant.

Viv se retourna et partit en courant, bondissant sur la

table basse en bois et faisant des sauts pieds nus. C'était un accident qui ne demandait qu'à arriver.

— Descends de la table ! cria Alex.

Viv bondit sur le canapé et sauta d'un bout à l'autre.

— Ne saute pas sur le canapé !

Alex se précipita pour l'attraper, mais avant d'y arriver, Viv grimpa sur le dossier et s'allongea comme un cadavre, les mains pliées sur le ventre. Alex grimaça et recula.

Lauren apparut à côté de lui et demanda d'une voix forte :

— Est-ce la Belle au bois dormant ?

Viv secoua la tête et reprit sa pause.

Alex se pencha tout près de Lauren et chuchota :

— Elle joue à être morte.

Elle tourna brusquement la tête vers lui.

— Pourquoi ?

Il fit un signe de tête pour l'encourager à le suivre un peu plus loin. Viv faisait souvent semblant d'être morte. En arrivant à l'extrémité de la pièce, il baissa la voix et il expliqua :

— Elle a remarqué que je suis le seul père au terrain de jeux avec plein de mamans. Tu sais, pendant la journée. Alors j'ai dû lui expliquer où était sa mère. J'ai dit qu'elle était morte et qu'elle dormait pour toujours au paradis avec les anges.

Il observa sa fille Frankenstein.

— Je sais que c'est morbide, mais je pense qu'elle communique à sa façon et au moins, pendant quelques minutes, je n'ai pas besoin de m'inquiéter de ce qu'elle fait.

— Ce n'est pas inquiétant, dit gentiment Lauren. Elle doit faire ce qui marche pour elle.

Sa voix était mélodieuse, patiente et compréhensive. Elle sentait les fleurs et les épices. Douce, fleur bleue. Pas du tout son genre : il avait aimé les femmes audacieuses et déchaînées à l'époque où il se cherchait une relation. Mais elle était parfaite pour Viv.

— Debout ! cria Viv en se laissant rouler sur les coussins du canapé au-dessous.

Lauren et lui se précipitèrent en même temps au cas où Viv tombe du canapé sur le parquet ou contre la table basse. À la place, Viv s'assit en tenant sa joue sous le masque et se mit à pleurer.

— Tu t'es fait mal ? demanda Lauren.

Viv continua à pleurer, ou plutôt à brailler.

— Ce sont ses dents.

Il la souleva et lui frotta le dos.

— Elle est en train de faire ses molaires du haut. Ses gencives sont gonflées.

Il essaya de retirer le masque en se disant qu'il devait être trempé de larmes, mais Viv le remit.

— As-tu essayé l'ibuprofène pour enfants ? demanda Lauren. Cela devrait l'aider avec la douleur et le gonflement.

— Elle le recrache.

— Quel goût ?

— Je sais pas. Rouge.

Lauren tira la langue.

— Le rouge est dégoûtant. Essayons le goût raisin ou chewing-gum.

Il n'avait même pas remarqué qu'il y avait d'autres goûts. Bien sûr, il avait été à la pharmacie avec Viv qui était de très mauvaise humeur après le rendez-vous chez le pédiatre, où elle n'avait pas du tout coopéré, et il avait été pressé de sortir.

Viv se tortilla pour descendre et il la posa. Elle partit en courant en faisant des bruits de Frankenstein.

— Grr, grr, grr.

Lauren éloigna un peu la table basse du canapé.

— Ça me semble plus sûr.

— Je sais, dit-il. Elle le remet en place. Elle a des idées très arrêtées sur l'endroit où doivent être placées les choses.

Viv courut en cercles puis se mit à tourner sur elle-même, les bras écartés, jusqu'à ce qu'elle perde l'équilibre et qu'elle atterrisse sur les fesses rembourrées par une couche.

— As-tu déjà essayé de la faire aller au pot ? demanda Lauren.

Il poussa un soupir. Lauren semblait tout remarquer et ce ne serait pas long avant qu'elle se rende compte de tout le travail que représentait Viv.

— J'ai essayé de temps en temps au cours des derniers mois. Nous avons lu le livre sur le pot. J'ai acheté le pot qui fait de la musique quand on y va et elle s'en moque.

Lauren hocha la tête.

— Elle sera propre avant la fin de l'été. Ce sera plus facile pour la maternelle.

Il leva les sourcils de surprise.

— Tu peux essayer.

Il baissa la voix.

— Le problème principal, c'est qu'elle veut rester debout comme moi. Et elle n'a pas la patience de s'asseoir longtemps.

Viv se leva et courut vers sa chambre. Lauren et lui la suivirent et ils la regardèrent fouiller dans son coffre à jouets.

Lauren parla d'une voix assurée :

— J'ai aidé à habituer ma sœur au pot ainsi que quelques enfants pour lesquels j'ai fait du baby-sitting. Il suffit de trouver la bonne motivation. Je trouverai ce qui fonctionne pour elle. Considère que c'est fait.

Il aimait son assurance, mais il avait de sérieux doutes. Elle ne savait pas du tout à quel point Viv pouvait être têtue.

— D'accord, merci.

Lauren se tourna en levant la tête vers lui et il remarqua qu'ils se tenaient trop près, car l'atmosphère fut soudain chargée comme s'il était sur le point d'embrasser ses belles lèvres roses, ce qui était *ridicule*. Il fit un pas de côté et se concentra sur Viv. Il allait devoir faire attention à maintenir une distance appropriée. Lauren ne faisait que quelques centimètres de moins que lui.

Un chat en peluche et une poupée aux cheveux jaunes coupés court volèrent hors du coffre, rejoignant l'assortiment de jouets sur le sol. Viv cherchait quelque chose de spécial.

— Quand travailles-tu ? demanda Lauren.

Il lui accorda un bref coup d'œil.

— Quand elle dort.

— Elle fait de longues siestes ?

— Non, elle a arrêté les siestes juste après avoir eu deux ans, sauf quelques courtes siestes dans la voiture. Je voulais dire la nuit.

— Alors tu t'occupes d'elle toute la journée, puis tu veilles la nuit pour travailler ?

— C'est à peu près ça, pendant la moitié de la nuit. Enfin, c'était avant. Ces dernières semaines elle s'est réveillée en pleurant toutes les deux heures à cause de ses dents, alors je n'ai pas du tout travaillé.

— Oh, Alex, ce n'est pas bon pour toi, dit Lauren avec tant de compassion qu'il en eut une boule dans la gorge.

C'était effectivement nul et le fait que quelqu'un fasse la remarque le rendit émotif pour une raison étrange. C'était comme s'il n'était pas seul dans cet enfer privé.

— Oui, parvint-il à dire.

— D'accord, que penses-tu de ça ? Comme je serai là de neuf heures à cinq heures, nous décalerons petit à petit tes heures de travail en journée.

— Cela fonctionnerait si je pouvais arriver à dormir un peu.

Elle hocha une fois la tête.

— Je vais voir ce que je peux faire.

Viv émergea de son coffre à jouets, un serpent en plastique à la main. Elle courut vers eux et elle le secoua devant Lauren.

— Ooh, j'adore les serpents. Savais-tu que les serpents sentent avec leur langue ?

Elle tira la langue et la remua. Alex détourna vivement les yeux, se concentrant sur Viv à la place.

Étonnamment, Viv retira son masque de Frankenstein qu'elle jeta derrière elle et elle imita Lauren en tirant la langue et en la remuant.

— Exactement, dit Lauren. Tu serais un très bon serpent. Remettons ces jouets dans le coffre, puis nous gigoterons comme des serpents.

Alex regarda bouche bée Lauren chanter une chanson sur le thème de 'il est temps de ranger les jouets' qui se terminait par 'pour faire les serpents' qui encouragea Viv à l'aider. Lauren leva les yeux vers lui, souriant en chantant, une auréole presque visible au-dessus de sa tête. Elle le chassa de la pièce d'une main.

Il partit, submergé de gratitude. Lauren arrivait à communiquer avec Viv comme aucune nounou n'avait su le faire. Il essuya ses yeux humides : la fatigue devait vraiment le pousser à bout. Il était trop fatigué pour travailler, alors il se dirigea vers le canapé du salon au cas où elle aurait besoin de lui. Il ferma ses yeux brûlants, avec une prière silencieuse de reconnaissance à la personne tout en haut qui leur avait envoyé un ange, à Viv et lui.

~

Alex avait dû s'endormir, car lorsqu'il s'éveilla, Viv était passée aux cubes de construction, qu'elle fit tomber à grand bruit sur la table basse en bois.

— Nous construisons des pyramides avec les blocs, dit Lauren. Elle voulait te le montrer et je me suis dit que tu avais fait une bonne sieste.

Viv se remit au travail.

Il se redressa et regarda l'heure sur son téléphone, surpris de voir qu'il était onze heures trente. Il était étonné que Lauren ait réussi à occuper Viv toute la matinée sans que celle-ci le réveille pour lui montrer quelque chose.

Viv travailla vite sur sa pyramide. Il voulut prendre une photo avec son téléphone. Trop tard… elle avait balayé tout l'étage du fond et tous les cubes volèrent.

— Je pensais l'amener au terrain de jeux après le déjeuner, dit Lauren quand Viv et elle eurent rangé les blocs.

— Balançoire ! s'exclama Viv.

— Elle n'a pas l'habitude de se séparer de moi, dit-il. Elle n'est à l'aise toute seule qu'avec mon père.

— Je pensais l'occuper pendant que tu travailles ou que tu te reposes. À quel terrain de jeux allez-vous en général ?

Il n'était pas encore prêt à laisser Viv sortir sans lui.

— Après le déjeuner, nous irons tous ensemble.

À la moitié du déjeuner, Viv se mit à pleurer. Même les fraises faisaient mal à ses gencives.

— Oh, je vois une des petites pointes qui sortent de tes gencives, dit Lauren.

C'était difficile à rater, car Viv avait la bouche grande ouverte en braillant.

— Emmenons-la au parc Baldwin, à Clover Park, proposa-t-elle. C'est un peu plus loin d'ici, mais il y a un terrain de jeux clôturé et la pharmacie est à distance de marche. Nous pourrons lui donner un médicament et puis marcher jusqu'au parc.

— D'accord, laisse-moi-la changer et nous irons.

Elle lui jeta un regard étonné.

— Je peux le faire. C'est pour cela que je suis ici.

— Je m'en occupe.

Il savait que Viv allait être difficile dans son état actuel. Il la souleva hors de sa chaise haute, la porta jusqu'à sa chambre et la changea rapidement sur le lit en la distrayant avec son ours en peluche qui lui faisait des bisous dans le cou. Elle gloussa, oubliant momentanément sa douleur. Il termina, remonta le legging de Viv et enfila ses chaussettes pendant qu'elle donnait des coups de poing dans le ventre de son ours.

— Voilà, dit-il. Il ne te manque plus que les chaussures.

Viv courut hors de la pièce. Il la suivit jusqu'à la cuisine, où elle sautilla à côté de Lauren en disant :

— Balançoire ! Balançoire !

Il se lava les mains à l'évier, les sécha et se retourna. Lauren n'avait pas fini son déjeuner.

— Nous pouvons te laisser terminer, dit-il par-dessus les bavardages de Viv au sujet du terrain de jeux.

Lauren reposa le couvercle sur sa boîte de salade et s'adressa à Viv.

— Je mangerai plus tard, quand nous t'aurons donné un médicament et que tu te sentiras mieux.

Elle se tourna vers lui.

— Prêt à partir ?

Un ange. Elle faisait passer les besoins de Viv avant les siens. Il hocha la tête, encore une fois plein de gratitude.

Viv courut vers la porte d'entrée. Il lui mit ses chaussures, la souleva et se tourna vers Lauren.

— Ça t'ennuie de conduire ma voiture ? Je me suis dit que ce serait bien que tu t'y habitues au cas où tu aurais besoin de la conduire quelque part.

— Bien sûr.

Il lui tendit les clés et la suivit dehors.

— Dans tous les cas, c'est plus facile d'installer le siège bébé dans ta voiture, dit Lauren. La mienne est assez petite.

Il jeta un coup d'œil à sa minuscule Toyota avant de revenir à ses longues jambes. Elle devait avoir reculé le siège conducteur au maximum pour y entrer, mais il ne dit rien, car il n'aurait pas dû remarquer ses longues jambes, même si elle portait un petit short.

Comme d'habitude, Viv s'endormit au bout de cinq minutes de voiture. Il se sentait en forme et réveillé après sa sieste.

— Est-ce que ça t'ennuie si je lui achète un sachet de M & M's sans cacahuète ? demanda Lauren. Je ne lui en donnerai qu'un pour la récompenser d'avoir pris le médicament. Et aussi pour le pot si elle les aime beaucoup.

En général, il éloignait Viv des bonbons, sauf trois à Halloween, mais c'était une époque désespérée et jusque-là les instincts de Lauren pour Viv avaient été justes.

— Non, vas-y.

— D'accord, super.

Il examina son profil pendant un moment alors qu'elle conduisait. Des pommettes hautes, un nez fin retroussé comme une piste de ski, un menton pointu. Il eut très envie de faire un dessin.

Elle lui jeta un regard.

— Ça va ?

Un visage en forme de cœur. C'était ce qui lui donnait envie de dessiner après s'être abstenu pendant des semaines. Il fallait qu'il capture les angles, les courbes, les ombres des creux sous ses pommettes.

— Alex ?

— Oui. Ça va. Pardon, j'étais ailleurs.

Il se souvint un peu tard de ses bonnes manières.

— Et toi, comment vas-tu ? Week-end chargé ?

Elle leva les yeux au ciel.

— Pas très chargé. Mon rendez-vous pour dîner n'a même pas été jusqu'au dîner.

Il gloussa, se souvenant soudain que Hailey rendait un service amoureux à Lauren. Hilarant.

— Alors, l'amour n'est pas né ? dit-il en retenant un sourire. TM, ajouta-t-il.

— C'est Faites Naître l'Amour TM, dit-elle d'un ton pincé. Et non, ce n'est pas arrivé.

Il se sentit soudain mal de la taquiner.

— Pardon.

— Ça va. Il était très mignon, comme Hailey l'a promis,

mais elle n'a pas assez bien vérifié les bizarreries. Il avait un python qu'il considérait comme un membre de sa famille. Jeffrey. Et des rats pour nourrir le python.

— Effrayant.

— Encore plus effrayant : il portait un serpent en peluche autour du cou au restaurant pour tester ce que je penserais de Jeffrey.

Elle fronça les sourcils avant de continuer.

— Bien sûr, j'ai échoué au test Jeffrey. C'était très, très bizarre.

— Oh merde, et puis Viv t'a apporté un serpent, dit-il en riant. Tu es une sainte d'avoir agi comme si c'était merveilleux.

Elle sourit.

— Eh bien, elle ne le savait pas.

Il secoua la tête.

— Il était vraiment obligé de porter un serpent au dîner ? Ne pouvait-il pas juste en parler ?

Elle frappa le volant.

— Merci !

Il sourit.

— Hailey a-t-elle garanti que le prochain sera meilleur ?

— Il devrait l'être. Il y a une soirée de groupe au bar de Marcus en ville.

Son sourire s'effaça brusquement.

— Marcus Shepard ?

— Oui. Et Ethan et Ben. Les autres ne pouvaient pas venir.

C'était vexant. Tout le monde savait qu'il était occupé avec Viv, mais il ne pensait pas que ses amis ne prenaient même pas la peine de l'inviter. Non pas qu'il y serait allé, mais cela aurait été agréable d'être invité. Ce n'était pas parce qu'il avait un enfant qu'il avait disparu de la surface de la Terre.

— Lequel est pour toi ? demanda-t-il.

Elle leva la main d'un air nonchalant.

— On fera le tour rapidement pour voir s'il y a des étincelles.

— Des étincelles ?

— Oh oui. C'est très important. Sans étincelles, aucune chance de…

Elle s'interrompit.

— Peu importe. Tu vas rire.

— Je ne me moquerais jamais de toi.

— Si. J'ai vu ton petit air narquois et le sourire dans tes yeux, alors… peu importe.

— Comment font mes yeux pour sourire ?

— Je ne sais pas. Ils le font, c'est tout.

Il réfléchit à cela. En réalité, tout cela lui paraissait amusant, mais il voulait vraiment en savoir davantage. Pour une raison étrange, il se souciait de qui allait sortir avec Lauren. Même s'il ne la connaissait que depuis peu, il savait qu'elle était naturellement gentille et qu'il fallait que quelqu'un la traite avec égards. Marcus serait affreux pour elle. Il avait trois petites amies en ce moment même. Des relations libres avec toutes, sans rien de caché, mais Lauren méritait mieux. Il envisagea de l'avertir contre Marcus. D'un autre côté, Marcus était un type super, intelligent, drôle, propriétaire de son commerce, et peut-être que s'il s'entendait bien avec Lauren, il accepterait d'être l'homme d'une seule femme. Il hésita entre intervenir et laisser les choses se dérouler comme Hailey l'avait prévu. Puis il réfléchit à tous les hommes qu'il connaissait et que Hailey connaissait également, et s'ils seraient bien pour Lauren. S'ils la traiteraient comme elle le méritait.

Lauren gara la voiture au parking situé entre la pharmacie et le parc. Il remarqua soudain qu'il avait dû passer dix minutes à imaginer la vie amoureuse de Lauren et qu'il l'avait grossièrement ignorée. Elle était restée silencieuse elle aussi, n'interrompant pas ses pensées. Tammy parlait toujours sans s'arrêter.

— Tu n'es pas bavarde, dit-il.

Elle sourit.

— Je me suis dit qu'un peu de silence ne te ferait pas de mal. Je ne crois pas que tu puisses en profiter souvent.

Elle coupa le moteur et Viv se réveilla à point nommé avec un cri de colère.

— Gagné, dit-il.

Lauren parla d'une voix forte pour couvrir les hurlements.

— Emmenons Viv au magasin pour qu'elle puisse voir les

bonbons – elle cria presque au mot 'bonbons' – que nous allons lui acheter.

Viv se calma.

— Bonbons ?

Lauren se tourna vers Viv avec un sourire adorable. Tous ses sourires étaient adorables.

— Nous allons te chercher un médicament au raisin pour t'aider avec tes dents. Quand tu en auras pris, tu pourras avoir un M & M's.

— Papa, dit urgemment Viv. Enlève.

Elle ne pouvait pas retirer la ceinture elle-même avec ses petits doigts. Heureusement.

Une fois dans le magasin, Lauren acheta théâtralement le médicament.

— Oh, Alex ! s'exclama-t-elle. Ce médicament au raisin fonctionne parfaitement sur les enfants de deux ans !

— Super ! dit-il en imitant son enthousiasme.

Viv les écouta avec fascination.

Lorsqu'ils sortirent du magasin, où Lauren s'était beaucoup exclamée au sujet du médicament et du fait que les M & M's étaient spécialement pour après le médicament, Viv était pressée de commencer.

Et bon sang, Viv écouta toutes les instructions de Lauren, prenant le médicament sans problème puis laissant le bonbon fondre sur sa langue pour éviter de mâcher. En fait, Viv sembla très contente d'elle-même. Alors pourquoi vomissait-elle l'autre médicament ? Ou peut-être était-ce plus comme des haut-le-cœur ? Quoi qu'il en soit, elle ne l'avait pas gardé dans le ventre.

— Tu sens tout ce chocolat merveilleux ? demanda Lauren.

Viv tira la langue, couverte de vert et de marron fondu avec un peu de violet à cause du médicament. Dégoûtant.

— Miam ! s'exclama Lauren. Prête à aller sur les balançoires ?

Viv hocha la tête, prit la main de Lauren et marcha vers le terrain de jeux sans un coup d'œil en arrière. Il déglutit en la regardant partir. Elles avaient les cheveux châtains toutes les deux et le bonheur irradiait d'elles, on aurait pu croire que Viv avait une maman.

Viv s'arrêta subitement et se tourna.

— Papa !

Il les rejoignit.

— Je suis là.

Viv lui prit l'autre main et ils marchèrent ainsi. Il avait le cœur serré en regardant sa fille heureuse, parce que pour la première fois on aurait dit que Viv avait une vraie famille.

6

———————

Lauren eut un merveilleux premier jour avec Viv et Alex. Viv était aussi mignonne et adorable que dans son souvenir et Alex était facile à vivre. Ils n'avaient pas d'emploi du temps défini, plutôt une routine très flexible. Le seul élément fixe qu'elle découvrit était un moment de sport dans l'après-midi. Quand l'heure approcha, Viv sembla le savoir, car elle regarda son père, leva les bras et dit :

— On fait la fête.

Alex regarda Lauren, son cou devenant tout rouge. Adorable ! Un homme qui rougissait.

— Nous ferons ça après dîner, dit Alex à Viv.

— Oh, ne t'inquiète pas, le rassura Lauren. Faites comme d'habitude.

Elle se tourna vers Viv qui bondissait déjà d'impatience. Double dose d'adorable.

— Je peux me joindre à vous ? J'adore faire la fête.

— Kei-Kei ! cria Viv.

— Kei-Kei ? répéta Lauren. Je ne connais pas. C'est un nouveau dessin animé ?

— C'est un film, expliqua Alex.

— Ah. J'ai raté celui-là.

Alex se frotta la nuque en marmonnant :

— Il est sorti l'été dernier. Nous avons le DVD.

— Qui est Kei-Kei ? demanda Lauren à Viv. Est-ce une super héroïne très forte ?

Elle leva les bras et montra ses muscles.

— Non ! dit Viv en éclatant de rire.

— Est-ce une magicienne puissante qui lance des sorts ? demanda Lauren en agitant une baguette imaginaire.

— Non ! cria Viv, apparemment ravie de savoir ce que Lauren ne savait pas.

Lauren leva les mains comme pour se rendre.

— Alors qui est-ce ?

— Une princesse ! cria Viv.

— Oh, une princesse. Très chic.

Viv hocha la tête.

— Papa ?

Elle leva les bras.

Alex jeta un coup d'œil à Lauren, le rouge montant de son cou jusqu'à ses joues.

— Tu veux faire une pause ? demanda-t-il. Aller prendre un peu l'air ?

Elle retint un sourire en sachant qu'il aurait du mal à refuser à sa fille sa dose de Princesse Kei-Kei.

— Ça va.

Il lui jeta un regard noir avant d'articuler silencieusement :

— Interdit de rire.

Elle secoua la tête en pinçant les lèvres pour empêcher son sourire.

Il pointa un doigt d'avertissement vers elle. Un petit rire s'échappa de sa bouche. Elle adorait qu'il accepte de se ridiculiser pour faire plaisir à sa fille.

— Kei-Kei, l'encouragea Viv.

Alex soupira.

— D'accord.

Il éloigna la table basse, attrapa un tapis bleu dans le placard de l'entrée, le posa sur le parquet et prépara la musique sur son téléphone. La musique sortit de petites enceintes qu'elle n'avait pas remarquées, car elles étaient installées très haut dans les coins de la pièce.

Une jolie mélodie avec des tintements commença. Lauren inclina la tête en écoutant. Un mouvement attira son regard.

Elle se tourna et elle vit Alex, debout sur le tapis, faire des flexions avec Viv allongée sur ses bras. Il n'y avait rien d'embarrassant selon elle. Il semblait plutôt baraqué.

— C'est ainsi que vous dansez ? demanda Lauren.

— Ça vient après, dit Alex en faisant une autre flexion. Ses biceps se gonflèrent et quelques veines proéminentes apparurent. C'était primitif, viscéral, *canon* et pourtant, parce qu'il tenait sa propre fille, c'était tendre aussi. Touchée, elle sentit ses yeux brûler et elle détourna le regard en se remettant à écouter la musique. Le chœur chanta un refrain joyeux : 'Tralala, nous sommes des elfes'. La partie des elfes s'étirait en longueur.

Elle sourit, fronçant le nez parce que c'était si mignon.

— Des elfes ?

Alex fit une autre flexion avec Viv.

— Oui. *Princesse Kei-Kei et les elfes.*

— En haut ! s'exclama Viv.

Alex souleva Viv au-dessus de sa tête comme un haltère.

— Youpi ! cria Viv.

Lauren rit.

Alex lui jeta un regard noir.

— Oh, je ne ris pas de toi, assura Lauren. Je ris avec toi.

— Personne d'autre ne rit, souligna-t-il en soulevant encore sa fille.

Elle pinça les lèvres, essayant de retenir son rire.

— C'est pire après, dit Alex sombrement en ramenant Viv au niveau de son torse.

— Oui ! s'exclama Viv lorsque son père la remonta rapidement au-dessus de la tête.

— Ça m'a l'air amusant, dit Lauren. J'aimerais que quelqu'un fasse du sport avec moi de cette façon.

— On danse ! s'exclama Viv.

Viv pensait que la musculation de son père était une danse. Apparemment, cela plaisait à tous les deux.

Alex se laissa ensuite tomber sur le tapis et il fit des pompes avec Viv sur son dos, ses petits bras lui entourant le cou. Elle espérait qu'il arrive à respirer. Chaque fois qu'il se soulevait, Viv poussait des cris de joie. Elle ne connaissait pas de meilleure motivation à faire plus de pompes.

Elle fit quelques pompes à côté d'eux, essentiellement afin

d'arrêter de remarquer toutes les belles lignes musculaires du corps de son employeur.

Alex lui jeta un bref regard avant de continuer ses pompes. Viv devait être habituée également, car Alex en fit beaucoup. Lauren ne parvint que jusqu'à dix.

Il y eut ensuite les abdos. Alex posa Viv et se mit au travail. Lauren fit de même, mais elle dut s'arrêter, car le plancher était un peu dur pour son dos. Elle alla s'asseoir sur le canapé pour avoir une meilleure vue sur le père et sa fille.

Quand Viv eut compté jusqu'à dix, pas tout à fait correcte-ment, Alex lui dit de recommencer. Puis il demanda à Viv de s'accrocher à ses jambes pliées. Elle serra ses mollets dans ses bras. Il la souleva de cette façon. Waouh, c'était un bon exercice.

Viv poussait un cri à chaque montée.

— Hue dada !

Alex termina, allongé sur le sol, respirant fort. Viv bondit à côté de lui et se mit à danser comme une folle, ses petits bras s'agitant en l'air, ses pieds frappant le sol.

Lauren sauta du canapé.

— C'est maintenant que nous dansons pour faire la fête ?

— Oui ! hurla Viv.

Alex se leva lentement, en sueur après sa séance de musculation.

Lauren se mit à danser avec Viv en l'imitant, et Viv rit en devenant très excitée. Alex rit également. Elle espérait qu'il se sente moins gêné maintenant qu'elle se ridiculisait à côté de sa fille.

— Papa, danse ! Chante !

— Oh, il y a des soucis dans ce bois, chanta Alex de sa voix grave de baryton.

— Double dose de soucis ! chanta Viv à pleins poumons.

Ils chantèrent le vers suivant ensemble, Alex bougeant les mains comme s'il faisait du karaté pendant que Viv sautait d'un côté à l'autre d'un air féroce.

— Alors nous nous battrons de toutes nos forces et avec tous nos pouvoirs !

Lauren sourit et fit quelques prises de karaté elle aussi. Elle ne connaissait pas les paroles et elle s'en moquait. Elle était simplement heureuse de voir ce magnifique moment père-fille.

~

Cette nuit-là, Viv dormit jusqu'à quatre heures. Ce fut le plus long sommeil sans interruption depuis qu'elle avait commencé à faire ses dents. Elle réveilla Alex en se plaçant à côté de son lit et en lui tirant la main.

— Médicament raisin, dit-elle.

— Je vais le chercher.

Il attrapa le médicament dans l'armoire de la salle de bains et il le lui donna doucement sans M & M's en espérant que le fait de rester discret allait l'aider à se rendormir.

— Bonne nuit.

Elle se coucha sur le sol à côté de son lit et se rendormit.

Il se demanda s'il risquait de la réveiller en la déplaçant. Finalement, il ne supporta pas que son petit visage se trouve sur le même tapis où il posait régulièrement les pieds. Il la souleva et il la ramena dans son lit avec autant de douceur que possible.

Au moment où sa tête toucha l'oreiller, elle dit :

— Miam.

Il sourit intérieurement. Elle rêvait sans doute de M & M's.

Il retourna au lit et il retomba dans un sommeil profond.

— Debout ! ordonna une petite voix.

Maintenant que Viv avait un lit de grande fille, elle pouvait bouger librement. Il avait enlevé son lit à barreaux quelques mois plus tôt, car elle grimpait sur les côtés et elle se jetait sur le sol. C'était aussi pour cela que toute la maison était sécurisée pour les bébés, avec des verrous, des portails et des poignées qui nécessitaient une main d'adulte pour être serrés et ouverts. Il laissait toujours la porte de sa chambre ouverte pour elle.

Il s'étira et il ouvrit les yeux. Il était presque sept heures et il n'avait pas l'impression d'être un zombie.

— Salut, ma puce.

— J'ai faim.

— Et si tu disais : peux-tu faire le petit-déjeuner, s'il te plaît ?

— S'il te plaît !

— Peux-tu faire le petit-déjeuner, s'il te plaît ?

Son visage se contorsionna sans comprendre.

— Papa fait.

Il laissa tomber.

— Oui, d'accord. Allons changer ta couche, puis nous irons prendre le petit-déjeuner.

Lorsque Viv fut prête pour la journée et qu'il avait bu sa première tasse de café, il constata qu'il se sentait bien. C'était un miracle. Et il savait exactement à qui il le devait.

Il était extrêmement reconnaissant envers Lauren pour la part qu'elle avait jouée en l'aidant à naviguer dans l'enfer des molaires. Pour la première fois de ce qui lui semblait une éternité, il sentit l'espoir se répandre en lui. Il allait faire tant de choses aujourd'hui. Il allait avoir l'occasion de créer, de travailler sur les couvertures de ces livres de fantasy qu'il adorait faire quand il en avait l'énergie. Il pourrait fermer la porte de son studio puisque Viv semblait à l'aise avec Lauren.

Peut-être trop à l'aise.

Car Viv se sentait assez bien pour être la tornade habituelle.

Lauren sonna à la porte d'Alex avec à ses pieds un grand sac fourre-tout rempli d'activités d'extérieur pour les petits. Elle était bien décidée à donner du temps de travail calme à Alex ce jour-là. La porte s'ouvrit sur un Alex souriant. Elle le fixa des yeux, momentanément aveuglée par le changement de ce grand sourire. Il semblait vif, énergique, heureux. Ses yeux marron étaient chaleureux et dénués de douleur. Il était rasé de près, et les angles virils de sa mâchoire étaient particulièrement beaux. Waouh. Avait-elle fait cela ?

— Bonjour, dit-il joyeusement.

— Bonjour. Tu as l'air… en pleine forme.

— Merci. Je me sens super bien. Viv et moi avons tous les deux bien dormi. Merci beaucoup de m'avoir aidé avec son médicament.

— Aucun souci.

— Je vais prendre ça.

Il attrapa le sac.

— Il est lourd.

Elle entra.

— C'est mon sac de surprises pour Viv. Où est ton petit ange ?

Il se tourna.

— Elle était ici il y a une minute.

Et puis d'une voix plus forte :

— Viv !

Viv apparut, les cheveux détachés, pieds nus avec un T-shirt à rayures rouges et blanches et un legging à pois rose et orange. *Quelqu'un s'était habillée toute seule aujourd'hui.* Elle courut et elle fit vite un câlin aux jambes de Lauren avant d'inspecter son sac.

Lauren leva le sac en le passant sur son épaule.

— Laisse-moi d'abord attacher tes cheveux. Tu peux avoir une tresse, comme moi.

Elle se tourna pour montrer sa tresse.

— Nous allons être très occupées à jouer avec ce qu'il y a dans ce sac.

Viv observa le sac avec fascination.

Alex prit la parole :

— Je pensais travailler un peu puisqu'elle est tellement à l'aise avec toi.

Lauren sourit.

— Absolument. C'est pour ça que je suis ici.

Alex la regarda longuement avant de se tourner vers Viv.

— Écoute bien Mademoiselle Lauren aujourd'hui.

— Au revoir, papa, dit Viv en le chassant.

— Tu l'as entendue, dit Lauren en riant.

Alex se balança d'un pied sur l'autre, comme s'il n'arrivait pas à décider s'il devait vraiment partir.

— Je serai juste au bout du couloir dans mon studio. Je ferme la porte et je mets de la musique. Si tu as besoin de moi, il te suffit d'entrer.

— Compris, dit Lauren.

— Compris, l'imita Viv.

Alex regarda Viv avant de reporter son attention sur Lauren.

— C'est une de ces poignées avec une sécurité enfants. Tu sais les utiliser ?

Elle hocha la tête.

— Oui. Je les ai remarquées hier.

Alex rassembla les mains comme pour une prière, puis les pointa vers elle.

— Merci, merci, merci.

Elle secoua la tête.

— Aucun souci, vraiment. Viv et moi allons nous éclater.

Il se tourna vers Viv.

— Je te vois au déjeuner, ma fille super forte.

Il tendit le poing afin qu'elle le touche avec le sien.

Viv le laissa en plan. Elle souleva les cheveux et les entortilla en essayant de faire une tresse.

— Je veux.

Alex les observa encore longuement, passant de l'une à l'autre, presque comme s'il ne voulait pas partir. Lauren le chassa.

— Merci, articula-t-il silencieusement en partant.

Tellement adorable.

Elle se tourna vers Viv. Encore quelqu'un d'adorable. Elle était heureuse d'avoir la chance de pouvoir aider Alex et Viv. Elles allaient passer une merveilleuse journée.

Cela dura à peu près cinq minutes.

Ce n'était pas que Viv était *méchante*. Elle était plutôt… curieuse et énergique et… casse-cou. Lauren ne pouvait pas la quitter des yeux pendant une seule minute. Lorsque l'heure du déjeuner arriva, Lauren était honteusement épuisée. Elle détestait insister, mais elle pensait vraiment avoir besoin d'emmener Viv à un terrain de jeux ou un bassin pour enfants. Quelque chose qui permettrait de dépenser son énergie. Elle allait devoir prudemment aborder le sujet avec Alex.

7

Alex était dans cet endroit merveilleux de son esprit où la créativité débordait, guidant ses doigts pendant qu'il dessinait une image complexe mêlant un dragon, un château, un bouclier et l'ombre de deux enfants qui couraient. Il eut l'impression que quelques minutes seulement s'étaient écoulées lorsqu'il entendit son nom.

— Papa !

Il posa son crayon, baissa la musique et se leva en écartant les bras. Viv courut et heurta ses jambes contre lesquelles elle fit un câlin. Il la souleva et embrassa sa tempe.

Lauren entra dans le studio.

— Pardon de te déranger. Elle voulait déjeuner et je me suis dit que tu pourrais vouloir te joindre à nous. Si tu es trop occupé…

— Pas du tout.

Il aperçut les cheveux de Viv.

— Jolie tresse.

Il ne savait pas faire les tresses, alors elle était sûrement très contente d'en avoir une.

Viv gigota pour descendre. Il la posa à terre et elle fit quelques poses de mannequin, la main sur la hanche, jetant la tresse en arrière et en avant sur son épaule. Il rit en se tournant vers Lauren.

— Où a-t-elle appris ces mimiques de mannequin ?

— Oups, dit-elle.

— Bon, Mademoiselle Vivian, allons manger.

Viv courut vers la cuisine. Lauren observa le studio.

— C'est donc ici que la magie opère.

Il regarda autour de lui. C'était un bazar son nom.

— Rien de très extraordinaire.

Il avait une table à dessin pour travailler à la fenêtre. Les stores étaient entrouverts afin de laisser passer la lumière naturelle. À côté se trouvaient un futon noir de l'époque où il vivait en appartement et une petite bibliothèque avec des livres de l'école d'art. À l'opposé de la fenêtre, de l'autre côté de la pièce, se trouvait un bureau avec un ordinateur et un grand écran où il faisait la plus grande partie de son travail sur Photoshop, ainsi qu'une tablette de peinture numérique. Sur deux rangées de fils métalliques installés très haut sur le mur étaient accrochés les dessins en cours : des schémas de couvertures, ou de temps en temps une illustration pour un album.

Elle s'arrêta à côté de sa table à dessin, inspectant son travail. Elle lui tourna le dos, émerveillée.

— Tu es un artiste doué.

Il rougit à ce compliment.

— Merci. Ça me manquait.

— C'est ce que tu fais pour gagner ta vie ? Des illustrations de livres de fantasy ?

— Pas toujours. Là, c'est pour une trilogie. Des couvertures de livres. Parfois j'illustre aussi des albums. Mais ce travail n'est qu'à mi-temps. Le reste du temps, je fais du graphisme et de la programmation de sites Internet. C'est le travail régulier qui paie les factures.

Elle se tourna vers la couverture sur laquelle il avait travaillé, puis examina les deux autres. Il avait fait les trois en un temps record, emporté par le flot de créativité qui lui avait tant manqué. Bien sûr, ce n'était qu'un premier jet. Il allait devoir repasser les lignes des dessins puis les scanner et les télécharger sur Photoshop, où il faisait le travail de coloriage. Malgré tout, il était fier de ce qu'il avait accompli après avoir été coincé pendant des semaines.

Le silence soudain le fit penser à la possibilité de bêtises de sa fille.

— Faut que j'aille voir Viv.

— Bien sûr, dit Lauren avec un sourire adorable. J'adorerais voir plus de ton travail quand tu auras un moment de libre.

— Je n'en ai pas beaucoup.

— Viv, dirent-ils en même temps.

Ils se heurtèrent en essayant de sortir par la porte.

— Pardon, dit-il. Après toi.

Elle rit et elle leva la tête vers lui. Ses yeux verts étaient vifs et souriants.

— Oups.

Il eut soudain extrêmement conscience d'elle : de la rougeur de ses joues, de la forme de cœur de son visage, de la chaleur de son corps, de son odeur sucrée et florale avec une touche de quelque chose de plus prononcé, une sorte d'épice. Elle se faufila devant lui, son bras nu touchant le sien, et il en eut la chair de poule. Il resta figé sur place, surpris par sa propre réaction. Il n'avait pas été avec une femme depuis la naissance de Viv. Cela le rattrapait peut-être.

Lorsqu'il arriva à la cuisine, Viv était debout sur une chaise à côté du comptoir, une jambe levée, et Lauren la faisait descendre.

— Non, dit Alex en prenant Viv des bras de Lauren. On ne grimpe pas sur les comptoirs. C'est dangereux. Que veux-tu ?

Viv posa les mains sur les joues de son père et le regarda dans les yeux.

— M&M's. Médicament raisin.

Alex calcula rapidement et décida qu'il était trop tôt pour la dose suivante.

— Ce n'est pas encore l'heure. Que veux-tu manger au déjeuner, des nuggets de poulet ou des toasts au fromage fondu ?

— Des toasts, dit Viv.

— Des toasts, s'il te plaît, souffla-t-il.

— S'il te plaît, dit-elle en lui serrant le cou. S'il te plaît, papa.

Il embrassa sa tempe et il la reposa.

— Ça arrive tout de suite.

— Veux-tu m'aider à mettre la table ? demanda Lauren à Viv.

Et d'un seul coup, ils vivaient un de ces moments 'familiaux'. Lauren donnait des instructions à Viv et Alex cuisinait. Il jeta un coup d'œil à Viv, qui était fière et pleine de détermination en posant trois serviettes en papier. Il ravala une boule d'émotion dans sa gorge. Le bonheur de sa fille était vital pour lui. Son regard s'attarda sur Lauren lorsqu'elle se laissa tomber sur une chaise de cuisine, son expression joyeuse s'effaçant un instant pendant que Viv pliait soigneusement une serviette en papier en deux comme Lauren le lui avait montré. Lauren semblait fatiguée, et il détestait l'avouer, mais elle était en assez piteux état. Les cheveux s'échappaient de sa tresse, ses genoux étaient un peu sales et elle était plus ou moins affalée sur sa chaise.

— Elle t'épuise déjà ? demanda-t-il.

Elle se redressa immédiatement et fit passer des mèches de cheveux indisciplinés derrière ses oreilles.

— Je vais bien. J'ai seulement besoin de manger.

— Qu'a-t-elle fait ?

— Rien de plus que ce que ferait n'importe quel autre enfant de deux ans.

— D'accord. Mais je ne connais pas beaucoup d'autres enfants de deux ans avec ses capacités sportives et sa curiosité *fougueuse*.

Il dit le mot 'fougueuse' assez fort pour attirer l'attention de Viv.

Viv leva la tête et sourit, le torse gonflé de fierté.

— Fougueuse.

Il hocha la tête et il revint vers le fromage qu'il retourna. C'était ce que la dernière nounou avait dit d'elle juste avant qu'il la renvoie.

— Une fille tellement fougueuse, avait dit la dame plus âgée. Il faut lui retirer cela, lui apprendre à se conformer.

Il n'allait certainement pas briser la fougue de sa petite fille.

— J'aime sa fougue, avait-il rétorqué. Vous êtes virée.

Il réutilisait le mot fougueuse de façon positive au cas où la vieille sorcière avait dit à Viv qu'elle était fougueuse dans le mauvais sens.

Viv aida Lauren à poser les assiettes et les verres. Il termina les toasts de fromage fondu et il les servit. Il se rendit soudain compte qu'il n'avait rien d'autre à faire. Lauren s'était occupée des fraises, du lait et de faire monter Viv sur sa chaise haute. Il s'assit, surpris de pouvoir manger alors que son déjeuner était encore chaud.

Viv mangea deux triangles de toasts, en laissant la croûte, mais au moins elle mangeait. Lauren lui posa des questions sur sa façon de travailler sur les couvertures de livres et les illustrations et il expliqua autant que possible, tout en lui disant que c'était plus facile de lui montrer. Il le ferait peut-être un jour, s'il arrivait à avoir un moment de libre et que Viv était occupée.

Lauren passa une fraise à Viv, qui mordit un gros morceau, le mâcha et puis se mit à pleurer en se tenant la joue.

— Laisse-moi voir tes dents, dit-il. Dis aah.

Elle ouvrit sa bouche en grand. Il aurait peut-être dû attendre qu'elle finisse de mâcher. Entre les morceaux dégoûtants de fraises écrasées, il pouvait tout juste distinguer les coins des deux molaires qui sortaient. Le gonflement s'était un peu résorbé, indiquant que le médicament faisait son travail. Il regarda l'heure. C'était assez près de l'heure pour la dose suivante.

— Je vais attraper ton médicament. Bois ton lait.

— M & M's.

Il s'arrêta.

— As-tu besoin du médicament où veux-tu seulement un M & M's ?

— Médicament. M & M's.

Il échangea un regard interrogateur avec Lauren. Lui avaient-ils appris à demander le médicament juste pour obtenir le bonbon ?

— Il n'y a plus de M & M's, dit Lauren. Aujourd'hui, il n'y a que le médicament.

— Tu veux quand même le médicament ? demanda Alex.

Viv hocha la tête.

Il partit, mais il entendit Viv demander d'une voix forte :

— Où les M & M's ?

— Je ne sais pas, dit Lauren. Je les ai peut-être laissés dans mon appartement.

Après le médicament, Alex 'trouva' les M & M's et il en donna un à Viv. Lauren l'aida à nettoyer la cuisine et elle partit changer Viv. Lorsqu'elle revint, elle demanda :

— Est-ce que tu veux bien que je l'emmène au terrain de jeux cet après-midi ? Je pense simplement qu'elle a besoin de, tu sais, d'étendre ses horizons au-delà de la maison. Elle est si intelligente et curieuse. Je crois qu'elle s'ennuie et qu'elle invente des façons de s'amuser.

Il se raidit. Il avait voulu retourner à son studio.

— Restez plutôt par ici.

Viv partit en courant, faisant des allers-retours dans le couloir depuis le salon aux chambres.

— Elle a tellement d'énergie, dit Lauren. Nous n'irions pas loin. Je pensais au terrain de jeux grillagé au parc Baldwin.

Il se frotta la nuque.

— Je voulais travailler un peu plus.

— Tu peux. Je vais la prendre.

— Elle n'est pas prête à partir quelque part sans moi, dit-il sèchement. Je t'ai dit que jusqu'ici elle n'a été seule qu'avec mon père.

— Alors nous pourrions peut-être rendre visite à ton père ?

Il poussa un soupir, n'étant pas prêt pour cela non plus. Pas sans lui. Viv arriva en courant avec un drôle de chapeau. Merde. C'était son slip. Il l'enleva de sa tête et il le jeta dans sa chambre avant de fermer la porte.

Il attrapa Viv à mi-course et il la souleva à hauteur des yeux.

— On ne porte pas des sous-vêtements sur la tête.

Lauren gloussa et il se sentit rougir. Les choses qui sortaient de sa bouche maintenant qu'il était parent. Il reposa Viv en secouant la tête.

Viv courut vers l'espace ouvert du salon et se mit à tourner sur elle-même.

Lauren vint se tenir à côté de lui.

— Tu vois comment elle s'occupe ? Mais ce n'est pas

toujours bon de faire les mêmes expériences sans jamais changer.

Il regarda Viv tourner, tourner, tourner. Elle n'avait pas besoin de grand-chose pour s'amuser.

— Elle a deux ans. Elle va très bien.

— Je comprends que vous avez un lien très étroit et c'est fantastique, mais…

Elle se tut lorsque Viv atterrit sur ses fesses et chancela, mais ne tomba pas.

— Je dis juste que je pense qu'elle serait plus heureuse si elle pouvait agrandir ses horizons.

Il se raidit, irrité qu'elle insiste. Ce n'était que le deuxième jour de Lauren.

— Elle est assez heureuse, aboya-t-il. Je fais ce que je peux, ajouta-t-il, sur la défensive.

Comme toujours, il ressentait la pression d'être un père célibataire pour Viv et il craignait de ne pas être à la hauteur.

Lauren posa la main sur son bras et serra doucement, le touchant de façon rassurante.

— Tout ce que je dis, c'est qu'un peu de liberté lui ferait du bien.

— Si tu ne te sens pas à la hauteur…

Elle sourit d'un air pincé.

— Non, ça va. Je ne voulais pas insister sur le sujet avec lequel tu n'es pas à l'aise. Nous resterons ici. As-tu des jouets d'extérieur un peu plus grands, comme un tricycle ?

— Tout se trouve dans le garage. La porte est dans la cuisine.

Ils se tournèrent tous les deux lorsque Viv se leva en titubant.

— Ouah. Ça tou'ne.

— Ça ne m'étonne pas, dit Lauren. Tourner comme ça peut vraiment donner le tournis. Allons chercher un jouet au garage.

— Je serai dans mon studio, marmonna-t-il.

Il partit, se sentant irrité et jugé et toujours pas prêt à laisser Viv sortir sans lui. Il était son protecteur et il était très difficile de faire confiance à quelqu'un d'autre pour s'occuper d'elle. Son père était l'exception, le seul en qui il avait confiance. Son père avait élevé ses enfants tout seul et soutenu encore beaucoup d'autres enfants perturbés qui avaient besoin d'une figure paternelle. Même Lauren, bien qu'elle soit fabuleuse, ne pouvait pas prendre la place d'Alex. Et si Viv se faisait mal ? Et si elle pleurait et qu'elle demandait papa et qu'il n'était pas là ? Il ne voulait pas que Viv pense ne serait-ce qu'un instant qu'il n'était pas là pour elle. C'était une promesse qu'il s'était faite le jour où elle était née. Il allait compenser la perte de sa maman en étant tout pour elle. Il ne briserait cette promesse pour personne.

Il ferma la porte de son studio et il mit la musique. Cette fois, les choses ne furent pas aussi faciles. Il commença un dessin plus détaillé, le rata plusieurs fois, et se sentit soudain terriblement fatigué. Il se retrouva à l'ordinateur, à cliquer sur les œuvres de Tammy. Il les regardait quotidiennement, c'était comme une démangeaison. Comme lui, elle aimait la peinture numérique, mais les siennes étaient superposées sur des photographies. Elle avait constamment pris des photos tout autour de la ville, mais jamais avec des personnes. Il n'y avait que des éléments urbains : des bâtiments tagués, des terrains vagues, des trottoirs abîmés, des ordures. Puis elle jouait avec sur l'ordinateur, les peignant avec des effets différents.

Il étudiait surtout les œuvres qu'elle avait faites pendant qu'ils étaient ensemble. Sa réticence à l'épouser lui avait fait douter de son amour. Bien sûr, elle lui avait dit qu'elle l'épouserait après la naissance du bébé, quand il lui avait demandé plusieurs fois, mais lorsqu'il lui avait donné la bague de fiançailles en rubis – c'était sa pierre préférée – elle l'avait portée à un collier autour du cou. Il se demandait ce qu'il se serait passé si elle avait vécu. Se seraient-ils mariés et auraient-ils formé une vraie famille ?

Il cliqua sur la dernière chose qu'elle avait créée quand elle était enceinte de neuf mois, deux semaines seulement avant la naissance de Viv : une photo de terrain vague avec une rose qui fleurissait. Il n'avait pas vu celle-là quand elle était en vie et il le regrettait. Elle le hantait. La rose lui faisait toujours penser au bébé qui grandissait en elle, mais elle avait peint les pétales en noir. Une rose morte toute seule. Avait-elle su qu'elle allait mourir ? Voulait-elle que le bébé meure ? Ou bien se sentait-elle toute seule dans un grand espace vide, l'obscurité se refermant sur elle ?

Il continua à cliquer sur son travail, cherchant un sens sans en trouver. Parfois elle superposait une image avec une autre, rendant un objet innocent tout à fait troublant. Un couteau sur une colline herbeuse, du verre brisé à côté d'un chien à poil long. Il se dit qu'il ne l'avait jamais vraiment connue avant sa mort. Elle avait été pleine d'énergie, courant toujours par monts et par vaux. La journée, elle était promeneuse pour chiens et assistante personnelle à temps partiel pour une femme riche et excentrique. Elle réservait son art pour la nuit, son moment préféré. Il n'avait jamais remarqué la noirceur en elle avant d'étudier son travail dans son ensemble. Ces images étaient la seule chose matérielle qu'il avait gardée d'elle, transférant tout son travail depuis son ordinateur portable sur son propre ordinateur. Il avait été sous le choc par sa mort soudaine et son nouveau rôle de père célibataire, alors il avait laissé son père et les parents de Tammy faire le tri dans leur appartement. Il avait dit à son père qu'il ne voulait que l'ordinateur portable. Elle lui avait dit son mot de passe, Psychobitch101, quand il avait rencontrée pour la première fois.

Il avait aimé sa franchise, son attitude défiante et sans remords. Il l'avait trouvée forte et dure. Elle s'habillait en noir, avec des vêtements moulants, ses cheveux blonds étaient teints en noir qui contrastait particulièrement avec sa peau blanche, elle avait des piercings le long des deux lobes de ses oreilles et dans son nombril ainsi que de petits anneaux en argent dans les tétons. Un tatouage d'un dragon crachant du feu montait le long de ses côtes droites. Elle vivait à sa façon et selon ses propres termes jusqu'à ce que la grossesse la force à penser à quelqu'un d'autre. Elle avait détesté devoir porter des vêtements de maternité. Son indifférence envers Viv l'avait inquiété. Elle disait que le bébé était un parasite qui suçait son sang. Il avait espéré que son instinct maternel se déclencherait après la naissance de Viv. Maintenant, il ne le saurait jamais.

Ses yeux se mirent à brûler. Il les ferma, quitta le dossier de Tammy, s'allongea sur le futon et sombra dans un sommeil profond.

Lorsqu'il se réveilla, il alla se chercher du café et jeta un coup d'œil à Lauren et Viv. Sa petite fille ne lui laissait jamais le temps de se morfondre sur le passé. C'était sans doute la seule chose qui l'avait aidé à surmonter les premiers jours. Il les vit devant la maison à travers la grande fenêtre du salon. Lauren poussait Viv par la poignée de sa voiture en plastique rouge le long du trottoir de leur pâté de maisons. Viv semblait heureuse, elle tournait le volant et frappait de temps en temps le klaxon. Il sourit, comme toujours quand il voyait Viv s'occuper.

Il sortit par cette chaude journée de juin. Viv était à l'ombre du toit de sa voiture, mais qu'en était-il de Lauren ? Avait-elle parcouru le trottoir de long en large dans cette chaleur pendant les deux dernières heures ? Il sentit une pointe de culpabilité, car il savait qu'elle essayait juste d'occuper Viv pour lui permettre de travailler.

Il les rattrapa au bout du pâté de maisons. Lauren s'arrêta et essuya une mèche de cheveux de son visage en sueur.

— Salut. Nous faisions un petit tour en voiture.

— En avant ! hurla Viv en frappant le klaxon au milieu du volant.

Il se pencha vers Viv. Dolly, sa poupée aux cheveux jaunes coupés se trouvait sur le siège passager.

— Tu t'arrêtes pour prendre de l'essence pendant que je parle à Mademoiselle Lauren.

Viv hocha la tête et se tut. Il fit semblant de mettre de l'essence dans sa voiture. Il se tourna vers Lauren qui était rougie par la chaleur, ses cheveux s'échappant de sa tresse en mèches douces. Il souhaita soudain pouvoir la ramener dans son studio et dessiner les courbes et les lignes de son visage magnifique. Son regard s'attarda sur une goutte de sueur qui coulait dans son cou. Il eut la soudaine envie de la lécher.

Il cligna des paupières, surpris par son désir inhabituellement vif. Il se concentra sur ses yeux verts et dans cette lumière, il remarqua qu'ils avaient de petites tâches bleues et grises. Il fallait faire plus que la dessiner, il avait besoin de couleurs, peut-être des pastels.

— As-tu bien travaillé ? demanda Lauren.

— Oui, dit-il afin qu'elle n'ait pas l'impression d'avoir fait tous ces efforts pour rien.

Elle sourit et le monde s'illumina.

— Bien.

Il détourna le regard, se demandant ce qui n'allait pas chez lui. Bien sûr que son monde était illuminé. La journée était ensoleillée.

— Est-ce que cela fait plusieurs heures que tu la pousses dans sa voiture ?

— Ça fait si longtemps ? demanda-t-elle en essuyant la goutte de sueur dans son cou.

— Oui. Sauf si vous avez fait quelque chose avant.

Elle se balança sur ses pieds.

— Pas étonnant que j'ai si mal aux pieds.

— Lauren...

— Ça va. J'avais besoin de faire de l'exercice.

Elle posa une main au creux de son dos et elle se cambra. Elle était grande, mince, gracieuse. Ses seins étaient ronds, ses hanches étroites, ses jambes longues, très longues. Il voulait faire plus que la dessiner. Il voulait toucher.

— Je ne suis pas certain que tu aies vraiment besoin de faire de l'exercice, murmura-t-il.

Son regard remonta vers son visage.

— Tu aurais pu rentrer.

Elle se redressa, les mains sur les hanches.

— Je voulais te laisser travailler un peu.

— C'est ce que j'ai fait. Et puis j'ai fait une sieste. Tu aurais dû revenir dans la maison. Ne t'épuise pas.

— Je n'aurais pas non plus voulu déranger ta sieste.

Viv klaxonna trois fois. Il se pencha vers Viv et lui tendit la paume de sa main.

— Cinquante dollars pour l'essence.

Elle frappa sa main avec des sous invisibles.

Lauren continua.

— De plus, pendant un moment, Viv a poussé la voiture avec Dolly, alors c'est elle qui faisait de l'exercice.

Il était certain que Lauren avait marché juste à côté d'elle. Il se redressa et il sortit son téléphone portable.

— Attends. Je vais voir si mon père est à la maison.

Il appela son père, reçut le feu vert et raccrocha.

— Mon père vit de l'autre côté de la ville. Nous allons lui

rendre visite et puis, si tu es à l'aise là-bas, tu pourras y emmener Viv quand tu voudras sans moi.

— Je suis sûre que je serais à l'aise, dit Lauren. Je connais ton père de l'époque où Mad vivait à la maison. Nous traînions parfois là-bas.

Vingt minutes plus tard, il se gara dans l'allée de son père. Lauren attrapa Viv et elles marchèrent main dans la main jusqu'à la porte d'entrée.

Son père, grand et encore en forme à cinquante-cinq ans avec les cheveux bruns et un peu de gris sur les côtés, ouvrit avec un sourire qui fit plisser le coin de ses yeux marron.

— Et voilà ma petite fille préférée ! s'exclama-t-il.

Lauren souleva Viv et elle la tendit à son père comme Alex l'aurait fait afin que son père n'ait pas besoin de se pencher.

Son père sourit à Lauren lorsqu'ils entrèrent.

— Content de te revoir, Lauren. J'ai entendu dire que tu donnais un coup de main cet été.

— Ravie de vous revoir aussi, M. Campbell, répondit Lauren avec un sourire adorable. Je suis contente d'aider. Viv est merveilleuse.

Elle chantonna le dernier mot et tapa Viv dans la main.

Son père examina Lauren pendant un moment. Alex était certain que son père voyait les mêmes qualités angéliques que lui.

— Appelle-moi Joe, je t'en prie.

— D'accord, dit Lauren. Si ça ne vous dérange pas.

— J'insiste, répondit son père. Et il faut me tutoyer.

Il se tourna et il scruta Alex de son regard de flic acéré.

— Tu as l'air beaucoup mieux que la dernière fois que je t'ai vu. Les molaires sont-elles sorties ?

— Presque, dit Alex. J'ai eu ma première bonne nuit de sommeil grâce à l'aide de Lauren.

Lauren rougit et il se rendit soudain compte que cela pouvait paraître cochon. Il ne voulait pas dire que Lauren avait fait quoi que ce soit en lien avec le lit. Avant qu'il puisse s'expliquer, Lauren intervint.

— Ce n'était rien, dit-elle. J'ai juste aidé avec le médicament pour bébés.

— M & M's, dit Viv à son grand-père.

— Oh, c'est comme cela qu'ils appellent les médicaments de nos jours ? demanda son père.

— Médicament au goût de raisin, puis M & M's, expliqua Lauren.

— Ça doit marcher, dit son père.

Ils finirent par rester dîner. Son père commanda une pizza. Viv ne mangea que le fromage, mais elle était ravie d'avoir autant d'adultes qui la pouponnent. Son père n'arrêtait pas d'observer Lauren et sa façon de se comporter avec Viv. Il était difficile de rater le lien qui s'était formé si rapidement entre elles.

Dès l'instant où Lauren s'excusa pour aller aux toilettes, son père se tourna vers lui.

— Il faut la garder. Ne la laisse pas s'échapper.

Alex secoua la tête.

— Ce n'est que pour l'été. Elle est institutrice.

Il regarda Viv qui jouait avec un petit jouet arc-en-ciel que Lauren avait eu dans son sac. Elle le lui avait donné juste au moment où Viv terminait de manger, permettant aux adultes de finir tranquillement le dîner.

— C'est dommage qu'elle ne puisse pas rester avec Viv toute l'année, dit son père. Elle est fabuleuse avec elle.

Il inclina la tête.

— J'ai eu de la chance. Elle est totalement surqualifiée pour le job de nounou.

Il énuméra ses qualifications impressionnantes.

— Elle est toujours célibataire ?

Il rougit. Sérieusement ? C'était là que son père voulait en venir ? Puis il se souvint que Lauren s'était inscrite au service idiot de Hailey pour trouver l'amour. Il n'aimait pas penser à l'adorable Lauren avec une espèce de looser comme ce type qui avait un serpent et des rats.

— Je ne sais pas, dit sèchement Alex. Cela ne me regarde pas.

— Ah ha.

Il se leva, s'occupant à mouiller une serviette en papier pour nettoyer le visage et les mains sales de Viv pendant qu'elle était assise dans sa chaise haute. Il dut également nettoyer le jouet.

Lauren revint.

— Alors, Alex m'a dit que tu étais célibataire, dit son père.

Alex se raidit.

Lauren devint écarlate et jeta un regard interrogateur à Alex. Ce dernier se contenta de secouer la tête. Finalement, elle s'assit et elle répondit :

— Je suppose qu'il a parlé de Faites Naître l'Amour (TM) ?

Alex fit quelques mouvements de la main comme pour se couper la tête, mais Lauren ne le remarqua même pas. Elle regardait son père sournois.

Joe fit un grand sourire.

— Dis-moi plus. S'agit-il d'un des plans d'entremetteuse de Hailey ?

Lauren le renseigna en commençant par le fait qu'il s'agissait d'un service légitime avec une marque déposée et tout, lorsqu'Alex s'éclaircit la gorge. Elle s'arrêta et elle se tourna vers lui.

— Quoi ?

— Nous devrions y aller. Je ne veux pas attendre trop longtemps avant de faire toute la routine du bain et du lit. J'essaie de coucher Viv plus tôt maintenant.

Lauren se leva.

— Oh, bien sûr.

Elle se tourna vers son père.

— Merci beaucoup pour le dîner, Joe.

— Aucun souci, dit son père en souriant comme s'il avait gagné à la loterie. Passe demain à la même heure. Je te montrerai quelques-uns des jeux préférés de Viv.

— Football ! cria Viv de sa chaise haute.

Elle jeta le jouet comme un ballon de foot américain. Il tourbillonna en l'air et s'écrasa à la moitié de la pièce. Elle avait un bon lancer.

Joe tapa dans la main de Viv et ébouriffa ses cheveux.

— C'est ça. Nous apprendrons les meilleurs trucs à Lauren.

— D'accord, à demain alors, dit joyeusement Lauren en sortant Viv de sa chaise haute.

Elle porta Viv sur sa hanche.

— Au revoir ! dit Viv.

Son père se pencha et Viv lui fit un bisou bruyant sur la joue.

— Merci pour le dîner, papa.

Alex baissa la voix lorsqu'il vit Viv mettre son pouce à la bouche et pencher la tête contre l'épaule de Lauren. Elle ne tendait pas les bras vers papa ? Elle ne l'appelait pas ? Lauren se dirigea vers la porte.

Son père lui donna une tape sur l'épaule, ce qui le fit sursauter.

— C'était vraiment bon de vous voir tous. Vraiment bien.

— Ouais, salut.

Il les suivit dehors, toujours pas habitué à la façon dont Viv s'était si rapidement satisfaite de Lauren. Tous les enfants étaient sans doute ainsi avec elle. C'était une super nounou ou quelque chose dans le genre.

À la voiture, il attendit derrière Lauren pendant qu'elle installait Viv dans son siège auto. Il souhaitait vérifier qu'elle l'attache bien. Elle se retourna et elle le heurta en poussant un petit cri. Il l'attrapa autour de la taille pour l'empêcher de tomber, soudain conscient de ses seins appuyés contre son torse. Elle leva la tête, le regardant avec des yeux verts très doux.

— Pardon, chuchota-t-il parce qu'elle était si proche. Je ne voulais pas te faire sursauter.

— Pas grave, chuchota-t-elle à son tour.

Il serra les doigts autour de sa taille alors même qu'il s'exhortait à la lâcher.

— J'allais juste vérifier la ceinture de sécurité.

Elle hocha la tête si près de lui que leurs lèvres se touchèrent presque. Il sentit sa respiration douce et il fixa ses lèvres entrouvertes. Il baissa lentement la tête, irrésistiblement attiré. Elle eut le souffle coupé et il sentit le sang parcourir ses veines, éveillant en lui un besoin longtemps négligé.

— On y va ! ordonna une petite voix, le faisant brusquement retourner à la réalité.

Il s'écarta soudain en lâchant Lauren, qui le contourna vite et monta dans la voiture. Que faisaient-ils ? Il avait failli embrasser Lauren. Il vérifia la ceinture de Viv et elle était bien attachée. Viv se suçait le pouce en entortillant ses mèches de cheveux autour du doigt, elle était presque endormie. Il ferma doucement la portière.

Il inspira pour se calmer. Il ne pouvait pas tout faire foirer en désirant la nounou. Elle était fantastique avec Viv. Il commençait tout juste à se remettre sur pied… tout cela grâce à Lauren.

Il monta dans la voiture et il se tourna vers Lauren qui regardait droit devant elle, sans cligner des paupières. Il ouvrit la bouche, ne sut pas quoi dire et démarra donc la voiture avant de reculer hors de l'allée.

Viv s'endormit avant même que la voiture ait quitté le pâté de maisons de son grand-père. Lauren était si silencieuse qu'il craignait avoir dépassé les bornes.

Il lui jeta un coup d'œil.

— Ça va ?

Elle hocha la tête avec un sourire pincé.

Il laissa passer le moment. Cela n'arriverait plus, se dit-il.

— Tu as dû bien travailler à fatiguer Viv.

— J'essaie. À vrai dire, je suis un peu épuisée, moi aussi.

Il se sentit coupable de l'énorme effort qu'elle avait fait juste pour qu'il puisse travailler un petit peu et faire la sieste.

— Il est tard, dit-il. Tu as fait deux heures supplémentaires. Tu peux venir plus tard un autre jour ou partir plus tôt pour rattraper ça.

— Ne sois pas bête. J'ai eu un repas gratuit. Ça va.

— Je commence à croire que tu as des pouvoirs de super nounou, dit-il en ne plaisantant qu'à moitié.

Elle rit.

— J'adore les enfants. Et je suppose qu'ils m'aiment aussi.

Il s'arrêta à un stop et se tourna vers elle.

— En tout cas, c'est le cas de Viv.

Elle le regarda dans les yeux.

— C'est en partie pour cela que j'ai décidé de me mettre sérieusement à chercher mon âme sœur cet été. J'aimerais avoir le mari avant les enfants.

Non. La voix dans sa tête fut très claire. Il garda la bouche fermée. Il n'avait aucun droit de refuser qu'elle cherche un bon parti.

Elle l'observa un moment, cherchant à déchiffrer ses traits, attendant apparemment qu'il dise quelque chose avant d'abandonner et de se tourner vers la route.

— Tu penses sans doute que c'est stupide d'avoir un plan, mais…

— Pas si c'est ce que tu veux, dit-il d'un ton bourru.

Il appuya sur l'accélérateur. Ce n'était pas qu'il ne voulait pas qu'elle ait un mari et des enfants. Elle le méritait tout à fait. Il ressentait surtout de la crainte parce qu'il savait qu'elle trouverait tout cela. Tout le monde pouvait voir à quel point c'était un bon parti en tant que future mère : gentille, intelligente, patiente et même s'il aurait aimé ne pas le remarquer, belle d'une façon saine et angélique. Cela n'avait jamais été son genre de fille et il ne savait pas très bien pourquoi cela l'attirait autant maintenant. Était-ce juste parce qu'elle semblait adorer Viv autant que lui ?

Il redoutait déjà la fin de l'été et le moment où sa petite fille n'aurait plus Lauren dans sa vie. Il savait que ce n'était pas juste de demander à Lauren de rester dans les parages. Il n'avait rien à lui offrir. Il ne pouvait aimer personne d'autre que sa fille.

8

L'après-midi suivant, Lauren dut apaiser Alex pendant qu'elle se préparait à emmener Viv chez Joe. Il traînait autour d'elle au lieu de travailler ou de faire la sieste.

— Alex, dit-elle doucement, je gère.

Elle lui prit le sac à langer et elle l'accrocha sur son épaule.

— Appelle-moi pour n'importe quelle raison, dit Alex avec angoisse. Tu as mon numéro, n'est-ce pas ?

— Tu me l'as donné le jour de l'entretien d'embauche.

Elle posa la main sur son bras de façon rassurante et elle sentit ses muscles durs se raidir avant qu'il s'écarte.

Elle ne tint pas compte du geste blessant. Il l'avait presque embrassé la veille, elle en était certaine. Elle était également sûre qu'il comprenait qu'elle cherchait une relation. Clairement, ce n'était pas son cas. Ils resteraient donc amis. Des collègues pendant l'été. Il était manifestement d'accord pour dire que c'était la meilleure solution, car il avait fait attention à garder ses distances depuis qu'elle était arrivée ce matin.

Elle déglutit et afficha un sourire.

— Ce n'est que pour quelques heures. N'oublie pas que je suis certifiée pour les premiers secours pédiatriques et la RCP.

Il fit un sourire en coin.

— Je m'en souviens.

— Allez, Viv, dit-elle, allons-y.

— Allons-y ! cria Viv. Au revoir, papa !

Elle ne se tourna pas vers lui.

Lauren jeta un regard en arrière et elle vit Alex un peu stupéfait et blessé. Cette petite sortie était importante pour lui. Viv s'aventurait quelque part sans lui.

Elle se pencha vers Viv.

— Va faire un câlin pour dire au revoir à papa.

Viv courut serrer les jambes d'Alex.

Il ébouriffa ses cheveux.

— Amuse-toi bien, ma puce.

— Au revoir !

Viv courut vers Lauren.

Alex recula lentement.

Lauren prit Viv par la main et fit un clin d'œil à Alex.

— Nous te verrons après ta sieste ennuyeuse.

Elle se dit que ce serait plus facile pour Viv si elle pensait qu'il ne se passait rien d'amusant à la maison.

— Au revoir, dit-il d'un ton un peu triste.

Elle se sentit presque coupable, mais ce n'était qu'un court trajet pour rendre visite au grand-père de Viv. Alex allait très bien s'en sortir. Elle voulait lui donner l'espace dont il avait besoin pour reprendre sa vie en main : rattraper son travail en retard ou dormir, ou quoi que ce soit d'autre dont il avait besoin.

Elle était en train d'attacher Viv dans son siège auto lorsqu'une voix masculine derrière elle la fit sursauter et elle se cogna la tête contre le toit de la voiture.

— Je voulais juste voir si tu avais sa couverture, dit Alex.

Lauren se frotta l'arrière de la tête et se tourna vers lui.

— Elle est dans le sac à langer, n'est-ce pas ?

Elle tapota le sac sur son épaule.

Il jeta un coup d'œil à l'intérieur.

— Oui.

Elle laissa la portière ouverte jusqu'à ce qu'elle puisse allumer l'air conditionné.

— Elle ira très bien. Je te le promets.

— Elle est tout pour moi, dit-il doucement.

— Et toi pour elle, mais cela ne veut pas dire qu'il n'y a pas de place pour d'autres gens là-dedans, n'est-ce pas ?

Il la regarda dans les yeux et elle y revit cette vieille douleur.

— Je le dis en tant qu'amie, Alex : tu dois lui donner un peu de liberté. Juste un peu.

Il se pinça l'arête du nez.

— Oui, d'accord.

Il laissa retomber sa main et il se pencha vers Viv.

— Amuse-toi bien avec Mademoiselle Lauren.

— Maman, dit Viv de façon très claire.

Lauren se figea sur place et échangea un regard choqué avec Alex.

— Non, dit Alex d'un ton pincé, ce n'est pas ta maman. Ta maman dort au paradis avec les anges.

— Maman, dit Viv avec entêtement.

Alex pâlit.

Lauren secoua la tête et sourit à Viv.

— Tu peux m'appeler Super L et je t'appellerai princesse Kei-Kei.

Elle lui appuya sur le nez.

Viv rayonna.

— Kei-Kei !

Lauren jeta un regard compatissant à Alex, sachant à quel point il était endeuillé par la perte de Tammy. Son regard en retour ne fut pas aussi triste qu'elle s'y était attendu. Il semblait se situer quelque part entre la surprise et l'émerveillement. Il fit un pas en arrière.

Elle ferma la portière avec précaution, s'assurant que Viv ne sorte pas un bras ou une jambe à la dernière seconde. Elle se tourna vers Alex.

— Parfois, mes élèves se trompent et m'appellent maman aussi. Quand ils sont fatigués ou contrariés. Ce n'est rien.

Il parla d'une voix rauque.

— Elle n'a encore jamais appelé qui que ce soit maman.

Elle se mordit la lèvre. Viv voulait peut-être vraiment une maman maintenant qu'elle était assez grande pour comprendre qu'elle n'en avait pas.

— Je suis désolée. Je sais que c'est difficile à entendre pour toi après…

— Non, ça va. Tu as très bien géré. Merci, Super L.

Elle sourit, contente qu'il ne s'attarde pas sur le moment 'maman' gênant.

— Avec plaisir.

Elle monta dans la voiture et elle mit l'air conditionné à fond, toujours rouge et gênée. Elle s'engagea sur la route et jeta un coup d'œil dans le rétroviseur pour s'assurer qu'Alex était retourné dans la maison. Il se tenait là, les regardant partir.

À l'arrière, Viv se mit à chanter à tue-tête la chanson du générique de *Princesse Kei-Kei et les elfes*. Lauren sourit intérieurement et se joignit à elle.

Joe les accueillit comme des proches perdus de vue depuis longtemps, avec un enthousiasme renversant.

— Bienvenue ! Entrez, entrez. Je suis tellement content que vous ayez pu venir.

Lauren entra et souleva Viv pour qu'elle lui fasse un bisou. Joe la surprit en l'embrassant aussi sur la joue. Puis il se frotta les mains.

— Alors, par quoi commençons-nous, Mademoiselle Vivian ? Tee-ball ou football ?

— Football ! s'exclama Viv.

— Allons-y, dit Joe en indiquant la porte de derrière.

Une fois dehors, Joe ouvrit un abri de jardin et tendit un petit casque de foot américain pour enfants à Viv.

Elle l'enfila et sourit.

— Football, dit-elle.

— Tu as l'air tellement professionnelle, dit Lauren en sortant son téléphone et en prenant une photo. On dirait une vraie joueuse de foot américain.

Joe passa un ballon pour enfants à Viv. Il recula vite de quelques pas et Viv lui fit une passe vrillée parfaite. Il l'attrapa en faisant semblant de se brûler la main.

— Waouh, Viv ! Quelle force !

Il lui renvoya la balle par en dessous et Viv la refit passer. Lauren envoya la photo à Alex avec le titre *Future Star du Foot*.

Il lui répondit immédiatement. *Adorable*.

Elle regarda Viv et Joe se faire encore quelques passes, avant que Joe lui dise :

— Prépare-toi à une longue.

Elle resta sur place, ne sachant pas très bien quoi faire.

— Cours ! cria Viv.

Elle courut jusqu'à la moitié du jardin. Joe lui jeta la balle et elle cafouilla. Viv fonça en avant et attrapa la balle qu'elle passa à Joe. Ils jouèrent ainsi pendant un moment jusqu'à ce que Viv retire son casque et se dirige vers l'abri de jardin. Apparemment, il était temps de passer au jeu suivant. Viv sortit avec une batte en plastique.

— C'est l'heure du tee-ball, le base-ball des enfants, annonça Joe en rangeant les affaires de foot américain et en sortant le tee en plastique et deux grosses balles en plastique.

Il installa le tout et Lauren regarda Viv frapper à la fois la balle et le gros tee, jeter sa batte et courir à toute vitesse d'un arbre à l'autre en décrivant un losange de base-ball un peu tordu. Lauren prit une photo du tee tombé sur le sol et l'envoya à Alex. *Un swing puissant a fait voler la balle et le tee.*

C'est bien ma fille, répondit Alex. Lauren sourit, appréciant la fierté qu'il éprouvait pour Viv.

— Home run ! cria Joe.

Viv jeta les bras en l'air en un petit V de victoire. Elle attrapa la batte et la tendit à Lauren.

— À maman.

Joe déglutit audiblement.

— Merci, princesse Kei-Kei, dit Lauren en prenant la batte. On dirait que c'est le tour de *Super L.*

Viv hocha la tête.

Lauren frappa la balle et elle décrivit un joli arc de cercle. Elle courut autour des bases représentées par les arbres et Viv courut avec elle. De retour au marbre, elles se tapèrent dans les mains.

Joe les rejoignit et dit :

— C'est à mon tour. Viv, prépare-toi à une longue. Elle va être belle.

Dès que Viv fut hors de portée de voix, il dit doucement à Lauren :

— Alex l'a-t-il entendue t'appeler maman ?

— Oui. Je l'ai corrigée. Parfois mes élèves m'appellent ainsi quand ils sont fatigués. Je suppose que je dois juste avoir ce côté maternel.

— Ouais.

Il l'examina si longtemps qu'elle eut envie de gigoter.

— Je suppose.

Après une heure de sport, comprenant aussi du basket avec un mini-panier, ils rentrèrent boire et goûter. Lauren posa Viv sur sa chaise haute et remplit sa tasse d'eau fraîche du robinet pendant que Joe sortit quelques biscuits qu'il mit dans un bol pour elle. Viv s'endormit en plein milieu de son goûter. Sa bouche était ouverte avec des morceaux de biscuits mâchés, sa tête posée sur le côté de la chaise haute. Joe passa un doigt dans sa bouche, retirant les morceaux de biscuit restants, et il inclina le dossier de la chaise haute vers l'arrière pour la laisser dormir.

— Elle s'endort souvent au milieu des repas ? demanda Lauren.

Elle n'avait encore jamais vu un enfant s'endormir pendant le goûter. Elle prit une photo.

— Pour Alex, expliqua-t-elle en envoyant la photo avec la légende : *Sieste éclair !*

— Elle fait la sieste après le sport, dit Joe. Je crois que lorsqu'elle mange, c'est un des rares moments où elle est immobile. Ça finit par la rattraper. Et puis, elle est à l'aise ici avec moi.

Elle but une gorgée d'eau glacée.

— Alors, comment cela se passe pour toi ? Tu travailles toujours à mi-temps ?

Elle savait qu'il était garde de sécurité depuis qu'il était à la retraite de son travail de policier.

— Oui. C'est juste pour un peu d'argent de poche. J'ai une retraite complète de mon ancien travail.

— Est-ce qu'être flic te manque ?

Il inclina la tête.

— C'est plutôt pour les jeunes, mais ça me plaisait quand je l'étais. Tu souhaites toujours rester institutrice ?

— Oh oui. J'ai fait du baby-sitting tous les étés au lycée et à la fac, mais il me tardait d'avoir toute une classe de mes propres enfants.

— Tu as grandi dans une grande famille ?

— Non, c'était juste ma mère, ma sœur et moi. Mais ma sœur a dix ans de moins, alors je me sentais plus comme une maman avec elle.

Il hocha la tête et il écoutait si bien qu'elle poursuivit.

— Mes parents ont divorcé et mon père a déménagé dans le Vermont pour être avec sa nouvelle famille. Je le voyais pendant les vacances.

— Je n'avais pas de grande famille avant d'avoir la mienne, confia Joe. Mais j'adore. J'adore les enfants. Nous avons cela en commun.

Elle hocha la tête.

— Ce doit être pour cela qu'Alex est si doué avec Viv. Il suit ton modèle.

Joe but son eau et regarda Viv qui était toujours profondément endormie. Il se tourna vers elle.

— Il s'en sort très bien.

Il baissa la voix avant d'ajouter :

— Je pense qu'il s'en sortirait encore mieux s'il oubliait sa culpabilité.

— La culpabilité du survivant ? chuchota-t-elle.

Il se leva et il lui fit signe de le suivre jusqu'au salon. Il s'arrêta à un endroit où il pouvait garder un œil sur Viv avant de dire :

— Tammy ne voulait pas le bébé. C'était un accident. Franchement, je suis surpris que cela n'ait pas eu lieu plus tôt. Alex et Tammy étaient tous les deux un peu rebelles, ils vivaient une vie d'artistes dans la grande ville. Quoi qu'il en soit, Alex désirait cet enfant. Beaucoup. Il a proposé de l'épouser et il lui a promis de faire la plus grande partie de son éducation si elle gardait le bébé.

Elle le fixa, ne sachant pas très bien pourquoi il lui révélait tout cela.

— Bien sûr qu'il voulait cet enfant. Tout le monde peut voir que tu l'as élevé de façon à ce qu'il ait un grand sens de la famille.

Joe la regarda dans les yeux.

— Quand Tammy est morte, Alex s'en est voulu parce que c'est lui qui l'avait convaincue de mener la grossesse à terme. Il se sent terriblement coupable de sa mort. J'ai essayé de lui en parler, mais il ne veut pas l'entendre. Il est comme un super papa qui essaie de compenser cette perte. J'ai peur qu'il finisse par craquer.

Il se retourna vers Viv.

— Personne ne peut rester un super papa de façon permanente.

Elle sentit son cœur se serrer douloureusement. Tout ce temps, elle avait cru que la douleur d'Alex était le chagrin d'avoir perdu sa fiancée, mais c'était bien pire. Il s'en voulait de sa mort, de quelque chose qui était complètement hors de son contrôle, juste parce qu'il avait plus désiré le bébé que Tammy. Tammy avait dû vouloir Viv au moins un petit peu pour aller au bout de cette grossesse. Aucun homme ne pouvait être aussi convaincant.

— Comment puis-je l'aider ? demanda-t-elle.

Joe lui accorda un regard avant de se tourner vers Viv.

— Sois une amie. Quand il sera prêt, il passera à autre chose. C'est déjà beaucoup que tu t'en sortes aussi bien avec Viv, cela lui enlève un peu de pression.

Elle poussa un soupir.

— Bien. Je suis contente de pouvoir au moins faire ça.

— C'est bien que tu sois une amie de la famille, maintenant. Cela donnera un peu de stabilité à Viv.

Il la regarda encore dans les yeux.

— Elle ne sera pas obligée de te perdre après l'été.

C'était donc pour ça. Il voulait s'assurer que Viv ne soit pas abandonnée.

— Absolument. Je serais ravie de lui rendre visite le week-end et pendant les vacances.

Joe sourit.

— Tu es sur la liste. Les anniversaires, les vacances, les barbecues, tu en fais partie.

— Merci, c'est gentil. Alex et Viv ont de la chance de t'avoir.

Il sourit chaleureusement. C'était encore un bel homme, Alex lui ressemblait beaucoup.

— Je pourrais te dire la même chose.

Elle se sentit rougir.

— Tu veux manger quelque chose ? J'ai des myrtilles fraîches.

— Avec plaisir.

Elle le suivit dans la cuisine. Il sortit le bol de myrtilles lavées du frigo et les posa sur la table.

— Sers-toi.

Elle en prit une poignée et il fit de même. Elle regarda Viv et sourit. On aurait dit un ange quand elle dormait.

— Tu es beaucoup plus gentille que ce à quoi il est habitué, dit Joe. Ne le laisse pas te passer au rouleau compresseur.

Elle tourna brusquement la tête vers Joe.

— Oh non. Alex a été très respectueux. Il a même écrit un contrat dans notre intérêt à tous les deux.

— Il a fait ça, hein ?

— Oui. Il a eu des problèmes avec des nounous dans le passé, alors il a fait attention à ce que tout soit bien clair, les heures de travail, le salaire, tout ça.

Elle ne parla pas du fait qu'elle l'avait assuré qu'il n'aurait pas à s'inquiéter d'avances inappropriées de sa part. Non pas qu'elle avait fait des avances de toute sa vie. En général, les hommes faisaient le premier pas avec elle, pas dans l'autre sens. Et elle n'allait certainement pas faire des avances à Alex alors qu'il avait si clairement tracé une frontière entre eux. Cependant, une part d'elle se demandait à quoi cela ressemblerait : s'éloignerait-il ou bien la passion prendrait-elle le dessus, son désir ravageur...

Joe interrompit son désir qui vrillait hors de contrôle.

— Oui, Viv peut être difficile. Il faut juste focaliser son énergie, sinon elle trouve par elle-même de quoi s'amuser.

— J'ai découvert ça au bout d'une seule journée, dit-elle en riant.

Il mangea quelques myrtilles.

— Elle va tester ta patience, mais une fois que tu apprends à la connaître, tu ne peux pas t'empêcher de l'aimer.

— Je suis d'accord.

— Puis-je te donner un petit conseil ?

— Bien sûr, dit-elle en se disant qu'il devait avoir de bonnes astuces pour Viv.

— Alex va te résister, il va camper sur ses positions. Il ne voudra pas changer ses façons de faire, mais il faut que tu insistes, car il en a besoin. Il a *besoin* que ça change. Il ne peut pas continuer comme il le fait.

Elle fronça les sourcils, confuse.

— Je ne sais pas très bien ce que tu veux dire.

Joe se pencha en avant.

— Je veux dire que quand il érige un mur, tu dois le traverser.

— Quel genre de mur ?

Elle eut la sensation gênante qu'il ne parlait pas seulement de ses responsabilités envers Viv.

Il s'adossa à sa chaise.

— Tu le sauras quand tu le verras.

Elle hocha la tête, même si elle restait hésitante.

— Je ferai de mon mieux.

Elle mangea une myrtille en se disant qu'elle imaginait des choses. Joe ne voyait rien entre Alex et elle. En tout cas, Alex n'imaginait rien. En outre, elle devait se concentrer sur la soirée pour célibataires de ce week-end au bar de Marcus.

— Et sinon, as-tu des dossiers sur Ethan, Ben et Marcus ?

Il ricana.

— J'ai des dossiers sur les trois. Pourquoi ?

— Hailey les a invités à nous rencontrer au bar de Marcus. Cela fait partie de son service Faites Naître l'Amour (TM). Je fais aussi des rencontres en ligne, mais ceci ressemble plus à du speed dating à la recherche d'une étincelle.

Joe s'éclaircit la gorge.

— Ah-ha. Et les autres garçons ?

— Ils ne pouvaient pas venir.

— Eh bien, lequel t'intéresse ?

Elle haussa une épaule.

— Je ne sais pas. Je suis censée leur parler un par un et puis prévenir Hailey s'il y a une étincelle.

Joe gloussa.

— Cela ne ressemble pas du tout aux rencontres amoureuses de mon époque. Tes amies t'accompagnent ?

Elle hocha la tête et elle but une gorgée d'eau.

— Tout le monde sauf Mad et Charlotte, qui ne sont plus célibataires.

Elle les avait invitées quand même, mais elles préféraient rester avec leurs hommes. Elles lui manquaient, même si elle les voyait toujours au club de lecture et au bar après. Elle espérait qu'une fois qu'elles seraient passées à la phase suivante de leurs vies – le mariage et les enfants – elles resteraient aussi proches que maintenant. Leurs enfants devaient tous grandir ensemble. Et ne serait-ce pas merveilleux de vivre à distance de marche ? Peut-être dans la même rue. Là, elle exagérait. Tout n'était pas comme dans sa série télé préférée *Cherry Blossom Lane*. Joe interrompit ses rêveries de conte de fées.

— Et que se passe-t-il si une de tes amies a, euh, une étincelle avant toi ? demanda-t-il.

Elle balaya cette idée de la main.

— Si cela doit arriver, cela arrivera. Quoi qu'il en soit, si tu veux bien me dire des choses à l'avance, cela m'aiderait vraiment. J'aimerais passer à un candidat adapté le plus tôt possible.

Elle rit.

— Ou comme le dit Hailey, à mon *happy end*. Tu sais comme elle aime aider les gens.

Il gloussa.

— Effectivement.

Il énuméra alors ses dossiers sur les trois hommes.

Lauren fronça les sourcils, ses espoirs chutant de façon spectaculaire. Elle envisagea d'annuler tout, mais elle craignait que ce soit impoli après tous les efforts de Hailey pour organiser l'événement. Apparemment, Ethan était un accro au sexe, ce qui n'en faisait certainement pas un bon parti ! Ben refusait de se marier, car il pensait que toute l'institution était asservissante. Et Marcus, mon Dieu, Marcus avait déjà un harem de petites amies. Il ne croyait pas à la monogamie.

Elle secoua la tête.

— Je n'en avais aucune idée.

Joe sourit gentiment.

— Accroche-toi. Je suis certain que tu rencontreras quelqu'un de bien. Mais pas ces garçons-là.

Elle comprit que Joe lui avait rendu un énorme service avec sa franchise.

— Merci. Tu m'as sauvée de beaucoup de chagrins d'amour et d'espoirs anéantis.

Il gloussa et but une longue gorgée d'eau. Étaient-ce ses espoirs anéantis qui le faisaient rire ? Elle avait un jour lu cela dans un livre et elle se dit que cela correspondait à l'occasion. Mais c'était impoli de rire. Peut-être se moquait-il d'elle avec tous ces dossiers ?

— Y a-t-il quelque chose de drôle ? demanda-t-elle.

— Non, rien, marmonna-t-il avec le verre devant la bouche.

Il le posa et se leva rapidement.

— Garde un œil sur Viv pour moi pendant quelques minutes.

Il sortit à grands pas de la pièce.

Elle soupira. Bon, elle supposait qu'il valait mieux savoir. Elle avait demandé les dossiers. C'était juste dommage de n'avoir aucun espoir pour sa grande soirée. Elle allait devoir également avertir ses amies au sujet de ces trois hommes. Arg. Les rencontres amoureuses, c'était nul.

Elle pensa à Alex qui s'était retiré du marché et cela semblait vraiment être une bonne idée. Sauf qu'Alex avait déjà une enfant merveilleuse. Elle allait devoir continuer à patauger dans les eaux troubles des rencontres si elle voulait un jour avoir la même chance.

Elle regarda Viv qui dormait comme un ange et elle sourit. Elle sortit son téléphone et prit un selfie souriant à côté de Viv, avec la légende : *Nounou de Viv = meilleur job au monde.*

Alex répondit : *Merci pour toutes les photos. Tu veux la ramener maintenant ?*

Bien sûr. Laisse-moi juste dire au revoir à ton père. Nous avons eu une chouette conversation.

A-t-il parlé de moi ?

Elle hésita. Merde. Elle n'aurait pas dû parler de leur conversation. Joe avait révélé des détails intimes qui pourraient ne pas faire plaisir à Alex.

Elle envoya rapidement : *Rien de mal.*

N'écoute pas un mot de ce qu'il dit. Il est comme Josh, calculateur, toujours avec un plan en tête.

Les doigts de Lauren volèrent sur le clavier.

Ton père est adorable. Tout comme Josh. Enfin, d'habitude, ajouta-t-elle silencieusement. Josh n'était pas très adorable avec Hailey.

Tu en pinces pour mon père ?

Elle leva les yeux au ciel avant d'envoyer : *Oui, Alex, je vais être ta nouvelle maman.* Elle porta vivement la main devant sa bouche. Sa mère était partie quand il était petit. Elle connaissait cette histoire familiale grâce à sa sœur, Mad. Et puis Viv n'avait pas de mère et l'appelait maman, alors une plaisanterie sur les mamans n'avait vraiment rien de drôle.

Pas de réponse d'Alex.

Elle envoya un autre message.

Pardon. C'était de mauvais goût. Je devrais sans doute éviter d'envoyer des SMS.

Silence.

Son estomac se noua. Elle l'avait contrarié. Elle se sentit mal. Elle était censée l'aider. Un autre texto d'Alex apparut.

Envoie-moi des textos quand tu veux.

Il la pardonnait. Dieu merci. Elle répondit : *D'accord.* Elle sourit au téléphone, même s'il ne pouvait pas la voir, et envoya : *Comment se fait-il que tu n'aies pas demandé si j'en pinçais pour Josh ?*

Josh te dévorerait toute crue.

Sympa.

C'est un fait. Tu es trop gentille pour lui.

Ça alors, d'abord Joe puis Alex avaient dit qu'elle était gentille comme si c'était une mauvaise chose. Ce n'était pas parce qu'elle était aimable qu'elle laissait les hommes la piétiner. Elle avait sa dignité. Elle avait des limites et une fierté et du respect pour elle-même. Toutes ces bonnes choses. Elle essaya de formuler une réponse ferme qui ne cherchait pas la confrontation, mais Joe revint, donc elle rangea son téléphone.

Elle se leva.

— Je vais ramener Viv à la maison.

— Bien sûr, dit Joe. Merci d'être passée.

Elle souleva doucement Viv, toujours profondément endormie dans sa chaise haute.

Joe posa un baiser sur la tête de Viv.

— Tu devrais aller voir le nouveau Spray Bay qu'ils ont à Fieldridge, au terrain de jeux. Il y a des jets d'eau partout, c'est parfait pour son âge.

— J'en ai entendu parler. Je vais voir ça avec Alex, merci.

Elle retourna à la maison d'Alex avec un certain nombre de phrases répétées expliquant que ce n'était pas parce qu'elle était gentille qu'elle était un paillasson. Viv se réveilla lorsqu'elle se gara dans l'allée. Elle la porta malgré tout, car la petite était toujours un peu groggy.

Elle sonna à la porte qui s'ouvrit brusquement sur Alex, souriant.

— Je suis vraiment désolée pour cette stupide blague de maman, lâcha-t-elle.

— Tu es pardonnée, dit-il en lui prenant Viv des bras et en la collant contre son torse.

Il regarda sa fille avec tant d'amour que Lauren sentit ses yeux se mettre à brûler et sa gorge se serrer d'émotion.

Toutes ses phrases répétées avec soin s'envolèrent de son esprit. Elle fondit sur place. Elle dut lutter contre l'envie de les prendre tous les deux dans les bras, de rejoindre leur embrassade. Viv posa la tête sur le torse de son père et suça son pouce.

Alex leva la tête et regarda Lauren dans les yeux.

— Je vais te donner une clé de la maison.

— Merci, dit-elle avec une boule dans la gorge.

— Tout va bien ? demanda Alex.

Elle hocha la tête sans pouvoir faire plus, car elle venait de comprendre qu'elle désirait quelque chose qu'elle ne pourrait jamais avoir. Alex avait Viv et c'était tout ce dont il avait besoin.

9

Jeudi, Alex avait rattrapé son sommeil et fait des progrès fantastiques sur ses couvertures de livres. Lauren avait emmené Viv faire un pique-nique et une visite au nouveau Spray Bay à Fieldridge, une ville voisine. Elle avait envoyé une photo de Viv ravie de tenir une énorme tranche de pastèque. Cela l'avait fait sourire. Viv ne se souvenait sans doute pas avoir mangé de la pastèque l'été précédent. Et même si Lauren avait expliqué qu'elle allait mettre son portable dans un sac étanche afin de pouvoir être avec Viv dans l'eau, le manque de communication lui donna l'impression de rater quelque chose d'important. Il avait été là pour toutes les nouvelles expériences de sa fille. C'était la première fois qu'elle se rendait à un terrain de jeux aquatiques, et même s'il savait qu'elle était en de bonnes mains et qu'il devait travailler pour payer les factures, cela le déprimait de rater quelque chose. Il se serait rendu là-bas si Lauren n'avait pas pris sa voiture. Lauren avait envoyé un SMS quand elles étaient prêtes à rentrer. Depuis, il les attendait impatiemment.

Dès que Lauren se gara dans l'allée, il sortit les rejoindre. Lauren sortit de la voiture, lui faisant un sourire éclatant en le saluant de la main. Elle semblait bronzée et heureuse.

— Comment était-ce ? demanda-t-il, déjà en route pour sortir Viv de son siège auto.

— Nous avons passé un moment merveilleux, dit Lauren en le rejoignant du côté passager.

Elle avait une odeur de plage : de crème solaire, d'air frais et de journée ensoleillée.

Il se secoua mentalement, ouvrit la portière pour Viv et passa sa tête à l'arrière.

— Salut, Viv !

— Papa !

Elle fit un grand sourire avec ses dents de bébé et elle lui tendit les bras.

Son petit rayon de soleil était rentré.

Ses cheveux étaient encore mouillés et ses couettes de travers. Il ne vit pas de traces de coup de soleil. Lauren se débrouillait bien. Il se sentit pris d'un profond sentiment de satisfaction lorsqu'il souleva Viv et qu'il la tint dans ses bras.

— Tu t'es amusée dans l'eau ?

— Oui ! Et Kaitlin et jet d'eau et fleur et glace et *babillage, babillage*.

Elle était si excitée qu'il ne put pas comprendre ce qu'elle essayait de lui dire.

Lauren interpréta en souriant à Viv.

— Elle s'est fait une nouvelle amie, Kaitlin. Elle a trois ans et elles se sont tenues par la main et elles ont joué dans tous les jets d'eau. Certains jets étaient en forme de fleur.

Il retourna vers la maison, portant toujours sa fille parce qu'elle lui avait tant manqué, et Lauren le suivit en le renseignant sur ce qu'il avait raté.

— Il y avait également des tuyaux qui faisaient sortir de l'eau dans toutes les directions, des seaux qui renversaient l'eau, et quelques dauphins crachant de l'eau. Nous leur avons acheté des glaces après. J'ai prévu de rejoindre la maman de Kaitlin là-bas demain, si ça te convient.

— Oui, marmonna-t-il. Bien sûr.

Il se tourna vers Viv.

— On dirait que c'était une journée merveilleuse. J'aurais aimé être là.

Viv tapota sa joue.

— Papa y va.

Il sourit.

— J'irai. Mais il ne faudra pas que tu m'arroses.

Viv gloussa.

— Si.

— Tu es sûr que tu ne veux pas rattraper ton travail ? demanda Lauren. Tu pourras toujours l'y emmener ce week-end.

Il s'adressa à Viv :

— Dans ce cas, comment ferais-je pour rencontrer Kaitlin ?

Le lendemain, il aida à rassembler les affaires dont ils avaient besoin pour le terrain de jeux aquatiques pendant que Lauren préparait Viv. Lauren passa un de ses propres T-shirts par-dessus le maillot de bain de Viv pour la couvrir. On aurait dit une petite robe sur elle. Il mit son maillot de bain et un T-shirt.

Il n'avait pas vraiment réfléchi à l'idée de voir Lauren en maillot de bain jusqu'au déjeuner, lorsqu'elle leur indiqua des casiers pour ranger leurs affaires et qu'elle enleva vite son débardeur. Son haut de bikini noir était sans bretelles, juste une bande noire qui soutenait de magnifiques seins tentateurs. Elle posa les mains sur la fermeture de son short et il retint sa respiration.

— Kaitlin ! cria Viv en sautant sur place. Kaitlin !

Elle partit en courant vers une petite fille aux cheveux bruns brillants qui marchait avec sa mère sur le chemin vers la zone aquatique.

— Attends ! cria Lauren en lui courant après en haut de bikini et en short.

Il aurait dû bouger pour attraper Viv, mais il était fasciné par Lauren. Elle fonça sur Viv, la souleva et la posa sur sa hanche pendant qu'elle souriait et bavardait avec la mère de Kaitlin. Viv était penchée pour discuter avec Kaitlin, sa petite main posée sur l'épaule nue de Lauren. En fait, une grande partie de Lauren était nue. Ses cheveux étaient attachés en queue de cheval haute, laissant son cou et son dos nus. Il sentit ses doigts frémir de l'envie de toucher toute cette peau douce.

Ceci avait été une erreur.

Il aurait dû rester à la maison, où il n'aurait pas été tenté par ses courbes douces. Il ne l'avait pas imaginée en haut de bikini. Bientôt, elle allait quitter ce short, exposant encore plus de peau, montant encore d'un cran le niveau de la tentation. Il avait imaginé quelque chose comme un maillot une pièce modeste. Il n'aurait pas dû l'imaginer du tout. Elle éveillait la bête endormie.

Lauren se tourna et le montra du doigt avec son sourire angélique adorable qui lui coupait le souffle.

Concentre-toi sur les enfants.

Il les rejoignit. Lauren reposa Viv et présenta Alex à Kaitlin et à Michelle, sa mère. Viv et Kaitlin se tenaient par la main en se souriant. Kaitlin était adorable, avec de grandes joues rondes et des yeux bleus ; elle faisait environ la taille de Viv.

— Ravi de te rencontrer, dit-il. J'ai appris que vous vous êtes bien amusées, hier. Viv, peut-être que Kaitlin et toi vous pourriez me montrer comment tout ça fonctionne ?

Viv le prit par la main et le tira vers la zone aquatique entourée d'une clôture. Lauren partit vers les casiers, sans doute pour finir de se préparer.

— Juste une minute, dit-il à Viv. Allons mettre mes affaires dans le casier et prendre un peu de crème solaire pour moi.

— Vite, papa !

— Si ça te va, je la prends avec nous, proposa Michelle. Tu peux nous rejoindre.

Il jeta un coup d'œil à la zone clôturée.

— D'accord, merci.

Viv portait déjà le bracelet orange qui montrait qu'ils avaient payé pour la journée.

Il se dirigea vers les casiers ou Lauren était assise sur un banc et faisait descendre son short le long de ses jambes bronzées. Il déglutit. Son bas de bikini était un morceau de tissu noir à pois blancs modeste qui s'arrêtait juste en dessous de son nombril. Il arracha son regard à la scène.

Il retira son T-shirt et l'accrocha dans le casier, risquant un coup d'œil rapide par-dessus son épaule vers l'endroit ou Lauren était maintenant debout. Sa bouche devint sèche. Elle était mince, musclée, avec des courbes, et tellement sexy. Comme un mannequin pour maillots de bain. Il était certain qu'elle ne savait pas du tout à quel point elle était sexy, sinon elle serait assaillie par les hommes au lieu de devoir passer par un service de rencontres en ligne. Avant qu'il puisse mettre son cerveau en service pour dire une espèce de compliment qui ne révélerait pas la profondeur de son désir, elle parla.

— Ça fait un moment que tu n'es pas allé au soleil.

Il regarda son torse pâle, se dit que son dos était pareil, et se tourna vers elle.

— Je ne suis pas allé torse nu au soleil, mais je sors avec Viv.

Elle le regarda des épaules au torse et jusqu'au ventre, ses joues devenant légèrement roses.

— Pour une raison ou pour une autre, je t'imaginais avec des tatouages.

— Pourquoi ? Parce que je suis un artiste ?

Il avait presque fait faire un tatouage de dragon assorti à celui de Tammy, mais il s'était ravisé lorsqu'il avait eu l'impression qu'elle allait l'abandonner. C'était avant qu'ils sachent qu'elle était enceinte. Maintenant, il en était content. Il n'avait pas besoin de ce rappel constant sur son propre corps. Il l'avait déjà chaque fois qu'il regardait Viv.

— Oui.

Le regard de Lauren retomba sur son torse avant de revenir vers ses yeux.

— Et parce que tu as un peu un côté rebelle.

Il sourit.

— Tu aimes les rebelles ?

Elle ouvrit la bouche, la referma et puis elle sourit en secouant la tête.

Alors oui, ça lui plaisait. Il pouvait être un rebelle.

Il fit un pas vers elle et baissa la voix.

— J'ai retiré les piercings avant que Viv puisse me les arracher.

— Où ? chuchota-t-elle.

Il indiqua les endroits différents : sourcil, oreille, nez, téton.

Elle grimaça en fixant son téton.

— Ouille.

— Il y a des endroits plus douloureux pour des piercings.

Elle frissonna.

— J'imagine.

— Où est ton côté rebelle ? la taquina-t-il en sachant qu'elle n'en avait pas.

— Il te faut de la crème solaire, annonça-t-elle. Elle est dans le sac.

Il se tourna pour l'attraper du casier au même moment où elle tendit le bras et ils se heurtèrent seins contre torse. Il la prit automatiquement par la taille.

Elle leva les yeux vers lui sous ses longs cils, ses lèvres formant un petit sourire.

— Nous devons arrêter de nous rentrer dedans de cette façon.

Tout en lui indiquait que c'était une mauvaise idée, mais cela lui plaisait bien trop.

— Lauren.

Elle fit un petit sourire exprimant presque des regrets et elle recula d'un pas.

— Je te vois là-bas.

Il la regarda partir, l'observant de la tête aux pieds : la ligne de sa colonne, les courbes de ses hanches, son beau cul, ses longues jambes. Il ne pensait pas pouvoir la regarder encore sans l'imaginer ainsi. Comme une œuvre d'art sexy.

Il se tourna pour finir de se préparer. La crème solaire était en spray, alors il ne lui fallut pas longtemps. Il achetait la crème bio hypoallergénique pour Viv qu'il fallait enduire, ce qui prenait beaucoup plus de temps. Il ne cherchait pas la facilité avec Viv. Il lui donnait toujours ce qu'il y avait de mieux.

Il trouva vite Lauren et Viv. Il fut éclaboussé par l'eau froide des autres enfants en se dirigeant vers elles. Il se sentit comme un gros pervers à regarder Lauren jouer avec Viv : elle se penchait, s'accroupissait, se levait, sa peau douce était mouillée et brillante. Il était assommé par le désir, avait la tête qui tournait, chaud et faim.

C'était complètement inapproprié avec sa nounou, particulièrement avec quelqu'un qui cherchait l'amour. Comment était-ce possible ? Il était dans un terrain de jeux rempli d'enfants et de mamans et pourtant il se sentit soudain alerte et conscient d'une femme, vraiment conscient, pas juste attentif à sa beauté, mais brûlant de désir pour elle. C'était la première fois qu'il ressentait une forte attraction pour qui que ce soit depuis la mort de Tammy.

Lauren était la vie : elle riait, souriait, criait en imitant l'enthousiasme de Viv, en rendant les choses amusantes pour sa petite fille.

Lauren lui fit signe de la main.

— Hé ! Kaitlin et sa maman sont allées au pot.

Et d'un seul coup, il fut de retour au pays des parents. Le pot, les couches, les tasses pour bébés et tout.

Elle chuchota quelque chose à Viv et l'instant d'après, deux jets d'eau le ciblèrent. Il rejoignit Viv, faisant équipe avec elle pour arroser Lauren et elle cria beaucoup de 'arg!' et de 'tu m'as eue !' théâtraux qui firent beaucoup rire Viv.

Le temps passa à toute vitesse. Et même si tout ce qu'il faisait était pour distraire Viv et sa petite amie, il en profita sûrement plus qu'elles. Il adorait voir Viv heureuse, adorait la voir se faire une nouvelle amie. Et Lauren était là avec lui, à jouer avec les filles et à l'arroser parfois pour le taquiner. Elle lui permit également d'être à l'aise avec la mère de Kaitlin. En général, les mamans l'ignoraient ou flirtaient avec lui, ce qui lui donnait toujours l'impression d'être un intrus. Il ne se souvenait pas d'avoir eu une journée aussi amusante. Son ancienne façon de s'amuser, faire la fête, ne l'avait pas attiré depuis la naissance de Viv. Il était peut-être temps pour lui de vivre une autre sorte de vie.

Il les reconduisit à la maison, retournant l'idée de Lauren et lui dans sa tête, imaginant ce qu'il pourrait se passer si les choses tournaient mal – il perdrait une nounou fantastique – ou si elles se passaient bien – peut-être resterait-elle. Dans les deux cas, c'était risqué, car il n'était absolument pas le candidat idéal pour l'amour de Lauren. Il ne le méritait pas, pas après ce qu'il avait fait : sa propre insouciance avait eu des conséquences terribles.

Mais il la désirait.

La première femme qu'il désirait après deux longues années. Et elle était bien pour Viv. Cela lui suffisait.

Il se tourna vers Lauren quand il se fut garé dans l'allée. Elle était si discrète et attentionnée qu'elle l'avait laissé réfléchir sans l'interrompre.

— J'ai passé une très bonne journée, dit-il.

Elle sourit.

— Moi aussi. Et en bonus, tout le soleil et les rires ont épuisé Viv.

Elle montra le siège arrière avec son pouce.

Il jeta un coup d'œil dans le rétroviseur. Viv dormait la bouche ouverte. Il sourit. Il avait cette sensation de fatigue agréable après une journée au soleil.

— Tu devrais te mettre un peu d'aloe vera sur le dos avant d'aller te coucher ce soir, dit Lauren.

Il avait eu un petit coup de soleil parce que l'eau avait retiré une partie de la crème solaire.

— Tu es douée pour t'occuper des gens.

— Merci, dit-elle. Je suis juste une de ces personnes qui aiment ça. Ma mère dit que même quand j'avais l'âge de Viv, je passais mon temps avec mes poupées, à les aborder, à leur parler, à leur faire des câlins et des bisous.

— C'est mignon.

Elle fronça le nez.

— La bonne ou la mauvaise sorte de mignon ?

— Y a-t-il une mauvaise sorte ?

— Il y a des gens qui disent que je suis gentille comme si j'étais un paillasson.

— La bonne sorte de mignon.

Il lui fit un clin d'œil et elle rougit joliment. Elle aurait les joues écarlates si elle savait ce qu'il pensait vraiment. Elle était le genre de mignon qui était doux et souple au lit. Il le savait instinctivement et cela lui plaisait.

Elle interrompit ses pensées salaces.

— En parlant de poupée, est-ce que ça te gêne si j'en achète une autre à Viv... avec des cheveux ?

Il rit.

— C'est vrai qu'elle fait pitié, hein ? Je l'ai laissée comme ça pour qu'elle n'ait pas l'idée de couper ses propres cheveux.

— Elle l'a déjà fait un peu.

Il la regarda, choqué.

— Quoi ? Comment ai-je pu ne pas le remarquer ?

— C'était juste une minuscule mèche de cheveux. Elle a attrapé mes ciseaux et elle l'a fait avant que je puisse les reprendre. Puis elle a essayé de faire tenir la mèche sur la tête de sa poupée en appuyant très fort.

Il secoua la tête.

— C'est triste.

— Je sais ! C'est pour cela que je voulais lui acheter une nouvelle poupée.

— Tu n'es pas obligée. Je lui achèterai.

— Nous pourrions peut-être l'emmener faire les courses. Lui trouver une poupée et une culotte de grande fille. Quelque chose de joli pour l'encourager à devenir propre.

— Absolument.

Il se rendit compte que lorsqu'il était avec Lauren, il n'avait pas l'impression d'être un père célibataire débordé. Il avait l'impression d'avoir une partenaire. Bon. Il allait tenter le coup. Puis il se souvint qu'elle sortait avec des hommes pendant le week-end.

— Quelles sont tes prochaines aventures amoureuses avec Hailey ?

Elle rit.

— Pas avec Hailey. Mes aventures se font avec un homme.

Il ricana.

— Quoi de neuf sur ton emploi du temps ?

— Soirée pour célibataires au bar de Marcus.

Il se souvint qu'elle en avait parlé. Marcus, Ethan et Ben. Des trois, Ethan était celui à surveiller. Très doué avec les femmes. Il essaya de trouver quelque chose pour la détourner de lui, mais il n'y avait rien. C'était un flic, un citoyen honorable…

— Marcus est déjà occupé avec plusieurs petites amies, lui dit-il.

— Alors pas lui, dit-elle.

Il éteignit la voiture, un plan se formant lentement dans sa tête.

— Tu veux la prendre, ou je le fais ? demanda Lauren.

Il jeta un coup d'œil à Viv qui dormait toujours.

— Attends une minute.

— Oui ?

Il se retourna vers Lauren.

— Est-ce que ça t'ennuie si je te dessine ?

Elle lui fit un sourire espiègle.

— Il faudra d'abord m'acheter à dîner.

Ils rirent.

Il secoua la tête.

— Je ne voulais pas dire ça pour flirter.

Elle lâcha un *ha-ha* forcé.

— Je sais.

Il montra son visage en traçant une courbe dans les airs.

— Tu as un visage en forme de cœur. La plupart des gens ont un visage ovale.

— Ah, dit-elle doucement. Eh bien, je suppose que si tu le veux. Je n'ai jamais pensé que c'était spécial.

— Je parle en tant qu'artiste, et c'est spécial.

Elle inclina la tête pour l'observer.

Il rit.

— Je te jure que je n'essaie pas d'être ringard.

Le problème, c'est qu'il était vraiment rouillé.

— J'ai aussi fait des croquis de Viv. Tu veux voir ?

Ses yeux verts s'illuminèrent.

— J'aimerais beaucoup.

Il retira sa ceinture de sécurité.

— D'accord. Je vais la prendre. Si elle reste endormie, je te montre.

Il sortit et souleva Viv avec précaution. Lauren avait maintenant la clé et elle les fit entrer. Il installa Viv dans sa chambre. Il se dit qu'il la réveillerait dans une demi-heure afin qu'elle se couche quand même à l'heure ce soir-là.

Il recula dans le couloir et indiqua à Lauren de le suivre. C'est ce qu'elle fit, s'approchant de lui en chuchotant :

— Ne devrions-nous pas étendre ses affaires mouillées ?

— Plus tard, dit-il en entrant dans son studio. Notre temps est limité par Viv.

Il sortit les croquis de sa fille de l'étagère supérieure du placard. Il y en avait une série, une pour chaque mois de sa vie avec la date et son âge inscrits à l'arrière.

— Assieds-toi.

Elle s'assit sur le futon. Il s'installa à côté d'elle avec la pile de feuilles volantes et il les déposa sur ses genoux. Elle souleva précautionneusement la première, l'examina et la reposa au fond de la pile avant de regarder la suivante. Il se raidit, car elle ne dit rien. Ces croquis représentaient sûrement son meilleur travail, ils avaient été faits par amour.

Elle leva enfin la tête et le regarda dans les yeux.

— Oh, Alex, ils sont tellement précieux ! Je les adore. Tu les as faits toutes les trois ou quatre semaines ?

Il se détendit.

— Tous les mois.

Elle continua à les contempler.

— Oh, waouh, regarde la différence ici entre trois et quatre mois.

Il sourit.

— Oui. C'est comme si elle avait soudain remarqué le monde autour d'elle.

Lauren montra le dessin.

— Et elle tient sa tête, avec de grands yeux tellement vifs.

Elle le comprenait. Elle voyait la même Viv que lui.

— Oui, dit-il doucement.

Elle passa en revue toute la série avant de les lui rendre.

— C'est un cadeau magnifique que tu lui fais avec cette collection. Tu devrais les signer. Ils vaudront sans doute quelque chose un jour.

Le compliment lui fit chaud au cœur.

— Non. C'est juste quelque chose que je fais pour moi.

Elle le fixa du regard.

— Merci beaucoup de me les avoir montrés.

Il se leva et il partit les ranger dans le placard, les stockant à un endroit où les petites mains ne pouvaient pas les atteindre. Il se tourna vers elle.

— Puis-je te dessiner maintenant ?

Elle rougit et elle se lissa les cheveux.

— Je ne suis pas présentable. Mes cheveux sont encore mouillés et ébouriffés. Je n'ai même pas eu le temps de les peigner.

— Ils ont l'air naturels.

Il voulait simplement une excuse pour la toucher, incliner sa tête, tracer le contour de son visage.

Elle posa les mains sur ses joues.

— Je suis couverte de crème solaire. Pas de maquillage. Je ne suis pas prête pour un dessin.

— Tu es très bien.

Tu es magnifique... hâlée et sexy.

Il s'assit à côté d'elle, traçant tout près de son visage la ligne de sa joue, tout près, mais sans la toucher.

— C'est la forme, les lignes, les ombres que je veux capturer.

Son regard traîna sur sa bouche, puis son cou où il voyait battre son pouls rapidement. Une poussée de désir lui réchauffa le sang. Il la regarda dans les yeux et elle fit de même, entrouvrant les lèvres, l'atmosphère se chargeant de tension entre eux.

Il leva lentement la main, retirant une mèche de cheveux de son visage, puis laissant ses doigts frôler le point de pulsation dans son cou.

— Tu es prête ?

Elle se leva brusquement.

— Je ferais mieux de… j'ai un truc à faire ! Et ma serviette mouillée et ces cheveux !

Elle se précipita hors de la pièce. Un instant plus tard, il entendit la porte de la salle de bains se fermer.

Il poussa un soupir. Il l'avait effrayée. Dans son ancienne vie, il avait rencontré des femmes expérimentées dans des fêtes, qui étaient prêtes à coucher tout de suite. Bon sang, les endroits dans lesquels il avait traîné en ville étaient faits pour cela. On se rencontre, on se salue, on boit et on baise. Lauren avait manifestement besoin de plus de finesse.

Dès qu'il entendit la porte de la salle de bains s'ouvrir, il sortit dans le couloir.

— Hé, dit-il d'une voix grave et apaisante.

Elle sursauta.

— Salut.

— J'espère que je ne t'aie pas mise mal à l'aise.

Elle lissa ses cheveux fraîchement peignés et elle les fit passer derrière ses oreilles.

— Ne sois pas bête.

Elle rit de son petit *ha-ha* forcé.

— Je suis tout à fait à l'aise. C'est juste que je n'ai pas l'habitude des artistes qui veulent me dessiner.

Il fit un pas vers elle. Elle avait retiré la crème solaire, ajouté du brillant à lèvres, et les taches de rousseur qui saupoudraient son nez étaient moins marquées. Elle portait un débardeur et un short, mais tout ce qu'il vit, c'était sa peau nue dans un bikini noir. Il indiqua son studio.

— Veux-tu réessayer ?

— Qu-Que dois-je faire ?

— Rien. Il te suffit de rester assis assez longtemps pour que je puisse noter quelques-unes de ces lignes.

Il lui fit signe de passer devant lui dans le studio. Elle ne bougea pas.

À la place, elle l'observa d'un air suspicieux.

— Tu sais, j'ai vérifié dans le miroir, et je ne vois pas cette forme de cœur dont tu parles.

Il allait devoir calmer son jeu avec elle. La méfiance et le soupçon ne le mèneraient pas à ce qu'il voulait.

— C'est là, dit-il. Je vais te montrer sur mon bloc à dessin. Viens.

Il lui fit signe de le suivre et retourna dans le studio.

Elle s'assit sur le futon pendant qu'il attrapait un crayon et son carnet de croquis sur la table à dessin. Il resta à la table en tournant légèrement la tête pour la regarder pendant qu'elle s'agitait dans tous les sens. D'abord, elle croisa les jambes et posa un coude sur son genou. Puis elle décroisa les jambes et posa une main sur chaque genou. Elle le surprit à la regarder et elle croisa les bras, puis elle les décroisa et les croisa dans l'autre sens.

Il sourit et vint se tenir à côté d'elle.

— Ça y est, tu as fini ?

Elle leva les mains.

— Je ne sais pas quoi faire de mes bras.

— Laisse les pendre.

Il s'assit assez près pour la toucher s'il tendait la main, mais assez loin pour ne pas la rendre trop nerveuse.

— Et pour le reste de moi ?

Il garda les yeux rivés sur son carnet, lui laissant le temps de se calmer.

— Assieds-toi simplement comme tu le ferais normalement.

— Mais cela ne me semble pas normal, car tu me juges.

Il leva la tête, surpris. Elle n'avait aucune idée de sa beauté. Cependant, s'il lui disait maintenant, il révélait sa main.

— Je ne juge pas. J'observe comme le ferait n'importe quel artiste. Je n'arrête jamais d'observer, alors il n'y a rien de nouveau. C'est ainsi que j'ai remarqué dès le premier jour que ton visage est en forme de cœur – il laissa son regard suivre ses mots – et tes yeux sont verts avec des taches bleues et grises, et tu as quelques taches de rousseur sur ton nez légèrement retroussé.

Et une lèvre inférieure pulpeuse que j'ai envie de mordre.

Elle couvrit son nez en rougissant.

Il se pencha plus près, retira la main de son nez et la garda dans la sienne. Elle écarquilla les yeux. Il resta tout près, son regard descendant vers sa bouche. Il était tendu par un besoin aigu de goûter cette douceur. Elle bougea si vite qu'elle faillit se cogner contre lui en prenant une pose, le menton dans la main avec un sourire.

— Et comme ça ?

Il se pencha en arrière.

— C'est parfait.

Toutes les lignes de sa mâchoire et de son menton étaient cachées par sa main, alors il se concentra sur ses yeux. Il captura leur forme, leur ouverture expressive, les cils, la courbe de ses sourcils, mais l'innocence candide, la vulnérabilité adorable étaient plus difficiles à capturer. Elles étaient pourtant tangibles, et elles l'attiraient, même en sachant qu'il ne méritait pas cette douceur, qu'il était un homme qui prenait. Et elle était une femme qui donnait. Mais Lauren méritait mieux. Elle méritait quelqu'un qui donnait en retour avec la même générosité qu'elle. Qu'est-ce qu'il fabriquait ?

Il posa son crayon, l'estomac noué. Pourquoi était-il attiré par elle alors qu'il ne lui convenait pas du tout ? Était-ce juste parce qu'elle était si douée avec Viv ? C'était malsain. Il eut soudain l'impression de se servir d'elle. Putain. C'était ce qu'il faisait. Il la voulait à cause de ce qu'elle pouvait faire pour lui.

Elle laissa tomber la main et se redressa.

— Tu as déjà terminé ? Je peux voir ?

Il ferma le carnet de croquis et se leva.

— Pas encore. Il faudra peut-être quelques séances supplémentaires.

Il rangea tout sur l'étagère à côté des croquis de Viv.

— Tu n'as pas dessiné mes taches de rousseur, n'est-ce pas ? Parce que je pense que tu peux t'en passer.

Il se tourna en souriant.

— Pas de taches de rousseur.

— Bien. Pourrais-je le voir quand tu auras terminé ? Je n'ai jamais eu d'œuvres d'art originales.

Il secoua la tête.

— C'est juste un croquis.

Elle se leva.

— Je le veux quand même, avec ta signature.

— D'accord, mais ça ne vaut rien.

Elle se déplaça afin de contempler ses dessins accrochés sur deux longs fils de fer au-dessus de la bibliothèque et du bureau adjacent. Il y avait des œuvres tirées d'un album qu'il avait illustré au sujet d'un robot qui voulait être un petit garçon. Normalement, il ne retirait les vieux dessins que lorsqu'il avait besoin de place pour les nouveaux.

Elle parla en regardant ses dessins.

— C'est là que tu as tort. Tu vas être célèbre un jour.

— Oh, je t'en prie, dit-il en n'y croyant pas une seconde.

Elle se tourna vers lui, les yeux verts étincelants, et il sursauta.

— Je suis sérieuse ! Tu n'es pas seulement doué techniquement : tu captures les émotions sur la page. Transmettre des concepts de façon visuelle n'est pas facile.

Il fut surpris qu'elle ait remarqué tout cela. La plupart des gens pensaient que c'était le texte de l'album qui transmettait le concept et l'émotion à la page. Et là, il fut encore une fois attiré. Il s'approcha d'elle.

— Merci.

— C'est normal, dit-elle doucement, ses joues se mettant à rosir.

Il reporta son attention sur les dessins, essayant de se contrôler.

— Que vois-tu sur ces pages ?

— L'envie, la tristesse, la solitude…

Elle lui jeta un long regard qu'il sentit au fond de ses entrailles, comme si elle voyait tout cela en lui, avant de revenir aux images.

— Et finalement, la joie.

C'était exactement ça. Il se sentit compris, même s'il ne s'agissait pas de son histoire. Il avait juste aidé à y donner vie. Bien sûr, il n'avait pas donné au robot ses propres problèmes sombres, ceux-là restaient profondément enfouis.

Elle se tourna vers lui.

— As-tu déjà envisagé de créer un album par toi-même ?

— J'y ai pensé. C'est juste que je n'ai pas eu le temps.

— Tu devrais le prendre, dit-elle fermement. Cet été peut-être, pendant que je suis là avec Viv.

Il la regarda dans les yeux, la tension crépitant entre eux. Il ne pouvait pas être le seul à la ressentir. Elle rougissait comme une vierge chaque fois qu'il s'approchait d'elle.

— À quoi ressemble ton emploi du temps après l'été ?

Quel idiot. Il aurait dû lui poser des questions sur ce week-end, pas chercher à connaître l'avenir et sa disponibilité. D'une certaine façon, il avait emmêlé Viv et sa garde dans sa tentative de s'approcher de Lauren. Voulait-il Lauren pour lui-même ou pour sa fille ? Les deux, décida-t-il rapidement.

Elle fit un pas de côté et joignit les mains devant elle avant de les passer dans le dos.

— Je travaille de huit heures trente à seize heures. Ensuite, je dois faire des préparations à la maison pour le lendemain.

Elle se balança sur ses talons, regardant partout sauf dans sa direction.

— Je ne te serais pas d'une grande aide en tant que nounou.

Elle était idéale de toutes les façons. Il se moquait de l'amour. Tout ce dont il avait besoin, c'était une partenaire, une mère pour sa petite fille et quelqu'un qui réchauffe son lit. Pas n'importe qui dans son lit, cependant. Elle, il la désirait, c'était la femme qui l'avait tiré de son coma d'abstinence. S'il était clair depuis le début, qu'il expliquait ce à quoi elle pouvait s'attendre de sa part – une entente basée sur une compatibilité mutuelle – cela marcherait peut-être. Il ne voulait pas lui faire de mal. S'ils étaient tous les deux partants… il allait tenter le coup.

— Lauren.

Son ton fut plus dur que dans son intention, et cela la rendit sans doute nerveuse, car elle écarquilla les yeux en levant les sourcils. Il fallait qu'il sorte les mots, alors il essaya de rendre son ton plus doux.

— Nous pourrions peut-être…

Il s'interrompit. Il s'agissait d'une de ces lignes de non-retour. Lauren était spéciale. Elle méritait ce qu'il y avait de mieux. Il ne pouvait pas lui donner ce qu'elle désirait. Il n'était l'âme sœur de personne.

— Que pourrions-nous peut-être ? demanda-t-elle doucement.

Il sentit son cœur battre contre ses côtes. Elle avait une voix douce, des yeux doux, sa peau semblait douce. Tant de douceur dans laquelle il avait envie de se laisser couler.

— Aimerais-tu un câlin ? demanda-t-elle gentiment.

— Oui, dit-il d'une voix rauque, car il voulait désespérément la toucher.

Elle le prit dans ses bras et le serra contre elle. Il ferma les bras autour d'elle avec un soulagement presque douloureux. Elle le serra plus fort, mais il ne ressentit pas du tout de réconfort. Son besoin s'intensifia, plus violent que tout ce qu'il avait pu ressentir.

Il caressa son dos et parla près de son oreille, les mots sortant des tréfonds de son être.

— Je n'ai jamais désiré…

— Hé, papa ! dit une petite voix derrière lui.

Il se retourna et s'écarta d'un pas de Lauren, rouge de culpabilité à cause de sa phrase non terminée, *je n'ai jamais désiré quelqu'un de la façon dont je te désire*. Il ne méritait pas cela. Pas avant longtemps. Une petite fille dépendait de lui.

Viv vint serrer ses jambes et il posa la main sur sa tête. Ses cheveux étaient secs pour la plupart. Il se racla la gorge.

— Comment était ta sieste ?

— Bien, dit Viv en levant les yeux vers lui. J'ai faim.

Lauren passa en trombe devant lui.

— Je vais m'occuper d'elle. Retourne faire ce dont tu as besoin.

Viv suivit Lauren comme un caneton suivant sa mère. Il les suivit de près, car c'était ce dont il avait besoin.

10

___

Lauren était assise du côté passager de la Mini Cooper convertible orange de Hailey lors du trajet jusqu'au bar de Marcus, à Manhattan. C'était le seul siège où elle n'avait pas besoin d'être serrée pour faire passer ses longues jambes. Carrie et Ally étaient à l'arrière, étant toutes deux plus petites qu'elle.

— Alo-o-ors, tu es excitée, Laur ? demanda Hailey d'une voix très guillerette.

Lauren hésita. Elle ne voulait pas être impolie. D'un autre côté, Joe lui avait révélé des dossiers et ce n'était pas beau à voir. Il valait mieux être honnête, décida-t-elle.

— Hailey, je suis vraiment désolée, car je sais que tu as beaucoup travaillé pour planifier cette soirée, mais je sais déjà que ces types ne sont pas pour moi.

— Quoi ? aboya Hailey. Attends un peu. Tu ne peux pas dire ça avant même d'arriver. De quoi parles-tu ? As-tu rencontré quelqu'un ?

Elle lutta pour ne pas rougir. Elle avait effectivement rencontré quelqu'un, mais il n'était pas sur le marché, et il avait raison. Elle aimait bien trop Alex – son désir/envie/besoin étaient terribles – mais il n'était simplement pas entièrement présent. Elle le voyait dans ses yeux, dans ses moments d'inattention, il y avait une douleur sombre. Un mur, comme avait dit Joe. Et elle savait qu'elle n'était pas celle qui devait faire tomber ce mur. Il l'avait érigé pour une raison et il le garderait jusqu'à ce qu'il soit prêt, pas parce qu'elle le poussait à être prêt.

— Lauren, c'est vrai ? demanda Ally depuis le siège arrière.

Elle s'enthousiasmait facilement.

— Oh mon Dieu ! s'exclama Carrie. Elle en pince pour son patron. La romance interdite !

Dernièrement, Carrie était obsédée par les romances interdites, elle en lisait des tonnes. Sans vouloir être désagréable, il était impossible que Carrie ait un jour une romance interdite. Elle était la gentille fille ordinaire typique, encore plus que Lauren.

Lauren se tourna pour regarder le visage sûrement enthousiaste de Carrie. À la lueur des éclairages de rue, elle ne put voir que les cheveux très blonds de son amie ainsi que ses grosses lunettes rondes cerclées de noir qui étaient censées être geek et chic, mais qui étaient plus geek que chic.

— Carrie, s'il te plaît, arrête avec tes histoires interdites.

— C'est excitant ! s'exclama Carrie. Le patron et son assistante, le prof et son élève…

— Bad boy et fille sage, ajouta Ally.

— Oui ! continua Carrie.

Puis d'un ton mélancolique, elle précisa :

— La fille sage et le garçon sage, c'est tellement ennuyeux.

— Sage ne veut pas dire ennuyeux, dit Lauren. Tu ne veux vraiment pas quelqu'un de mauvais. Tu veux un criminel, ou quoi ?

— Je dis juste que… commença Carrie.

— Mesdames, je vous en prie ! les interrompit Hailey. Nous sommes presque arrivées et j'ai besoin de savoir ce qui arrive à Lauren. C'est elle qui cherche l'amour et je veux que cette soirée soit un succès.

Lauren se retourna vers l'avant et soupira. Comment la soirée pouvait-elle être un succès alors que les hommes étaient complètement inadaptés ?

— Alors pourquoi sommes-nous là ? demanda Ally.

— En soutien, dit Hailey.

Lauren se tourna dans son siège.

— Si l'une d'entre vous sent une étincelle avec un type là-bas, je me retirerais immédiatement. Mais il faut que je vous avertisse au sujet d'Ethan, de Ben et de Marcus.

Elle grimaça et elle se retourna encore. Elle détestait dire du mal de qui que ce soit, mais c'était vrai. Joe lui avait tout dit. Maintenant qu'elle y pensait, elle allait devoir faire attention à ce qu'elle révélait à Joe. Il était plutôt bavard.

— Qu'est-ce qui ne va pas avec Ethan ? demanda Hailey. Il est beau et policier. C'est un métier honorable.

— Addiction au sexe, marmonna Lauren.

— Quoi ? demanda Hailey.

— Oui, on ne t'entend pas ici, intervint Carrie.

Lauren parla d'une voix forte et claire.

— J'ai dit : addiction au sexe.

Silence de mort. Elles essayaient sans doute d'associer Ethan avec une addiction au sexe. C'était bizarre. Il ne semblait pas excessivement porté sur le sexe. D'accord, il était sexy, très sexy, particulièrement dans son uniforme, et il faisait beaucoup de sourires en coin d'une façon sexy. Peut-être souriait-il parce qu'il s'imaginait coucher avec elles !

Elle jeta un coup d'œil à Hailey qui la regardait bouche bée.

— Regarde la route ! ordonna Lauren.

— Tu es sérieuse ? s'exclama Hailey.

Lauren hocha la tête.

— C'est vrai. Joe me l'a dit.

— Qui est Joe ? voulut savoir Hailey.

— M. Campbell.

Hailey la regarda.

— Tu traînes avec M. Campbell, maintenant ?

— Ooh, est-ce lui que tu as rencontré ? demanda Carrie. L'homme plus âgé interdit ? La figure paternelle ?

Lauren tourna brusquement la tête pour jeter un regard noir à Carrie.

Elle haussa les épaules.

— Pardon.

— J'ai emmené Viv rendre visite à Joe et il m'a tout raconté.

— Ah, dit Hailey. Un accro au sexe peut être amusant. Il doit certainement être doué.

— Oui, intervint Ally.

— Moi, je me le ferais avec plaisir, dit Carrie.

— Je t'en prie, Carrie, tu n'as couché qu'avec un seul type, dit Ally. Tu serais incapable de gérer un homme fou de sexe.

— Vraiment ? s'étonna Hailey. Un seul homme ? Mais tu as vingt-six ans, n'est-ce pas ?

Carrie souffla.

— Nous sommes sortis ensemble pendant six ans, d'accord ? Et nous avons tout fait.

Les femmes devinrent silencieuses. Lauren se dit que cette séparation avait dû être difficile. Presque comme un divorce après six longues années.

— Enfin, je croyais que nous avions tout fait, ajouta Carrie. Maintenant que je lis tous ces livres sexy… bon sang, mesdames, j'ai raté des choses.

— Oh, Carrie, murmura Hailey. Je t'aiderai dès que j'aurai mis Lauren sur le bon chemin.

— Cela n'arrivera pas ce soir, précisa Lauren.

— Alors qu'est-ce qui ne va pas avec Ben et Marcus ?

— Ben ne croit pas au mariage. Marcus ne croit pas en la monogamie.

Elle était vraiment désolée pour ces deux-là. Ils n'auraient jamais l'expérience de l'amour profond et durable d'une relation dévouée. Elle n'en avait pas encore vécu, mais elle était certaine de le vouloir et elle se trouvait à un moment de sa vie où elle ne se contenterait pas de moins.

— *Pfft*. Totalement remédiable, dit Hailey d'un ton assuré.

— Je ne crois pas, dit Lauren.

Hailey poussa un soupir exagéré.

— Le problème, c'est que tu veux une licorne.

— Quel est le rapport entre un homme et une licorne ? demanda Ally.

— C'est évident, elle veut une grosse *corne*, dit Carrie. N'est-ce pas, Laur ?

Lauren resta silencieuse, ne souhaitant pas les encourager à explorer quelle pourrait être sa licorne. C'était une de ces choses que Hailey avait comprises instinctivement au cours de son questionnaire intensif et de son entretien pour Faites Naître l'Amour (TM).

Ally continua avec l'idée de la corne.

— Tu ne sais jamais ce que tu as avant le grand moment :

c'est alors une petite banane, une grosse corne ou quelque chose de banal entre les deux.

— S'il te plaît, dit Hailey. Comme si la taille importait. Non, Lauren cherche un alpha doux, et je lui ai déjà expliqué que cela n'existe pas. C'est sa licorne. Un fantasme.

— Charlotte dit que Ty est doux, intervint Ally.

Charlotte et Ty venaient de se marier.

— C'est absolument un alpha, dit Carrie avec enthousiasme.

— D'accord, alors peut-être que Ty est la licorne, conclut Hailey. Lauren, tu vas simplement devoir être plus ouverte à quelqu'un de doux et gentil ou alors à quelqu'un d'alpha et de brutal. Tu ne peux pas avoir les deux. Ce n'est *pas* réaliste.

Lauren regarda par la vitre. Alex était doux. Elle le voyait chaque jour quand il était avec Viv. Il avait aussi le potentiel de l'alpha avec son côté rebelle et ses muscles délicieux. Mais en ce qui concernait le potentiel relationnel, il était au niveau zéro. Elle soupira. Hailey avait sans doute raison, il fallait qu'elle passe à autre chose et qu'elle accepte que ce qu'elle désirait n'était pas réaliste.

— Comment se passe ton boulot de nounou ? demanda Carrie.

Lauren sursauta, presque comme si Carrie savait qu'elle désirait Alex, alors qu'elle n'avait pas confié ce secret à ses amies.

— Viv est super, dit-elle d'une voix un peu trop forte.

Elle les renseigna sur les facéties adorables de Viv. Les femmes l'écoutèrent, mais personne ne fut très enthousiaste.

— Je suppose qu'il fallait le voir, finit-elle maladroitement.

— Comment te traite Alex ? demanda Hailey.

Lauren s'agita, ne comprenant pas comment elles en étaient revenues à son patron.

— Bien.

— Juste bien ? J'entends cinq niveaux de *pas* bien dans ce 'bien'.

Hailey était étonnamment perspicace. Et elle savait bien écouter. Malgré tout, Lauren resta silencieuse.

— Crache le morceau, dit Carrie.

— Vous savez que c'est un artiste ? commença Lauren en hésitant.

— Oui ? dirent les femmes en chœur pour l'encourager.

— Il a demandé à me dessiner, dit Lauren d'un ton soigneusement neutre.

Elle voulait entendre ce qu'elles en pensaient, car elle était perdue. Il avait fait marche arrière après l'avoir presque embrassée, et puis il avait plus ou moins flirté.

— Étais-tu nue ? demanda Hailey.

— Non ! s'exclama Lauren.

Elle ne pouvait pas s'imaginer poser nue pour un dessin. Alex qui l'observait, qui examinait tous ses défauts. Elle n'était pas vraiment pleine de courbes comme les hommes semblaient les aimer. Elle avait toujours été grande et mince, avec des seins moyens et des hanches étroites. Un corps de nageuse, pas un corps de bombe.

— Avais-tu pris une pose sexy ? voulut savoir Ally.

— Ou bien t'a-t-il mise dans une pose sexy ? demanda joyeusement Carrie.

— Que portais-tu ? s'enquit Hailey.

— Un débardeur et un short. J'ai pris la pose comme ça.

Lauren posa le menton sur sa main pour un portrait classique.

— Oh, dit Hailey. On dirait que tu réfléchis.

— Je pensais que c'était une bonne pose pour un dessin, répondit Lauren.

— Ensuite, que s'est-il passé ?

Lauren soupira.

— C'est tout. Pendant un bref instant, ça a peut-être ressemblé à un petit flirt comme pourrait le faire un artiste, mais après je me suis dit que je m'imaginais des choses.

Elle secoua la tête, certaine de s'imaginer des choses.

— Aurais-tu aimé que ce soit un flirt ? demanda Hailey.

— Je ne sais pas.

C'était pour cela qu'elle était perdue. Et submergée. et terrifiée, en fait, à cause de ses sentiments grandissants pour lui. Il y avait des moments où elle était certaine que l'attirance venait des deux côtés et puis cela disparaissait. Comme si Alex les refusait à cause de sa douleur. C'était sans doute une bonne chose. La bonne chose à faire. Après ce que Joe avait confié, elle savait qu'Alex avait encore beaucoup de travail sur lui avant de pouvoir être là pour quelqu'un d'autre que Viv.

— Que veux-tu dire ? demanda Ally. Il est canon.

Toutes les femmes acquiescèrent.

— Vous devriez le voir torse nu, confia Lauren. Super musclé. Il s'entraîne avec Viv.

Elle sourit en se souvenant de leur danse adorable. Viv avait semblé surexcitée de danser avec son papa.

— D'ac-cord, dit Hailey. Alors quel est le problème ?

Elle klaxonna et fit une embardée pour contourner une voiture garée en double file.

— Il est canon, peut-être qu'il flirte avec toi, et tu penses qu'il est musclé.

Lauren essaya de leur expliquer sans avouer les détails intimes révélés par Joe.

— C'est juste que, eh bien, la mort de sa fiancée a été dure pour lui.

Alex avait l'impression que c'était de sa faute. Il devait se pardonner pour cela, ce n'était pas quelque chose qu'elle ou qui que ce soit pouvait l'aider à faire simplement avec des mots. C'était un territoire émotionnel difficile et une décision qu'il devait prendre par lui-même, quand il serait prêt.

— Cela fait deux ans, dit Hailey doucement.

— Je ne crois pas qu'il a vraiment eu le temps de gérer toutes les conséquences émotionnelles, murmura Lauren. Trop occupé à être père célibataire. Il ne cherche pas de relation, c'est certain. Lors de notre entretien d'embauche, il m'a plus ou moins avertie de ne pas m'approcher, en m'expliquant comment il avait renvoyé deux nounous qui l'avaient dragué. Il a carrément dit qu'il n'était pas disponible et qu'il ne cherchait personne.

— Pas besoin de chercher pour trouver quelqu'un, chantonna Hailey.

Lauren leva les sourcils.

— Je n'arrive pas à croire que tu dises cela. C'est toi qui as mis en place le service Faites Naître l'Amour (TM) pour aider les gens à trouver quelqu'un.

— Qu'est-ce que c'est ? demanda Carrie.

— Lauren ! s'exclama Hailey. Tu es censée rester discrète à ce sujet. Tu sais que tu es ma première cliente. Je veux m'assurer que ce soit faisable avant d'inviter d'autres personnes à participer.

Lauren fut très tentée de lever les yeux au ciel, mais trop polie pour le faire. Elle se permit néanmoins un *'n'importe quoi !'* intérieur.

— Peu importe, dit Hailey. Vous serez les premières à être au courant quand ce sera officiel.

Carrie parla d'une voix compatissante :

— Désolée, Laur, mais si Alex te l'a dit aussi explicitement, je le croirais.

— Oui, marmonna Lauren.

— Josh dit qu'Alex ne sort plus du tout, dit Hailey avec beaucoup de douceur.

Lauren fixa Hailey.

— Depuis quand parles-tu à Josh ?

Elle ne voulait pas que les autres aient pitié d'Alex. Il avait juste besoin de temps pour guérir.

— Je lui ai parlé d'Alex, car j'avais pensé à l'inviter ce soir, dit Hailey.

— As-tu invité Josh ? demanda Ally.

Les femmes se turent. Elles entraient sur un territoire dangereux.

— Josh sait très bien qu'il ne doit pas se mêler de mes plans, rétorqua Hailey.

— Alors, il t'a dit non, remarqua Ally.

Hailey inspira.

— Josh n'est pas non plus pour moi, dit Lauren en essayant de faire la paix. Il est préoccupé par... d'autres choses.

Comme Hailey.

Cette dernière fit une embardée et s'engagea dans une place qui venait de se libérer. C'était à quelques pâtés de maisons du bar. Pas trop mal. Tout le monde descendit.

— Allons-y, mesdames, dit Hailey. Et restez loin d'Ethan.

11

Alex dut se garer à plusieurs pâtés de maisons du bar de Marcus, le Burrow, et il marcha d'un pas rapide. De façon inattendue, son père avait proposé de se charger du baby-sitting afin qu'il puisse traîner avec les garçons. Cela faisait du bien de sortir. Il n'était plus au courant de ce qu'il se passait depuis si longtemps. D'accord, il n'était pas surexcité à l'idée de voir les gars, mais plutôt Lauren. Elle allait être là et il ne voulait pas qu'elle ait des 'étincelles' avec quelqu'un d'autre que lui.

Oui, il allait tenter le coup. Et dès qu'il décida cela, il se souvint qu'il était un homme avec des besoins, désirant la douceur d'une femme contre lui, sous lui. Pas n'importe quelle femme. Lauren.

Il se sentit *vivant* en voyant le bar. Vivant comme quand on lève les bras tout en haut d'un grand huit.

Il entra et se mêla à la foule habituelle du samedi soir. Le bar à sa droite était bondé. À l'arrière de la salle étroite et longue, il y avait des box pour manger avec plus d'intimité. Il parcourut le bar des yeux et se focalisa immédiatement sur Lauren. Elle était assise de profil sur un tabouret de bar et elle portait un haut vert noué autour du cou qui laissait son dos complètement nu. Son regard descendit vers un jean noir moulant et des chaussures à talons noires avec de petits nœuds sur le dessus. Il fut momentanément stupéfait par la transformation. C'était facile de l'imaginer en mode maternel et oui, le bikini lui avait ouvert les yeux, mais la voir vêtue de façon aussi sexy et à la recherche d'un homme lui donnait envie de la coller contre un mur et de l'embrasser. De la réclamer pour lui.

Son regard s'attarda sur ses longs cheveux châtains qui brillaient à la lumière du bar et puis sur son visage, la courbe de son sourire doux, la pointe de son menton. Elle se pencha en arrière et il reconnut l'homme penché en avant avec ses cheveux blonds courts et un sourire dragueur typique… Ethan.

— Ethan Case, éloigne-toi du bar, aboya Alex comme un flic avant d'avancer vers lui en roulant des mécaniques.

Ethan était policier, alors il appréciait ce genre de plaisanterie. Son ami avait trois ans de plus et il avait veillé sur lui quand ils étaient jeunes. Plusieurs têtes se tournèrent pour regarder Alex avant de revenir vers le bar. C'était typique de New York. Il fallait en faire beaucoup pour retenir l'attention.

— Alex ! piailla Lauren.

Ethan eut un grand et rare sourire, ses yeux bleus perçants s'illuminant.

— Alors comme ça, Viv t'a enfin donné la liberté conditionnelle.

Il fit une tape sur l'épaule d'Alex.

— Ça fait plaisir de te voir. Je t'achète une bière.

Il le remercia et s'approcha de Lauren.

— Salut.

Elle écarquilla ses grands yeux verts en levant la tête vers lui.

— Que fais-tu ici ?

Il haussa les épaules.

— Je voulais sortir, pour une fois. Ça fait longtemps.

Il voulait plus que sortir.

— Oh, bien sûr, dit-elle avec sympathie. Je ne voulais pas… tiens, prends ma place.

Elle sauta du tabouret, prit son verre de vin et se faufila entre Ethan et lui.

— Profite de ta bière avec Ethan.

— Tu n'es pas obligée de…

Alex se tut, car elle était partie comme une flèche. Était-ce à cause de lui ou d'Ethan ?

Il la regarda rejoindre Hailey et ses amies près de l'entrée. Il reconnut Carrie et Ally, blondes toutes les deux. Elles étaient venues quelques fois à la maison de son père quand il y était avec Viv. Elles attendaient sans doute d'autres amies. Il avait cru qu'elles seraient toutes au troisième étage, où Marcus avait une salle privée pour les invités spéciaux avec un bar bien fourni, une table de billard et plusieurs tables rondes parfaites pour le poker. Marcus n'était pas non plus au bar. Peut-être installait-il la salle privée pour plus tard ?

Il prit le tabouret de Lauren et le barman apparut pour prendre sa commande. Il s'assit de profil, comme l'avait fait Lauren, afin de pouvoir garder un œil sur tous les hommes qui pourraient essayer de flirter avec elle.

Ethan parla à voix basse :

— Tu m'as sauvé d'un désastre. Celle-là est nerveuse comme une pouliche. Sûrement une vierge.

Alex grinça des dents.

— Ce n'est pas parce qu'elle n'a pas craqué pour tes manœuvres que quelque chose ne va pas chez elle.

Ethan leva un sourcil.

La bière d'Alex arriva et il but une longue gorgée, toujours irrité par Ethan.

— Impossible que quelqu'un comme elle soit vierge.

Il n'était pas certain de l'âge de Lauren, mais elle semblait avoir le même âge que Mad. Bien trop âgée pour être vierge. Pourquoi s'énervait-il à ce sujet ? Peut-être parce qu'il savait qu'il voulait bien plus que ce à quoi une vierge était prête. La bête s'était réveillée.

— Ah oui ? Elle est comment ? demanda Ethan.

Alex sentit son visage se mettre à brûler. Il regarda Ethan qui portait sa bouteille de bière à la bouche avec un sourire narquois.

— Tu n'as qu'à regarder par toi-même, marmonna Alex.

Ethan lui donna un coup sur l'épaule.

— La ferme.

— Sais-tu pourquoi nous sommes ici ce soir ? demanda Ethan.

Alex but une autre gorgée de bière.

— Oui. Une histoire d'étincelle pour Lauren.

— Quoi ?

— Laisse tomber.

— Non, mon vieux, c'est une soirée pour célibataires.

Ethan se tourna et appuya un coude sur le bar en parcourant du regard le petit groupe de femmes célibataires avec Hailey.

— Que penserais-tu de Hailey et moi ?

— Bien sûr, si les femmes accaparantes ne te font pas peur.

Il ne connaissait pas très bien Hailey, mais la façon dont elle était apprêtée pour toutes les occasions comme une photo de magazine, la façon dont elle organisait et menait ses amies, eh bien, tout cela lui paraissait le signe de quelqu'un de très exigeant.

Ethan frissonna.

Le regard d'Alex retourna sur Lauren. Ben Wright, un autre de ses frères honoraires aux cheveux châtains courts et aux yeux bleus, essayait de flirter avec elle en faisant son petit sourire espiègle à fossettes. Alex se força à attendre et à regarder, sans intervenir comme un type désespéré. Lauren rougissait et s'agitait en se balançant d'un pied sur l'autre. Elle n'était manifestement pas à l'aise avec Ben. Et Marcus était hors de question. Cela laissait donc Alex, puisqu'il n'y avait pas moyen que Lauren drague un type inconnu au bar. Ce n'était pas son style. Du moins, il l'espérait.

Il se tourna vers Ethan.

— Je vais appeler Ben au pied.

— Vas-y, dit Ethan. Envoie-le ici.

Alex prit sa bière, s'approcha et donna un coup d'épaule à Ben.

— Salut.

Ben se tourna avec un grand sourire.

— Salut. Bon match aujourd'hui.

Il parlait de leur match de basket habituel du samedi. Alex se sentit un peu coupable, car son père avait gardé Viv cet après-midi pour le match et ce soir aussi.

— J'ai quelque chose à faire, annonça Lauren en partant.

Bon sang, où allait-elle cette fois ? Il commençait à la soupçonner de l'éviter.

Il attira Ben plus près du bar, hors de portée des dames.

— Es-tu sérieusement ici pour rencontrer quelqu'un à la demande de Hailey ?

Ben parla à voix basse.

— Ses amies sont canon.

— Oui, mais ça ne te semble pas un peu forcé ?

— Ce n'est pas pour une proposition en mariage. Alors pourquoi pas ?

Ben regarda les femmes et sa mâchoire tomba lorsqu'il aperçut un groupe de femmes qui venaient d'arriver près de la porte.

— Qui est-ce ?

— Laquelle ?

— La rousse.

— Je ne sais pas. Une des amies de Hailey.

Hailey se précipita pour saluer trois autres femmes, sans doute célibataires. Si cette soirée était pour Lauren, Hailey avait fait venir beaucoup de concurrence. Marcus sortit par une porte sur le côté réservée au personnel et salua les dames. Marcus ressemblait à un mannequin, sans mentir, les cheveux bruns coupés court, les yeux sombres avec des cils épais, la peau bronzée, des pommettes classiques taillées au biseau, une mâchoire forte, un grand corps musclé. Son nez avait été cassé, cependant, alors il n'était pas parfait. Les femmes adoraient toucher ses bras excessivement musclés. Marcus adorait cela aussi.

Lauren rejoignit ses amies avec un sourire et elle salua Marcus de la main. D'une façon ou d'une autre, Marcus arrivait à flirter avec Lauren, Carrie et Ally à la fois. Il était très doué pour que les femmes se sentent spéciales. Vraiment, cela n'aurait pas dû l'irriter, car Marcus n'en choisissait pas une en particulier, pourtant cela lui parut énervant.

— Allez viens, dit-il à Ben. Ethan est de l'autre côté du bar.

Ils rejoignirent Ethan, et Alex laissa sa place à Ben. Il n'allait pas rester. Il devait passer à l'action, même s'il n'avait plus d'entraînement et qu'il n'était pas habitué à une femme aussi douce que Lauren. Il avait besoin de quelques minutes pour former un plan. Il but sa bière en gardant un œil sur Lauren qui souriait et parlait davantage avec ses amies qu'avec Marcus. Dans son ancienne vie, c'était tellement plus facile. Les endroits où il se rendait en ville servaient des femmes anticonformistes, sauvages et rebelles qui acceptaient les coups d'un soir. C'était ainsi qu'il avait rencontré Tammy, dans une fête secrète qui faisait le tour de son quartier de Brooklyn, sauf qu'ils avaient ressenti une connexion si forte qu'ils étaient restés ensemble pendant un moment. Les choses avaient commencé à tomber en miettes au bout de quatre mois. Tammy avait parlé de partir en stop jusqu'à San Francisco pour 'changer d'air', ce qui ne lui convenait pas. Puis ils avaient découvert qu'elle était enceinte. Il chassa Tammy de son esprit. Il fallait qu'il passe à autre chose.

Il était presque une personne différente, désormais. Sa vie était clairement divisée entre avant Viv et après Viv. Et la vie après Viv nécessitait une femme comme Lauren.

Lauren finit de boire son vin et Marcus lui prit le verre vide avec un sourire. Elle rendit le sourire, sortit son téléphone et tapota dessus. Au moins, elle n'était pas sous l'emprise du soi-disant charme de Marcus.

Son téléphone vibra dans sa poche. Il regarda l'écran au cas où c'était son père. Il sourit. C'était Lauren. *Qui s'occupe de Viv ?* Il adorait qu'elle s'en soucie.

Il répondit rapidement. *Mon père. Tu veux sortir d'ici ?*

Elle se raidit et elle le chercha des yeux. Il s'écarta du bar, venant plus près d'elle, mais pas assez près pour être intégré au cercle de ses amies. Il fit un signe du doigt et elle marcha tout de suite vers lui.

— Je croyais que tu voulais traîner avec tes amis, dit-elle.

— Je les ai vus tout à l'heure au basket.

Elle regarda discrètement autour d'elle.

— Je ne crois pas pouvoir partir. Hailey a planifié toute cette soirée pour moi. Certains des garçons lui ont apporté des cadeaux.

Il constata que Hailey tenait une pochette cadeau dont dépassaient des cartes de vœux.

— Pourquoi ?

Elle secoua la tête avec un sourire.

— Ils pensent être ici pour son anniversaire, mais ils savent que ce n'est pas le cas, mais elle ne sait pas qu'ils le savent.

Elle inspira profondément.

— C'est compliqué. Veux-tu aller à son anniversaire surprise le mois prochain ?

— Avec plaisir.

— Super. Je t'enverrai les détails par texto.

Elle le regarda dans les yeux avec un sourire chaleureux.

— C'est bien que tu sortes à nouveau. Josh dit que tu ne l'as pas fait jusque-là.

— Faut-il faire une sorte d'annonce ? Regardez ça, les gens ! Alex Campbell a quitté la maison.

Il ricana.

Elle rougit et elle fit passer ses longs cheveux derrière ses oreilles.

— Bref, je dois rester et rapporter toute étincelle ou absence d'étincelle.

Il se pencha tout près et parla d'une voix rauque près de son oreille.

— En as-tu déjà ressenti ?

Le rouge de ses joues devint écarlate. Elle détourna les yeux, sa bouche s'ouvrant et se refermant.

— Tu rougis beaucoup, taquina-t-il. Il doit y avoir des étincelles de fou.

Elle rit et secoua la tête.

— Non ! Impossible.

— Pourquoi est-ce impossible ?

Elle posa une main sur son bras, se pencha tout près et chuchota :

— J'en sais beaucoup trop.

Elle laissa tomber la main et le regarda brièvement dans les yeux avant de baisser la tête et d'étudier les nœuds sur ses chaussures.

— Comme quoi ? Tu lis les yeux de vieille âme de tout le monde ?

Elle secoua la tête.

— Pas besoin.

— Alors qu'est-ce qui ne va pas avec Ethan ?

Elle mordit sa lèvre pulpeuse.

— Je ne devrais pas répéter ce que j'ai entendu.

Elle jeta un regard à Ethan avant de revenir vers lui en chuchotant :

— C'est privé.

— Il t'a dit quelque chose ?

Il ne savait pas quoi imaginer. Ethan était carrément ennuyeux maintenant qu'il était flic. En tant que gamin, il avait été dur et sans respect pour l'autorité. C'était ironique.

— Non, chuchota Lauren en rougissant terriblement. Pouvons-nous ne pas parler de lui ?

— D'accord. Qu'est-ce qui ne va pas avec Marcus ?

Il aimait entendre à quel point toute sa concurrence s'en sortait mal à ses yeux. En général, ce n'était pas le cas.

Elle regarda Marcus qui flirtait maintenant avec toutes ses amies.

— Je ne crois pas qu'il puisse en choisir une seule.

— Peut-être. Ou alors il n'a simplement pas rencontré la bonne, l'âme sœur.

Elle se retourna brusquement vers lui en écarquillant ses grands yeux verts.

— Tu crois en l'âme sœur ?

— Non, je plaisantais.

— Ah. Pourquoi pas ?

— Car cela n'a aucun sens. Il y a trop de gens dans le monde pour qu'il n'y ait qu'une seule personne adaptée.

Elle leva le menton.

— Je crois que chacun de nous a son âme sœur.

— Et qu'en est-il de l'étincelle ? La taquina-t-il.

Elle parla d'une voix ferme et entièrement sincère en le regardant dans les yeux :

— Il faut une étincelle pour pouvoir s'approcher suffisamment et reconnaître l'âme de l'autre.

Il eut un frisson, même s'il n'en croyait pas un mot. Elle y croyait et cela donnait l'impression que c'était réel. Il déglutit et regarda ailleurs, par-dessus son épaule. C'est alors qu'il vit Ben reluquer le cul de Lauren.

— Qu'est-ce qui ne va pas avec Ben ?

Oh merde. Il venait les rejoindre.

— Pas du tout un bon parti, dit Lauren.

Il regarda Ben dans les yeux et inclina la tête pour lui indiquer de partir. Ben s'approcha néanmoins.

— Allez, Ben est super, dit-il assez fort pour que Ben l'entende. Il a un bon travail, il est beau, il paraît qu'il est très doué au lit.

Ben sourit en entendant cela.

— Il ne croit pas au mariage ! s'exclama Lauren.

Ben fit demi-tour. Oui, c'était vrai. *Adieu, Ben.*

Alex retint un sourire et se tourna vers Lauren.

— Peut-être n'a-t-il pas encore rencontré son âme sœur ?

Elle secoua la tête.

— Il n'est pas encore prêt. On le voit dans ses yeux.

— Les yeux de vieille âme ? demanda-t-il en riant.

Elle détourna le regard.

— Maintenant, tu te moques de moi.

— Je ne vois simplement pas comment tu peux voir tout cela en regardant quelqu'un dans les yeux.

Elle se retourna vers lui et leva le menton.

— Tu n'es pas obligé de me croire. Je me crois assez toute seule.

— Que vois-tu dans mes yeux maintenant ? la défia-t-il en lui montrant la chaleur, le désir qu'il retenait.

— Du marron.

Elle regarda vite ailleurs.

Il avait envie de la toucher, de caresser son visage ou son épaule nue, mais il se retint. Lauren était le genre de femme qu'il fallait habituer au contact physique. Il le savait au fond de lui.

— Autre chose ?

Elle regarda encore ses yeux brûlants de désir. Ses pupilles se dilatèrent et elle humidifia ses lèvres. Elle l'avait senti, mais allait-elle l'admettre ?

— Vieille âme ? Douleur et chagrin ?

Il proposa cela en espérant qu'elle le nie et qu'elle dise ce qu'elle voyait vraiment : un désir pur et affamé. La douleur et le chagrin qu'elle disait voir étaient en fait une culpabilité mordante.

Il s'approcha en soutenant son regard.

— Lauren ?

— N-non, balbutia-t-elle. Ce n'est pas ça.

— Lauren !

Hailey lui fit signe de venir.

— Viens, nous allons à l'étage.

Lauren lui jeta un regard d'excuse.

— Je te vois là-haut ?

— Oui.

Elle rejoignit ses amies. Il alla chercher Ethan et Ben et ils les suivirent d'un pas tranquille. La salle privée de Marcus était exactement cela, un espace intime aux tons de bois sombre, avec une lumière tamisée et beaucoup de bons alcools, parfait pour sortir avec des amis ou une femme. Il venait de recevoir une occasion en or de faire le premier pas.

Lorsqu'il arriva, Marcus se trouvait derrière le bar et il remplissait les verres de tout le monde. Toutes les femmes buvaient du vin blanc. Elles étaient au nombre de sept. Hailey présenta les trois femmes qui venaient d'arriver : Missy – c'était la rousse – Lexi et Sabrina. Les quatre hommes, y compris lui, buvaient des bières.

Ethan prépara les boules pour le billard.

— Qui veut jouer ?

Tous les hommes étaient partants. Les femmes déclinèrent. C'était étrange. En général, les femmes adoraient traîner avec Ethan.

Ethan posa les mains sur ses hanches et regarda les femmes qui tournaient autour du bar.

— Allez. Deux hommes, deux femmes. Puis les gagnants joueront contre les deux suivants.

Sur un ton de bravoure, Hailey se porta volontaire.

— Je veux bien jouer.

Les femmes lui murmurèrent quelque chose et elle leva le menton en se dirigeant vers Ethan.

— Moi aussi, dit Lauren en se plaçant à côté de Hailey en signe de soutien.

Alex se dirigea vers le billard en disant :

— Je suis partant.

Ethan fit un de ses sourires dragueurs à Hailey.

— Tu es douée ?

— Je suis terriblement mauvaise, dit Hailey.

— Moi aussi, ajouta Lauren.

— Alors, nous allons devoir vous apprendre, dit Ethan en jetant un regard appuyé à Alex.

Alex fit un geste du menton. Apprendre à une femme à jouer au billard, c'était comme des préliminaires et ils le savaient tous les deux. Plus elles étaient mauvaises, mieux c'était, car il y avait alors une excuse pour se pencher au-dessus d'elles en guidant leurs mains autour de la queue. Bon sang, il commençait à s'échauffer rien qu'en y pensant. Il regarda ailleurs en essayant de se calmer. Marcus lança une partie de poker pendant qu'ils prirent leurs queues fixées au mur.

Et puis ils commencèrent à jouer. La première tentative d'Ethan pour guider Hailey se solda par un coup de queue en arrière assez douloureux pour le plier en deux. Il garda ses distances après cela, aboyant des ordres auxquels Hailey réagissait en jouant de plus en plus mal.

Lauren, en revanche, était extrêmement disposée à suivre les instructions. Dès le départ, elle s'appuya sur Alex pour être guidée, vérifiant avec lui comment faire son prochain coup sur la table. Elle suivait toujours ses conseils, préparait le tir, se penchait sur la table et puis le regardait par-dessus son épaule.

— Comme ça ?

Que ce soit une invitation de sa part ou pas, il le prit comme tel et il en profita pleinement, la guidant de derrière, ses mains sur les siennes, murmurant des instructions à son oreille. Elle devint écarlate, tout son corps chauffant contre le sien, mais elle s'en sortit malgré tout très bien en suivant ses instructions.

Et quand elle ratait un coup, elle s'excusait. Il la pardon-nait, bien sûr.

Et quand elle mettait une balle dans le trou, elle sautait sur place et le regardait avec un grand sourire.

— Ah ! Tu as vu ça ?

Il adora chaque minute.

Et quand ils gagnèrent, elle jeta les bras autour de lui dans une embrassade exubérante. Il fit de même et elle s'écarta lentement.

— Pardon, dit-elle en regardant son torse. J'étais trop excitée.

Il sourit.

— Moi aussi.

Elle leva la tête, écarquillant ses grands yeux verts. Avant qu'il puisse dire quelque chose de suggestif, ils furent rejoints par l'équipe suivante. Heureusement, Ben et Missy étaient des requins de la table de billard et ils gagnèrent vite. Lauren s'excusa pour aller aux toilettes et Hailey la suivit.

Alex alla regarder ses amis jouer aux cartes. Ethan semblait beaucoup plus heureux aux cartes, les jetons s'accumulant devant lui. Alex sortit son téléphone. Il était presque vingt et une heures trente. Il envoya un SMS à son père pour voir s'il avait pu coucher Viv. Si elle était difficile, Alex allait devoir s'échapper tôt et la coucher dans son propre lit.

Profondément endormie, envoya son père. *Passe demain matin.*

Il se détendit. Il avait toute la nuit. C'était rare. Viv n'avait passé la nuit avec son père que quelques fois lorsqu'Alex avait été malade, et même alors, Alex avait logé dans la chambre d'amis de la maison de son père. De cette façon, il ne manquait pas à Viv, mais son père pouvait l'aider à s'occuper d'elle. Il ne s'était pas soucié de ne pas avoir de temps pour lui-même. Viv avait besoin de lui : il était là. Mais maintenant, eh bien, maintenant il avait besoin d'un petit quelque chose pour lui.

Lauren et Hailey apparurent par l'entrée privée, en pleine discussion animée qui devint plus forte lorsqu'elles s'approchèrent.

— J'essaie seulement de t'aider ! s'exclama Hailey.

— Et c'est ce que tu as fait, dit Lauren calmement.

Elle serra Hailey dans ses bras.

Lorsqu'elles s'écartèrent, Hailey dit quelque chose d'une voix trop basse pour qu'il puisse l'entendre. Ensuite, elles se dirigèrent toutes deux vers le bar.

Il intercepta Lauren.

— Tout va bien ?

— Oui, dit-elle à voix basse. Je crois qu'elle est juste un peu frustrée parce qu'il n'y a pas d'étincelles.

Elle regarda les autres avant de revenir vers lui.

— Ce n'est pas quelque chose que l'on peut recréer, tu sais ? Soit il y en a, soit il n'y en a pas.

— Est-ce que ça veut dire que tu peux fuir maintenant ? Je pourrais te ramener chez toi, si tu veux.

— Quelle heure est-il ?

— Tard, mentit-il. Tu as très certainement passé assez de temps ici pour être polie.

Elle pinça les lèvres en essayant de ne pas sourire.

— Te moques-tu encore de moi ?

Il ricana.

— Jamais.

— J'ai besoin d'une sorte d'excuse.

— Dis-lui que tu as ressenti une étincelle avec moi.

Elle rougit et elle fit passer ses cheveux derrière les oreilles.

— Alex.

— Quoi ?

Elle leva les yeux en le regardant sous ses longs cils, puis elle demanda :

— As-tu ressenti une étincelle ?

— Carrément.

Elle écarquilla les yeux.

— Pouvons-nous partir maintenant ?

Il lui tendit la main.

Elle fixa sa main pendant un long moment. Il avait envie de la prendre par la main et de la guider hors du bar, mais il se retint. Il fallait au moins qu'elle fasse la moitié du chemin.

— Lauren ! appela Hailey. Marcus a ouvert du champagne. Viens !

Lauren lui fit un petit sourire.

— J'adore le champagne.

— Alors, allons boire du champagne.

Il la rejoignit au bar, le seul homme là-bas. Carrie était assise de l'autre côté de Lauren, suivie par Ally et Hailey.

Lorsque Marcus eut versé du champagne aux dames, Alex demanda :

— Que fêtons-nous, Mesdames ?

— La romance interdite, répondit Carrie avant d'éclater de rire.

Lauren leva les yeux au ciel.

— Pour toi, ça suffit.

Elle retira le verre de Carrie et elle expliqua à Marcus :

— Elle ne supporte pas plus de deux verres de vin.

Carrie remonta ses lunettes cerclées de noir.

— Ce n'est pas vrai.

— Si, c'est vrai, répondirent-elles presque en chœur.

Carrie contourna Lauren et posa la main sur le bras d'Alex.

— Tu es interdit.

— Ah bon ?

Il échangea un regard avec Marcus qui intervint tout de suite.

Marcus se pencha vers Carrie au-dessus du bar.

— Tu cherches à goûter à ce qui est interdit, chérie ? dit-il d'une voix traînante.

— Oui, répondit Carrie avec un grand sourire. Mais tu n'es pas interdit.

Elle inclina la tête avant d'ajouter :

— Hé, es-tu une licorne ?

Les lèvres de Marcus tressaillirent.

— Je peux être tout ce que tu veux, ma mignonne.

— Lauren ! s'exclama Carrie en mettant la main en porte-voix alors qu'elle était assise juste à côté de Lauren. J'ai trouvé ta licorne !

Hailey poussa un soupir théâtral.

— Carrie, je t'ai dit que ça n'existait pas.

— De quoi parle-t-elle ? demanda Alex.

Lauren se tourna vers lui.

— Elle est ivre. Ne l'écoute pas.

Ally le renseigna.

— L'alpha doux. Il se trouve que ton frère Ty était le dernier.

Il songea à cela. Un alpha doux ? Ty était comme un éléphant dans un magasin de porcelaine. Chahuteur, bruyant, agité. 'Ty' et 'doux' n'allaient pas ensemble.

— Pas doux ! dit Carrie en frappant le bar de la main. Gentil ! Un alpha gentil !

Cela n'avait toujours aucun sens.

— Pouvons-nous lui faire avaler du café ? demanda Lauren à Marcus. Et de la nourriture. Peut-être des frites ?

— Je t'apporte ça, dit Marcus en gloussant.

Il partit pour passer la commande.

Alex parla doucement à l'oreille de Lauren.

— Explique-moi le concept de la licorne.

Elle but son champagne et continua à boire jusqu'à finir le

verre. Puis elle attrapa la coupe confisquée de Carrie et elle but une autre gorgée.

Il but une partie de sa bière.

— Si tu ne me le dis pas, je suis certain que Carrie s'en chargera.

Elle resta silencieuse tout en rougissant. Elle le regarda de travers et continua à boire son champagne.

— Tu cherches quelqu'un de gentil ? devina-t-il.

Toujours le silence. Une longue gorgée de champagne.

Il tira doucement ses cheveux.

— Qu'est-ce qu'un alpha ? C'est comme un leader ? Celui qui commande ?

Elle poussa un long soupir et répondit à voix basse en regardant droit devant elle.

— C'est difficile à expliquer. C'est une de ces choses que l'on sait quand on les voit.

— Ah. En as-tu vu ?

Elle se tourna lentement vers lui, le dévisageant de la tête aux pieds en montrant qu'elle appréciait sa virilité alpha avant de chuchoter :

— Oui.

— Oui, répéta-t-il, en sentant l'espoir et le désir affluer en lui.

Le désir gagna de très loin. Il enleva des mèches de cheveux de son visage et posa la main sur sa joue.

— Je peux être doux et gentil aussi.

— Je sais.

Elle s'appuya contre sa main en fermant les yeux.

— Tu es enivrant.

Il s'immobilisa, stupéfait par cet aveu. Elle ouvrit lentement des yeux embrumés par le désir. En tout cas, il espérait que ce n'était pas par l'alcool.

— Es-tu ivre ?

Elle fit un sourire adorable.

— Juste un peu gaie.

Ils entendirent la voix de Carrie porter jusqu'à eux :

— Vont-ils s'embrasser ?

Lauren se raidit et se tourna brusquement vers Carrie, qui dit :

— Pardon, continue ce que tu faisais et ne t'occupe pas de moi !

Carrie gloussa, puis chuchota quelque chose à Ally.

Alex attrapa le petit doigt de Lauren et elle glissa entièrement sa main dans la sienne, cachée sous le bar.

Alex resta silencieux, profitant du fait d'être proche de Lauren et espérant que les femmes allaient boire et parler librement. Il avait envie d'entendre ce que Lauren dirait à ses amies. Il ne fut pas surpris de voir qu'elle était attentionnée, qu'elle se préoccupait de ses amies et qu'elle les soutenait, même quand elles disaient des choses stupides du genre 'un vibro est mieux qu'un homme, de toute façon'. Ou des choses complètement fausses, comme Carrie, qui insistait en disant que si elle avait du champagne, elle était certaine que le prochain homme qu'elle rencontrerait serait *le bon*. Il ne savait pas ce qu'elle voulait dire. Le bon pour faire quoi ?

Quand les femmes eurent terminé la deuxième bouteille de champagne, il en savait bien trop au sujet de l'absence de vie sexuelle d'Ally, et Carrie craignait que ce soit contagieux. Hailey intervint pour les rassurer, mais lorsqu'elles lui retournèrent la question en voulant savoir avec qui Hailey était sortie, cette dernière s'empressa de faire porter l'attention sur quelqu'un d'autre.

— Alors, Alex, dit Hailey d'un regard entendu, que fais-tu à traîner avec nous au lieu de tes copains ?

— Si tu veux que je parte…

Il bougea et Lauren serra sa main.

— Tu n'es pas obligé de partir, dit Lauren.

Elle jeta un regard noir à Hailey, qui se tourna vers Ally et Carrie, et dit :

— Pensez-vous que dessiner quelqu'un, c'est comme de flirter ?

Lauren devint écarlate et se leva.

— En fait, nous allons partir tous les deux. Viens.

Elle le prit par le bras et tira.

— Je vais la ramener à la maison, dit-il aux autres femmes. J'ai été content de vous voir.

Hailey eut un sourire satisfait. Il s'en moquait. Il posa la main au creux du dos de Lauren, adorant la sensation de sa peau satinée qui chauffait à son contact. Il la guida vers la table de jeu où ils dirent au revoir aux autres. Ils se dirigèrent vers la porte qui menait jusqu'à l'escalier privé.

— Je suis désolée pour ça, chuchota Lauren un peu fort. J'ai mentionné que tu m'avais dessiné, mais je n'ai jamais dit que tu flirtais.

— C'était le cas.

Elle trébucha et il la rattrapa.

— Oh. Ah. C'était avant que je te dise à quel point tu étais enivrant.

Il sourit.

— Oui. C'était le bikini.

Elle rayonna.

— Merci.

Elle commença à marcher vers la sortie et il la rejoignit vite, ouvrant la porte pour elle. Elle le frôla, sa main venant serrer son épaule.

— Tu es ma licorne, mais… non, *non*, NON.

Elle secoua la tête et la hocha une fois.

— Je ne peux pas t'avoir.

Il inspira brusquement. Elle pouvait totalement l'avoir.

Dès l'instant où la porte se ferma derrière eux, il l'attrapa par la taille, la fit tourner et la colla contre le mur de l'escalier. Elle le regardait dans les yeux, sa respiration s'accéléra. *Du calme. Ralentis.* Elle était douce, à la limite de l'innocence totale. Il était presque sûr qu'elle n'était pas vierge, mais si pure que c'était presque la même chose.

Il lâcha sa taille et posa la paume contre le mur à côté de sa tête. Ils étaient proches, mais sans se toucher, la chaleur irradiant entre eux. Elle avait les joues et le cou roses. Elle était terriblement sexy.

Il baissa la tête assez près pour sentir sa respiration sur lui. Il attendit, lui laissant le temps de l'arrêter, mais elle ne le fit pas. À la place, elle leva le visage vers le sien et ferma les yeux. Il franchit la distance qui les séparait, posant sa bouche sur la sienne. Ses lèvres furent douces et abandonnées, exactement comme il l'avait espéré. Il glissa les doigts dans ses cheveux, entourant sa nuque afin d'approfondir le baiser. Elle s'ouvrit immédiatement et il glissa sa langue à l'intérieur. Du champagne sucré et de la femme sexy. Il fut pris d'un désir comme il n'en avait encore jamais ressenti. Il colla entièrement son corps contre le sien, bloquant les poignets de Lauren contre le mur au-dessus de sa tête, l'embrassant comme un homme affamé, parce qu'il l'était. Elle fondit contre lui, douce, souple, brûlante. Un besoin charnel très cru le poussa à se frotter contre elle. Elle gémit dans sa bouche en avançant les hanches, le rejoignant. *Oui, oui, oui.*

Il leva la tête, la fixant pendant un moment brûlant, regardant ses lèvres humides, sa respiration haletante. Il relâcha ses poignets et posa la main sous sa mâchoire, faisant courir son pouce le long de sa lèvre inférieure pulpeuse avant de l'embrasser encore, son autre main glissant sous son haut, remontant le long de la peau chaude. Pas de soutien-gorge. Il défit rapidement le nœud dans son dos et obtint suffisamment d'espace pour entourer son sein de la main, caressant le téton jusqu'à ce qu'il durcisse. Elle se cambra en gémissant. Il l'embrassa longuement et profondément, une main tenant sa tête, l'autre main sous son haut, ses doigts caressant et tirant sur son téton. Son propre besoin fut amplifié par ses gémissements. Ce n'était pas suffisant. Il avait besoin de poser sa bouche contre plus que cela et tout de suite. Il rompit le baiser, essayant de reprendre son souffle et de ralentir suffisamment les choses pour se rendre dans un endroit plus privé.

— Alex, chuchota-t-elle, tu n'es pas prêt pour moi.

— C'est peut-être toi qui n'es pas prête pour moi, rétorqua-t-il en se mettant à embrasser le côté de son cou, inspirant des fleurs, des épices et l'adorable Lauren. Il laissa ses dents racler contre elle et il entendit sa respiration brutale, sentit ses doigts s'agripper à son T-shirt.

Il mordilla et suça le côté de son cou, affamé de désir, avant de se déplacer jusqu'à son oreille et de lui dire la vérité désespérée :

— Cela fait des années que je n'ai pas désiré quelqu'un.

— Tu es affamé.

Elle le dit comme si c'était une mauvaise chose.

Il se redressa, la regardant dans les yeux.

— Oui, de toi.

Elle prit ses mains dans les siennes.

— Tu as un trop grand fardeau émotionnel. Tu n'es pas prêt.

Il la fixa du regard. Elle le critiquait. Elle s'interrogeait sur ses motivations. Peut-être agissait-il par pur désir. Et alors ? Elle aussi.

— Lauren.

— Je veux une relation.

Il fit lentement remonter ses mains le long de ses côtes, sous son haut, caressant sa peau fiévreuse. Ses yeux se dilatèrent. Il posa les mains autour de ses seins, caressant les pointes dures de ses pouces. Elle ferma les yeux en inclinant la tête en arrière.

— Tu me veux.

— Je ne peux pas t'avoir, dit-elle avec tant de désir qu'il se sentit obligé de lui prouver le contraire.

Il l'embrassa.

— Si, tu le peux. Aimes-tu ma bouche sur toi ?

Il frôla ses lèvres avec les siennes, puis il traça le contour de sa lèvre inférieure avec sa langue.

— Alex, dit-elle en soupirant.

— Mes mains sur toi ?

Il glissa les mains jusqu'à la peau nue de son dos, descendant jusqu'à ses fesses.

— Oui, mais…

Il l'interrompit par un baiser et elle le serra contre lui, ses mains agrippant ses épaules. Lorsqu'il la laissa enfin respirer, elle posa une main sur son torse.

— Je ne ferais pas de compromis sur ce que je veux.

Il fronça les sourcils.

— Est-ce que tu me défies d'avoir une relation ?

— Est-ce que tu me défies de te baiser ? demanda-t-elle doucement.

12

Lauren déglutit lorsque les yeux sombres d'Alex se mirent à brûler d'une intensité qui frôlait le danger. Sa grande main vint se poser sous son menton, et il fut étonnamment doux en glissant le pouce sur sa lèvre inférieure.

— Espèce d'ange sexy, murmura-t-il avant de couvrir sa bouche avec ses lèvres.

Elle se perdit dans le baiser, perdant ses inhibitions, perdant tout contrôle sur son désir. Le baiser devint dur et affamé, il enfonça sa langue en elle. Il lui agrippa les cheveux et son autre main se posa sur son cul, la tenant en place pour un baiser plongeant. Elle s'accrocha à lui, ses doigts serrant ses épaules, vaguement consciente de ce que c'était que d'être affamée, et elle adora cela. Elle se cambra vers lui, luttant pour se rapprocher. Il comprit le message, attrapant l'arrière de son genou et soulevant sa jambe, l'ouvrant à lui en se frottant contre elle. Elle gémit, le baiser fut brûlant et humide et profond, encore et encore et encore, la pression montant en elle. Et puis elle fut prête et il ne s'arrêta pas. Son corps tressaillit et s'envola, les petits cris qui s'échappaient d'elle furent avalés par la bouche d'Alex.

Il leva la tête, la tenant toujours serrée contre son érection. Elle se sentit pulser contre lui, ou peut-être était-ce lui qu'elle sentait. Elle gémit lorsque son corps fut secoué d'un dernier frisson.

Il parla d'une voix rude et rauque :

— Est-ce que tu viens juste…

— Tu étais affamé, dit-elle d'une voix tremblante.

Il relâcha sa jambe.

— Je crois que cela t'a plu, pourtant.

Elle hocha une fois la tête, incapable d'expliquer qu'elle avait cette frontière très nette et un avis sans compromis sur la relation qu'elle voulait, pour laquelle elle savait qu'il n'était pas prêt, et que malgré tout, elle se laissait tomber dans ses bras.

Il la fit tourner sur elle-même, rattacha le nœud qu'il avait défait sur son haut, la refit tourner et entrelaça ses doigts avec les siens.

— Viens.

Elle descendit les marches derrière lui, les jambes tremblantes. Ils traversèrent le bar et ils sortirent. L'air de la nuit était assez chaud, les lumières et les bruits de la ville cherchèrent à concurrencer les pensées qui tournaient en rond dans son cerveau. Elle ne s'était *pas* attendue à ce baiser. Ni à cet orgasme. Il l'avait surprise, l'avait choquée, l'avait submergée. Les hommes avec qui elle sortait d'habitude l'embrassaient doucement à la fin de la soirée et aucun orgasme n'était impliqué. Alex avait commencé tout, avant qu'elle ait eu le temps d'y réfléchir, la prenant par surprise. Il avait été agressif, affamé, comme elle l'avait prédit. Rien qu'en y pensant, une nouvelle chaleur s'accumula entre ses jambes. Il avait dit que Josh la mangerait toute crue, mais après ce baiser, elle craignait que ce soit exactement ce qu'Alex allait faire. La consommer et puis la laisser tomber.

Elle observa son expression – toujours ce regard de braise intense – ses épaules larges, ses bras forts menant à de grandes mains qui avaient coincé ses poignets contre le mur. Il ne lui avait pas fait mal, il l'avait tenue fermement, mais sans forcer. Elle déglutit et regarda droit devant elle.

Un homme qui embrassait de cette façon, particulièrement pour un premier baiser, était dangereux. D'accord, oui, elle aimait cela, mais ils n'étaient pas sur la même longueur d'onde. Elle cherchait une relation sur le long terme. Il cherchait du sexe brutal et torride.

Elle souleva les cheveux dans sa nuque en essayant vainement de se rafraîchir. Elle souhaita soudain pouvoir parler à ses amies et avoir leur avis, mais ils étaient déjà presque arrivés à sa voiture et comment allait-elle expliquer pourquoi elle était revenue sans lui ? 'Le baiser est devenu orgasmique et j'avais besoin de me rafraîchir' semblait ridicule. Plus rien ne lui semblait sensé.

Le problème était qu'elle le voulait. Elle voulait ce qu'elle savait être une mauvaise idée. Il fallait juste qu'elle attende que son corps rattrape le raisonnement excellent de son cerveau.

Il s'arrêta du côté passager de sa voiture et il ouvrit la portière pour elle comme un gentleman, la refermant doucement derrière elle. Elle inspira profondément pour se calmer et essaya de penser aux mots appropriés pour expliquer que bien qu'elle avait beaucoup aimé son orgasme, merci beaucoup, ils ne devraient sans doute pas se mettre tout nus bientôt à cause de leurs attentes différentes. Bien sûr, elle ne savait pas exactement quelles étaient les attentes d'Alex. Elle supposait que c'était le sexe torride.

Elle appuya le front contre la vitre. Cela faisait huit mois qu'elle n'avait pas eu de sexe. De plus, elle n'avait pas du tout joui avec ce dernier type. Quelle déception.

Il monta en voiture, toujours silencieux. Elle mit sa ceinture de sécurité qui cliqueta bruyamment dans le silence chargé de la voiture. Elle sursauta lorsqu'il parla pour la première fois depuis qu'ils avaient quitté le bar.

— Ça va ? demanda-t-il.

— Oui, je vais bien, dit-elle d'une voix trop aiguë. Et toi ?

— Bien.

Il enfonça la clé, mais il ne démarra pas la voiture. Il l'observa.

— Tu ne m'en veux pas ?

— Tout va bien. Nous devrions peut-être parler plus tard, quand nous nous serons calmés.

Il la transperça des yeux.

— À quel sujet ?

— Le fait que nous ne sommes pas assortis.

Il eut un sourire en coin sexy.

— Lauren, tu as eu un orgasme durant notre premier baiser. Je ne vois pas en quoi nous sommes mal assortis.

Elle croisa les jambes, submergée de chaleur à ce souvenir.

— Oui, eh bien, je suis à peu près certaine que c'était parce que tu étais affamé.

Son regard fut intense comme lorsqu'il l'avait embrassée jusqu'à l'orgasme.

— C'est peut-être toi qui es affamée.

— Mmm, dit-elle à la vitre de façon évasive.

Il lui était difficile d'argumenter alors que sa culotte était trempée et ses lèvres picotaient encore après ses baisers brutaux.

Il prit son menton dans la main et tourna le visage de Lauren vers lui. Sa voix était un velours profond qui l'enveloppait.

— Viens là, embrasse-moi encore. J'ai une théorie.

Elle sentit son cœur battre dans sa poitrine. Elle ne put pas bouger.

Ils se regardèrent dans les yeux.

Il attendit.

Elle attendit.

La chaleur frémit entre eux.

Elle eut envie de se jeter dans ses bras, mais une autre part d'elle lui disait de refuser. Elle avait merdé plus tôt, jetant sa raison parfaitement valable de lui résister par la fenêtre. Elle ne voulait pas recommencer. Ce serait tellement facile de céder, de laisser le feu entre eux prendre le relais. Mais ensuite ? C'est elle qui serait brûlée par les flammes.

— D'accord, dit-il doucement en laissant tomber sa main.

Il démarra la voiture.

Elle se laissa tomber contre son siège et poussa un soupir tremblant. Alex sortit du parking et alluma la radio sur une station de musique alternative, avec des paroles dures, explicites, des rythmes rapides. Elle se dit que cela le représentait. Elle était soft rock ; il était rock alternatif.

— C'est quoi, l'histoire de Carrie avec ce qui est interdit ? demanda-t-il avec un sourire dans la voix.

Elle fut si soulagée de sortir de sa propre tête pleine de désirs qu'elle en rit.

— C'est bête. C'est juste un fantasme de romance. Le genre de choses que nous lisons dans le club de lecture, mais elle est allée un peu loin.

— Que lisez-vous d'autre au groupe de lecture ? Raconte-moi tes préférés.

Le sujet lui plut. Elle adorait la romance, le bonheur pour toujours qui célébrait la vie. Cela la remplissait d'espoir et de bonheur. Elle bavarda en continu, lui parlant de tous ses livres préférés en expliquant ses raisons. Elle aimait particulièrement la trilogie Féroce, comme tout le monde dans le club de lecture. La série – qui avait été adaptée au cinéma – était écrite par Julia Marino, une ancienne membre du club de lecture. Le héros avait été un véritable alpha dans tous les sens du mot. Bien sûr, elle ne parla pas des scènes érotiques, soulignant à la place la dévotion totale du héros pour l'héroïne. Elle ne voulait pas que les choses deviennent gênantes, maintenant qu'ils bavardaient à nouveau comme des amis.

Elle lui posa des questions sur son travail, ses projets préférés, le médium qu'il aimait le plus. Il adorait le dessin et la peinture digitale, en particulier les couvertures colorées et les illustrations pour les albums. Elle était contente d'être revenue sur un terrain plus sûr et le trajet jusqu'à la maison passa à toute vitesse.

— Alors tu habites Clover Park, n'est-ce pas ? demanda-t-il lorsqu'ils passèrent dans le Connecticut.

— Oui. L'immeuble en bordure de la ville, à côté d'Eastman.

— Et tu travailles là-bas aussi. C'est pratique.

— Oui. J'économise pour m'acheter une maison. Mais je ne peux pas me plaindre du trajet. Quand il fait beau, je vais au travail à vélo.

— Je te bats, dit-il. Il me suffit de rouler du lit, de faire dix pas et je suis au travail.

Elle rit.

— C'est vrai.

Lauren donna quelques indications supplémentaires à Alex et il se gara dans le parking devant son immeuble.

— J'habite à l'étage, juste au premier, dit-elle.

Avant qu'elle puisse le remercier de l'avoir déposée, il était déjà sorti de la voiture, avait fait le tour jusqu'à son côté et ouvert la portière. Le gentleman était de retour.

Elle descendit de voiture.

Il ferma la portière derrière elle.

— J'ai été éduqué à raccompagner la femme jusqu'à sa porte et à m'assurer qu'elle entre en toute sécurité, sourit-il. Tu peux en vouloir à mon père de m'avoir forcé à adopter les manières d'un gentleman.

Elle rit et même à ses propres oreilles, ce rire lui sembla nerveux et aigu. En vérité, elle le désirait toujours et elle était très tentée de l'attirer dans son appartement.

— D'accord.

Il posa la main au creux de son dos, faisant brûler sa peau nue à ce contact. Ils montèrent à l'étage.

— Tu as des colocataires ? demanda-t-il.

Dans son cerveau, elle traduit cela par *J'espère que nous pourrons être seuls*, ce qui accéléra son pouls et fit chanceler ses jambes.

— Oui. Mes deux chats et moi.

Il sourit.

— Ça ne te dérange pas si j'entre ? C'est ma première nuit sans Viv et je ne suis pas prêt à aller me coucher.

Traduction : *baisons comme des animaux*.

Son estomac fit plusieurs tours sur lui-même.

— Ce n'est sans doute pas une bonne idée.

C'est une idée fabuleuse ! lui hurlèrent toutes les parties d'elle qui aimaient l'orgasme, c'est-à-dire presque tout sauf la minuscule part encore raisonnable de son cerveau.

— Juste pour parler. Ou bien nous pourrions regarder un film.

Traduction : *je veux que tu te sentes à l'aise avant que je te baise.*

Elle fit de son mieux pour réfléchir, le cerveau encore ralenti par le désir entre eux. Elle dut réfléchir trop longtemps, car il se mit à parler d'un ton beaucoup plus doux.

— Est-ce que j'y suis allé un peu fort tout à l'heure ?

Elle resta silencieuse un moment. Il y avait en effet été un peu fort, mais cela lui avait plu.

— Ça va, vraiment, j'ai juste été surprise.

— Je n'ai plus l'habitude, dit-il faiblement.

— Mmm-mmm, fit-elle car elle ne savait pas comment expliquer où elle en était : elle le désirait tout en essayant de toutes ses forces de lui résister.

Ils arrivèrent à son appartement.

— Je suis assez fatiguée, alors…

Elle le laissa remplir les blancs et elle lui tourna le dos, sortant sa clé face à la porte.

— Bonne nuit.

— Lauren.

Il parla d'une voix grave et profonde qui affaiblit la détermination de Lauren.

— Donne-moi une deuxième chance de faire ça bien.

Elle déglutit, déchirée entre deux choix.

Elle se tourna lentement vers lui. L'expression du visage d'Alex était claire dans la lumière devant sa porte d'entrée : un désir sombre, *affamé*. Elle frissonna.

— À lundi.

Elle tourna les talons et fit tomber les clés. Il les ramassa, déverrouilla la porte pour elle, replaça les clés dans sa main et lui tint la porte ouverte.

— À lundi, dit-il.

Elle se précipita à l'intérieur, ferma et s'appuya contre la porte, ayant l'impression d'avoir couru un marathon. Elle haletait, tremblait et se sentait faible. Elle se laissa lentement glisser vers le sol. Elle avait fait le bon choix. Elle ne voulait pas être juste une occasion de baiser. Elle voulait se sentir spéciale. Ses paroles résonnèrent dans sa tête : *Donne-moi une deuxième chance de faire ça bien.*

Elle ne lui avait pas donné cette chance.

C'était soit la chose la plus intelligente, soit la chose la plus stupide qu'elle ait jamais fait de sa vie.

Lauren traversa la semaine de travail pour Alex en maintenant des frontières très nettes. Tous les matins, elle s'occupait de Viv chez lui pendant qu'il travaillait dans son studio, ensuite tout le monde déjeunait ensemble, et puis elle sortait avec Viv les après-midi. Aucun problème. Sauf qu'en fait, si. Car les choses avaient changé entre eux, il traînait une certaine tension dans l'air. Parfois elle surprenait un regard spontané dans les yeux d'Alex : une faim purement charnelle. Son corps recevait le message et chauffait, devenant humide entre les jambes. Et c'était seulement à partir d'un regard. Elle ne savait pas combien de temps elle allait pouvoir lui résister. Une part d'elle lui conseillait de se lâcher, de les soulager tous les deux, mais la part plus rationnelle lui disait alors d'être maligne avec Alex. Il n'était pas encore prêt. Peut-être ne le serait-il jamais.

Hailey envoya de nombreux textos cette semaine-là, encourageant Lauren à se rendre à un autre rendez-vous du service en ligne le week-end suivant. Mais Lauren était trop hésitante au sujet d'Alex pour revenir au plan d'origine. Elle se sentait tellement coincée... Elle n'était pas prête à passer à d'autres rendez-vous arrangés, ne savait pas s'il y avait une possibilité avec Alex. Du moins, une possibilité qui ne se terminât pas par un cœur tendre brisé.

Heureusement, le samedi matin ses plans du week-end se mirent facilement en place. Elle avait envoyé un SMS à Carrie pour dire qu'elle allait passer l'après-midi au Grand Lac de Clover Park. Et cette dernière fut ravie de l'y rejoindre. Le lac était entouré d'arbres avec une plage agréable qui était parfaite pour se relaxer sur le sable. Moins de cinq minutes plus tard, M. Campbell – Joe, dut-elle se rappeler – appela et l'invita à un barbecue familial le dimanche. Cela lui convenait. Elle allait pouvoir se détendre et avoir le temps d'observer Alex dans son habitat naturel, apprendre à le connaître un peu mieux et voir la situation. Ce n'était pas très facile d'avoir une conversation d'adultes avec Alex quand Viv était présente. Elle se dit qu'un barbecue familial allait fournir de nombreux adultes pouvant s'occuper de divertir Viv.

Le samedi après-midi, Lauren trouva Carrie déjà installée sur le sable, allongée sur une chaise longue, vêtue d'un maillot de bain une pièce bleu ciel pudique et d'un chapeau à large bord qui touchait presque les énormes lunettes de soleil fixées sur ses lunettes de vue. Ses cheveux blonds éclatants tombaient en dégradé juste au-dessous de son menton, une mèche étant collée sur sa joue par l'épaisse couche de crème solaire. Carrie se couvrait toujours de crème solaire, car sa peau pâle brûlait vite. Comme d'habitude lors de leurs journées à la plage, elle buvait une boisson chocolatée Yoo-hoo. Une glacière était installée à côté de ses pieds.

— Salut, fillette, dit Lauren en dépliant une serviette de plage extra large à côté de la chaise de son amie.

— Salut ! s'exclama Carrie. Je t'embrasserais bien, mais je dégouline de crème solaire.

Elle fit un baiser aérien et retira les cheveux de sa joue collante.

— Un Yoo-hoo ?

Lauren rangea ses lunettes de soleil dans son sac, retira son T-shirt et son short et s'assit sur la serviette, vêtue de son bikini habituel.

— Non, merci. Peut-être plus tard.

Elle remit ses lunettes de soleil et étira les jambes en s'appuyant sur les coudes.

— Crème solaire ? proposa Carrie.

— Je crois que je vais d'abord m'imprégner du soleil.

Elle inclina la tête vers le soleil et se détendit dans la chaleur.

— Alors, comment ça va ? demanda Carrie.

— Ça va bien.

— Y a-t-il eu d'autres dessins à la Casa Campbell ?

Toute la semaine, elle avait gardé pour elle leur baiser charnel, car elle ne savait pas trop quoi en penser, mais elle ne put plus se retenir. Elle s'assit pour chuchoter :

— Il m'a embrassée *voracement*.

Carrie se redressa brusquement.

— Oh mon Dieu ! Je suis tellement jalouse ! C'est super pour toi !

— Tu es jalouse ?

Carrie attrapa le bras de Lauren.

— Tu rigoles ? La romance interdite ! Raconte-moi tout.

Elle se rallongea et but une longue gorgée de Yoo-hoo.

— Euh, d'accord. Ce n'est pas interdit.

— C'est ton patron, dit Carrie avec beaucoup d'enthousiasme.

Lauren attrapa un élastique de son sac et s'attacha les cheveux.

— C'est juste un travail d'été temporaire. Il n'y a rien d'interdit, crois-moi.

— C'était comment ?

Orgasmique.

Lauren inspira profondément avant d'admettre :

— Étourdissant.

— Oui ? dit Carrie avec enthousiasme.

— Oui.

Elle s'assit avec les jambes croisées et elle ferma les yeux, écoutant les sons joyeux des enfants qui jouaient, le doux bruit de l'eau qui clapotait sur la rive, le léger bruissement de la brise dans les arbres environnants. Carrie interrompit son moment zen.

— Autre chose ? chuchota Carrie. Quelle position avez-vous utilisée ? Vous avez fait un soixante-neuf ?

Lauren ouvrit brusquement les yeux.

— Bon sang, Carrie ! J'ai dit qu'il m'a embrassée, pas qu'il m'a baisée.

Normalement, elle ne parlait pas de façon si crue sans avoir bu quelques verres, mais Carrie avait été la première à commencer.

Carrie leva ses lunettes de soleil et l'examina avec ses grands yeux bleus, à travers ses lunettes cerclées de noir.

— Pardon, j'étais trop excitée.

Elle poussa l'épaule de Carrie et dut alors essuyer la crème solaire de ses doigts sur sa nuque.

— T'inquiète. Maintenant, je ne sais pas trop quoi faire.

Elle baissa la voix.

— Il est resté célibataire pendant deux ans.

Carrie laissa ses lunettes de soleil retomber en place.

— C'est sacrément long.

— C'est vrai, mais ensuite quoi, tu vois ? confia Lauren en chuchotant. C'est juste que je ne suis pas certaine de lui plaire en tant que personne, en tant qu'autre chose qu'une baise pratique.

Et ce n'était pas comme si Alex avait essayé de la séduire, il avait même vérifié si elle allait bien après leur baiser, ce qui était adorable. Le problème, c'était qu'elle ne pouvait s'empê-cher de penser à la promesse érotique contenue dans cet unique baiser. Une passion dévorante qui l'avait bouleversée d'une façon dont elle avait toujours rêvé, mais qui n'avait jamais eu lieu.

Carrie hocha sagement la tête.

— Je comprends. C'est genre, oh, voilà la nounou que je vois tout le temps, couchons avec ça.

— Exactement !

Les gens n'appréciaient pas ce qui était trop facile. Elle rougit, ses propres pensées lui paraissant beaucoup plus salaces que d'habitude. Trop facile, trop dur, elle ne pensait plus qu'à ça.

— Je le ferais quand même, dit Carrie. Il te désire, tu le désires, bim, bam, boum, merci m'sieur !

Lauren secoua la tête.

— C'est plus compliqué, parce qu'il est père et qu'il porte le deuil de Tammy.

— Ouais, c'est terrible, ce qui est arrivé.

Lauren soupira.

— Le timing est très mauvais. Ceci devait être l'été où je trouvais le bon. Hailey s'est acharnée a essayé de me trouver quelqu'un. J'aurais aimé rencontrer Alex dans le futur, quand ses idées se seront remises en place, quand il aura la tête claire et le cœur ouvert.

— Trop tard. Tu l'as déjà rencontré et il te plaît. Et puis si tu rencontres le bon cet été, alors rencontrer Alex dans le futur ne sert à rien.

— Tu as raison. J'aurais simplement aimé que les choses soient… elle agita la main en cherchant le bon mot… je sais pas, plus simples. J'ai refusé un des rendez-vous proposés par Hailey ce week-end parce que je n'arrive pas à décider quoi faire au sujet d'Alex.

Carrie but une autre gorgée de Yoo-hoo. Elle fit tenir la bouteille à Lauren pendant qu'elle sortait un petit sachet de chips de la glacière, qu'elle proposa. Lauren secoua la tête et Carrie en prit une pour elle.

— Je le vois demain, confia Lauren. Son père m'a invité à un barbecue familial. Je me suis dit que cela pourrait m'aider à le connaître un peu mieux.

— Oui, ses frères te raconteront peut-être toutes ses histoires embarrassantes.

— Je ne veux pas le mettre mal à l'aise. Je veux seulement apprendre à le connaître différemment.

Elles restèrent silencieuses un instant. Lauren recommença à s'agiter. Et si elle apprenait à connaître Alex, qu'elle tombait follement amoureuse de lui – elle penchait déjà dans cette direction – et puis qu'ils n'étaient pas sur la même longueur d'onde ? Et si c'était une cause perdue ?

Carrie leva sa boisson.

— Je jure sur ce Yoo-hoo que je sortirai avec le prochain bad boy que je rencontre.

Clairement, toutes ces romances interdites avaient embrouillé le cerveau de Carrie. Elle était ordinairement si, eh bien, discrète. Pas coincée, mais certainement pas en manque de façon si flagrante.

— Tu ne veux pas de bad boy dans la vraie vie. Tu veux quelqu'un qui te traitera bien.

Carrie sourit.

— Comme Alex.

— Il n'est pas si gentil, avoua-t-elle.

Alex pouvait être dur et agressif, pas le genre de type doux et gentil auquel elle était habituée.

— Mais ce n'est pas non plus un bad boy, précisa-t-elle. C'est un parent responsable.

Carrie l'attrapa par le bras.

— Qu'a-t-il fait ? demanda-t-elle avec inquiétude.

Lauren serra la main de son amie, appréciant que Carrie soit si encourageante et attentionnée.

— Rien de mal. Il est juste un peu brut de décoffrage.

— C'est ce que je veux, dit Carrie à voix basse. Qu'il m'utilise, m'épuise, nouille molle et au revoir !

— Qu'est-ce qui t'arrive ces derniers temps ? demanda Lauren. Tu commences à m'inquiéter.

Carrie mâcha bruyamment une chips.

— J'ai enfin ouvert les yeux. Je ne savais pas du tout à quel point Edward était inhibé.

C'était son ex. Elle se pencha tout près et chuchota :

— Sais-tu qu'il ne m'a jamais fait de cunnilingus ? En six ans !

— Désolée, dit Lauren avec compassion.

Elle aurait parié que l'inverse n'était pas vrai. Edward lui paraissait être un looser égoïste, mais elle garda cette remarque pour elle-même. Carrie était déjà suffisamment contrariée par ce qu'elle pensait avoir raté.

Carrie prit d'autres chips, sa main fouillant dans le sachet.

— C'est la première chose sur ma liste de bad boy. Il y a toutes ces choses que je n'ai jamais essayées.

— Combien as-tu de points sur cette liste ?

— Trois jusqu'ici, mais je viens de la commencer hier soir. Je vais y ajouter au moins dix de plus. Le treize porte bonheur ! Puis le bad boy suivant que je rencontre, je lui donnerai la liste et j'attendrai qu'il me fasse plaisir !

Lauren rit.

— Je ne crois pas que les bad boy suivent des listes.

Les épaules de Carrie s'affaissèrent.

— Ah bon ? Vraiment ?

— Je ne sais pas. Je ne fais que deviner. Je suppose qu'ils se rebellent contre ce genre d'imposition.

— D'accord, dit Carrie avec une chips dans la bouche. Sans vouloir te vexer, tu es une femme. Il faut que je demande à un homme si cela peut marcher.

— Ne fais pas ça.

— Pourquoi pas ?

— Parce que c'est déplacé, dit Lauren patiemment. Envoie-moi la liste par texto et je te donnerai mon avis. Ce sera juste entre nous.

Honnêtement, c'était la seule façon de sauver Carrie d'elle-même. Le chemin menant aux bad boys était jonché de gentilles filles.

— Comment ça va m'aider avec un bad boy ? demanda Carrie.

— Tu te sortiras ça de la tête afin de ne pas te ridiculiser en le montrant à un homme. *Si* tu rencontres, enfin non, *quand* tu rencontreras le bon, il voudra te faire plaisir et te donner tout ce que tu mérites. Et s'il a besoin de quelques conseils, alors chuchote ce que tu veux au milieu de l'action et vois ce qu'il se passe. D'accord ?

Carrie secoua la tête et mangea d'autres chips.

— Je suis tellement contente de t'en avoir parlé, Laur, ça aurait pu être super gênant.

— Pas de problème, dit Lauren.

Elle s'allongea sur la serviette, s'imprégnant de soleil, le corps chaud et détendu. Elle s'était presque endormie lorsque Carrie la fit sursauter.

— Aah !

Et puis :

— Oh non, oh non, oh non.

Lauren s'assit.

— Qu'est-ce qui ne va pas ?

— Je viens d'envoyer ma liste à mon voisin Larry ! Il est juste avant toi dans mes contacts ! Il a quatre-vingts ans ! Je suis son contact d'urgence !

Lauren éclata de rire.

— Tu pourrais causer une urgence : une crise cardiaque.

Carrie envoya furieusement des textos, ses pouces volant sur l'écran.

— Je n'ai qu'un mot pour toi, Laur : karma.

Lauren se pencha et sortit son téléphone de son sac. Un texto d'Alex. C'était une photo de Viv qui caressait un mouton avec un grand sourire. La légende disait : *elle voulait que tu voies ça.*

Son cœur se serra. Elle aimait déjà tellement Viv, une petite fille si incroyable. Elle répondit vite : *Viv, c'est super ! Fais une caresse au mouton pour moi.*

Alex : *Elle veut que je te fasse venir ici tout de suite. Elle n'a aucune notion du temps. Nous sommes au zoo du Bronx. J'aimerais que tu sois là.*

Elle souhaita soudain être là-bas, elle aussi, mais le zoo du Bronx était à plus d'une heure.

Alex : *Ne t'inquiète pas. Nous partons bientôt.*

Elle eut l'impression d'avoir manqué des choses.

Lauren : *Amusez-vous !*

Juste au moment où elle pensait s'être calmée, elle se remettait dans tous ses états. Elle ne voulait pas rater ces moments importants avec Viv. Mais elle n'avait aucun droit. Alex et elle n'en étaient pas là. Ils ne formaient pas une famille. Elle allait rater les moments de Viv pendant longtemps, peut-être pour toujours. Son estomac se noua.

Le karma était vraiment une saloperie sournoise.

13

Alex arriva chez son père, dans la même maison coloniale où il avait grandi, et il suivit Viv dans le jardin. La partie difficile de la journée était terminée. Il pouvait même boire une bière et se détendre. Son père, ses frères et sa sœur allaient jouer avec Viv, lui permettant de faire une pause. Le bonus était que maintenant que Ty avait épousé Charlotte, elle allait être présente et Viv s'amusait toujours avec Charlotte. Il détestait l'admettre, car il essayait d'être tout pour Viv, mais il était évident que Viv cherchait une figure maternelle dans sa vie. Elle gravitait autour des femmes, particulièrement celles qui avaient de longs cheveux comme Charlotte et Lauren.

Il passa le coin de la maison et s'arrêta brusquement.

— Fuper ! s'exclama Viv en courant vers Lauren.

Lauren se pencha et ouvrit les bras.

— Princesse Kei-Kei !

Viv vola dans les bras de Lauren qui la souleva et la prit dans ses bras.

Il avala la boule dans sa gorge et s'approcha lentement, les bruits et les images du rassemblement familial s'estompant en arrière-plan. Viv pépiait comme un écureuil surexcité, mettant Lauren au courant après leur séparation d'une seule journée. Apparemment, elle parlait du zoo. Lauren s'exclamait avec autant d'enthousiasme que Viv.

Viv se calma enfin et se tourna, cherchant sans doute son père. Lauren l'aperçut et posa Viv.

Il s'avança vers elles et Viv lui prit la main. Lauren était vêtue de façon décontractée, avec un débardeur bleu clair, un short en jean et des tennis. Ses longs cheveux étaient lâchés, sa peau halée. Magnifique. Sexy. Irrésistible.

— Salut, dit-elle avec un sourire. On dirait que le zoo du Bronx lui a plu.

Viv tira sur sa main en bondissant sur place.

— Oui, dit-il. Je, euh, je ne savais pas que tu serais là.

— Oh !

Elle rougit et elle regarda autour d'elle avant de montrer le père d'Alex.

— Joe m'a invité hier. Il dit que je suis sur la liste pour les barbecues et les fêtes, désormais.

Elle rit avant d'ajouter :

— Je suppose que c'est pour Viv. J'aimerais faire partie de sa vie.

— Balle ! cria Viv en s'écartant et en courant vers l'abri de jardin où son père rangeait l'équipement sportif.

Il regarda par-dessus son épaule et vit que Viv était partie toute seule et presque arrivée à hauteur de l'abri. Il la montra du doigt.

— Je devrais…

— Oui.

Lauren se balança sur ses pieds.

— J'espère que ma présence ne te gêne pas. J'aurais peut-être dû te prévenir ? Je veux dire, au cas où…

Il sourit.

— Tout va bien. Je suis content de te voir.

Elle serra les mains et croisa les bras. Elle était gênée et nerveuse. Les choses avaient été bizarres depuis leur baiser samedi dernier. Lauren avait enclenché le frein et il avait essayé de le respecter, mais il était impossible d'ignorer l'attirance. C'était une chose vivante, palpable entre eux. Dans tous les cas, c'était pire pour lui, car il connaissait les bruits qu'elle faisait en jouissant. Il les avait entendus autant que sentis contre sa bouche. Un type n'oubliait pas cela.

— Bon, d'accord ! dit-elle en riant.

Il montra Viv qui se battait avec la porte de l'abri de jardin.

— Je devrais vraiment…

— Oui !

Elle posa les mains sur ses hanches avant de les laisser tomber.

— Ha ! Bien sûr.

Il suivit Viv, un peu inquiet par la nervosité de Lauren quand elle était près de lui. Il aurait aimé reprendre à zéro avec elle. Elle n'était pas comme les femmes avec qui il couchait d'habitude et il l'avait manifestement mise mal à l'aise. D'un autre côté, son baiser n'avait encore jamais procuré d'orgasme à une femme jusque là. Peut-être était-elle gênée pour cette raison, alors qu'elle ne le devait pas. C'était terriblement sexy.

— Papa ! cria Viv en frappant la porte de la paume de sa main. S'il te plaît !

Il arriva jusqu'à sa fille.

— Que veux-tu ? Base-ball, basket ou football ?

Il savait que son père possédait de l'équipement pour enfants.

— Balle !

— Laquelle ?

Elle frappa la porte de l'abri.

— Balle.

— S'il te plaît. La balle, s'il te plaît.

— S'il te plaît, papa ! S'il te plaît !

Elle le suppliait de ses grands yeux marron.

Il secoua la tête et ouvrit la porte. Elle fila à l'intérieur et il la souleva rapidement.

— Que veux-tu ?

Elle montra le ballon de foot américain. Il le prit et posa le casque sur sa tête.

— Batte ! s'exclama-t-elle en essayant de s'échapper de ses bras.

— Ah bon, alors on prend tout ? D'accord, attends ici.

Il la posa à l'extérieur, sur l'herbe, attrapa toutes les affaires pour enfants et les posa à ses pieds.

— Fuper ! cria-t-elle en essayant de tout rassembler dans ses petits bras.

— Papy ! Oncle Josh ! Tante Mad ! Tante Charlotte ! appela-t-elle, même si son langage n'était pas encore aussi clair.

Onc Josh, tante Chalo... il reconnaissait les sons.

Il se tourna.

— Tout le monde ! Viv aimerait vous voir.

Tout le monde se rassembla autour de Viv qui rayonnait, le casque de travers sur sa tête. La plupart de ses frères et sa sœur étaient présents : Josh, Ty, Logan, Mad, ainsi que quelques-uns de ses frères honoraires, Ethan et Ben.

— Tu as crié ? dit Josh d'un air pince-sans-rire.

— On joue ! s'exclama Viv.

Ils se mirent bientôt à jouer une partie excitante – pour Viv – de tee-ball. Le jeu fut plutôt lent pour les autres. Il ne put s'empêcher de remarquer Lauren dans le grand champ qui parlait avec deux couples : Charlotte et Ty, mariés, et Mad et Park, fiancés. Il savait que Charlotte et Mad étaient des amies à elle. Elle semblait un peu isolée, essayant de faire la conversation et puis attendant que passe un moment de couple affectueux avant d'obtenir une réponse.

Il les rejoignit alors qu'il était censé jouer en troisième base. Après avoir salué tout le monde, il se tourna vers Lauren.

— Tu veux bien m'aider à sortir quelques boissons fraîches ?

Elle fit passer ses cheveux derrière les oreilles.

— Bien sûr.

Il essaya de s'éclipser discrètement, mais Viv le remarqua.

— Papa !

Elle retira son casque et le laissa tomber sur le sol, comme si elle avait besoin d'être sûre qu'il la reconnaisse.

— Je reviens. Je vais chercher à boire. Tu veux du jus de fruits ?

Elle hocha la tête, poussa son casque sur le côté et frappa encore un coup qui emporta le tee avec la balle.

— Cours ! cria-t-il.

Elle s'élança.

— Wou-hou ! cria Lauren. Continue ! *Home run* !

Ils échangèrent un sourire. Elle rougit et détourna le regard. Il ouvrit la porte et lui fit signe de passer devant. Il admira la courbe de ses fesses car elle ne pouvait pas le voir et continua jusqu'au frigo où il trouva deux packs de bières et un pack de jus de fruits pour enfants.

— Bière ou jus de fruits ? lui demanda-t-il.

— Hmm, choix difficile, dit-elle en souriant. Qu'en penses-tu ?

— Le jus de fruits est de la merde. Quatre-vingt-quatorze pour cent d'eau.

— Dans ce cas, je prends une bière.

Il en sortit une pour chacun, attrapa le décapsuleur et les ouvrit. Il lui en tendit une puis il leva sa bouteille pour trinquer.

— À toi, la meilleure nounou qui soit.

— Merci, merci.

Elle fit une petite courbette.

— Tu as déjà entendu ça, n'est-ce pas ? demanda-t-il.

— À chaque fois, dit-elle en riant.

Il lui fallait de meilleurs mots. Quelque chose qui indiquait qu'il voulait une deuxième chance avec elle. Quelque chose qui montrait qu'il était content qu'elle se soit abandonnée dans ses bras. Quelque chose qui disait qu'elle lui plaisait sans révéler l'intensité brutale de son désir. Cela l'empêchait de dormir la nuit. Il avait des besoins, des besoins longtemps négligés. Il n'était pas certain de ce qui était le plus fort entre le désir ou l'affection. Tout ce qu'il savait, c'était qu'il lui en fallait plus.

Il jeta un coup d'œil vers elle, appuyée maladroitement contre le comptoir en buvant sa bière et en jouant avec une mèche de cheveux.

— Tu sembles nerveuse avec moi, dit-il. Tu n'as pas besoin de l'être. Du tout.

Elle se redressa brutalement.

— Ça va.

Elle se frotta le bout du nez.

— Pourquoi ? Ai-je l'air mal à l'aise ?

Oui.

— Non.

Elle but.

Il s'avança vers elle et posa sa bière sur le comptoir. Puis il prit la sienne, la posa à côté et se pencha vers son oreille.

— Ce qui est arrivé pendant notre baiser me va bien. Ne sois pas gênée.

— Je ne le suis pas, dit-elle d'une petite voix.

Il se redressa afin de lui jeter un regard sceptique.

Elle rougit et parla en s'adressant à son torse.

— Cela ne m'est encore *jamais* arrivé.

Il ricana.

— Moi non plus.

Les yeux de Lauren lancèrent des éclairs.

— Ça t'amuse, n'est-ce pas ?

Il lui prit la main et la serra doucement.

— Je n'essaie pas de te mettre mal à l'aise. Au contraire. Je ne peux m'empêcher de penser à toi.

— Oh.

— Si tu veux toujours freiner les choses, je le respecterai, mais j'espère que tu me donneras une deuxième chance de faire ce qu'il faut. Aimerais-tu sortir à dîner avec moi ?

Elle leva les sourcils.

— C'est un rendez-vous ?

Il sourit.

— Oui, c'est un rendez-vous.

Elle eut un sourire adorable et sa voix s'adoucit.

— J'aimerais beaucoup.

Elle le prit dans ses bras, le serrant autour de la taille. Toute cette douceur le troublait : il sentit le désir s'éveiller. Un désir qui n'avait rien de doux. Il pouvait supporter un simple rendez-vous à dîner sans chercher à faire plus, n'est-ce pas ? Sauf qu'il n'avait jamais joué à ces histoires de rendez-vous galants.

Il posa la main sur sa nuque et lui chuchota à l'oreille :

— Les rendez-vous, c'est quelque chose de nouveau pour moi, alors je suivrai ton exemple. Tout ce qui aura lieu entre nous sera initié par toi.

Il la relâcha et fit un pas en arrière. Elle l'observa.

— Ça te va ? demanda-t-il.

Elle hocha la tête et puis elle sourit.

— Nous devrions rapporter les boissons à tout le monde. Ils se demandent sûrement ce qui nous prend si longtemps.

— Bien sûr.

Il sortit un carton de jus de fruits pour Viv et il le lui tendit avant d'attraper les deux packs de bières.

Elle prit leurs bières ouvertes du comptoir et fit un pas vers la porte.

— Attends.

Il ne savait pas s'il aurait une autre occasion de la voir seule ce jour-là.

— Merci de m'avoir donné une deuxième chance.

Elle fit son sourire adorable.

— Merci d'en avoir demandé une.

Elle passa la porte sur un petit nuage.

Il resta immobile un moment, se sentant pris d'un sentiment inhabituel. La nervosité. On lui avait accordé une deuxième chance et il savait qu'il ne devait pas la faire foirer.

14

Lauren fut ridiculement nerveuse pour son rendez-vous avec Alex. Ce n'était pas comme si elle ne le voyait pas tous les jours. Ce n'était pas comme si elle allait devoir vérifier son potentiel de bizarrerie ou lutter pour faire la conversation. C'était juste que cela paraissait différent. Important. Réel.

Elle soigna même sa tenue en portant une robe dos nu bleue toute neuve avec des fleurs brodées. Bien sûr, elle passa une éternité sur ses cheveux et son maquillage, alors qu'elle ne savait pas bien pourquoi. Au cours des trois dernières semaines, il l'avait vue en queue de cheval, sans maquillage et vêtue d'un vieux T-shirt et d'un short.

Il arriva à l'heure. Elle ne lui en aurait pas voulu s'il était en retard, car il devait déposer Viv chez son père, mais elle fut contente de ne pas avoir du temps supplémentaire pour angoisser.

— Tu es magnifique, dit-il de sa voix de velours profond qui fit danser ses entrailles.

Ses yeux sombres étaient si chaleureux et tendres. Pour elle. Son cœur sauta un battement, submergé par son regard.

— Toi aussi.

Il portait une chemise blanche et un pantalon gris et il était rasé de près avec cette odeur de sortie de la douche qu'elle adorait.

— Prête ? demanda-t-il.

Elle remarqua soudain qu'elle se tenait immobile sur le seuil de sa porte, à le fixer.

— Oui.

Elle rit et verrouilla la porte derrière elle avant de le rejoindre.

Ils marchèrent côte à côte jusqu'à sa voiture, tous deux silencieux. Était-il aussi nerveux qu'elle ?

Il ouvrit la portière du côté passager et la referma doucement derrière elle. Puis il monta en voiture, démarra et sortit du parking.

— Il me tarde de manger chinois, dit-elle, cherchant désespérément à rompre le silence.

Ils avaient déjà parlé de se rendre dans un bon restaurant chinois à Eastman.

— Tant mieux.

Un autre long silence.

— Est-ce que c'est bizarre, ou est-ce seulement moi ? demanda-t-elle.

Il rit.

— C'est sûrement moi. Je travaille à être le rendez-vous idéal et je ne sais pas du tout si je m'en sors bien.

— Tu t'en sors très bien. Je t'ai déjà dit que je te trouvais enivrant.

Un sourire illumina son beau visage.

— C'est bien ce que tu as dit, mon ange.

Elle se détendit immédiatement. Il était irrésistible. S'il était chaleureux et tendre pour elle, si elle était la seule avec qui il voulait sortir après des années, alors peut-être devait-elle voir jusqu'où cela les mènerait. De qui se moquait-elle ? Elle le désirait depuis leur premier baiser – il y avait deux semaines – et il n'avait rien fait d'autre que la regarder depuis. Des regards de braise, mais quand même. Ne devait-elle pas s'autoriser à vivre la passion ? Si celle-ci était soutenue par la tendresse, cela mènerait sûrement dans la bonne direction.

— Combien de temps as-tu avant d'aller récupérer Viv ?

— J'ai dit que j'irai la chercher à vingt et une heures.

Elle sourit intérieurement.

— Pourquoi ? demanda-t-il.

Elle secoua la tête. Il lui jeta un regard interrogateur, mais il n'insista pas.

Le dîner fut bien plus décontracté. La nourriture était excellente : ils partagèrent deux plats et une entrée de ce qu'elle préférait : les ravioles de porc frites. Alex lui posa des tonnes de questions, souhaitant en apprendre plus sur son travail, ses voyages, ses loisirs. Elle le renseigna et posa les mêmes questions. Apparemment, ils avaient tous les deux voyagé en Europe, mais à des époques différentes. Alex avait toujours travaillé en free-lance avec ses graphismes et il en était maintenant ravi, car cela lui permettait la flexibilité dont il avait besoin pour s'occuper de Viv. Elle adorait cela chez lui. À la minute où ils terminèrent le dîner, elle l'invita chez elle pour boire un verre.

Une fois sur place, Alex s'assit sur le canapé et elle s'installa à côté de lui. Elle n'était pas sûre de ce qu'elle devait faire, désormais. Elle avait cru que l'inviter suffisait à lui faire comprendre qu'elle n'avait rien contre le fait de s'embrasser passionnément. Il n'essaya même pas de lui tenir la main.

— Où sont tes colocataires ? demanda-t-il.

— Hein ?

— Tes chats ?

— Oh. Ils passent leur temps à dormir sur mon lit. Ils ne sortent pas quand j'ai du monde.

Elle poussa un soupir. Fallait-il qu'elle se jette sur lui ou qu'elle lui demande de l'embrasser ? Pourquoi fallait-il qu'il soit un gentleman et qu'il n'agisse que d'après ce qu'elle voulait bien initier ? Elle n'avait jamais séduit un homme de sa vie.

— C'est joli chez toi, dit-il. J'aime les couleurs.

Elle regarda autour d'elle d'un air distrait. Elle aimait les pastels frais avec des touches de couleurs chaudes. Son canapé était gris pâle, les coussins émeraude et rubis. La table basse et les tables de coin étaient en bois sombre et lisse et soutenaient des chandelles de différentes tailles. Elle aimait ce qui était chaleureux. Mais à ce moment précis, elle ne voulait rien de chaleureux ou de confortable.

Elle inspira profondément et elle se tourna vers lui.

— Alex ?

— Oui ?

— As-tu faim ? lâcha-t-elle.

— Nous venons de manger.

Elle porta une main à son front et ferma les yeux.

— Je veux dire, as-tu soif ?

— Oui.

— Moi aussi.

Elle partit chercher une bouteille de chardonnay au frigo. Elle versa un verre à chacun et revint dans le salon.

Il but une gorgée et posa le verre sur la table basse. Elle avala goulûment une gorgée, ayant besoin de courage alcoolisé pour avancer. Elle le regarda et il sourit.

— Quelle heure est-il ? demanda-t-elle d'une voix bien trop forte.

Il regarda son téléphone.

— Il est huit heures moins le quart.

Ils avaient une heure. Il avait besoin d'au moins quinze minutes pour aller chez son père. Elle n'avait pas le temps de lambiner.

— Je ne veux pas que tu sois en retard, dit-elle en buvant une autre gorgée de vin.

— Ça va. Viv va beaucoup mieux depuis que cette molaire est sortie.

— Oui, ça doit être un soulagement pour elle.

— Pour nous deux, dit-il en riant. Maintenant qu'elle dort mieux et qu'elle n'a plus qu'une seule molaire en cours, elle commence à ressembler au petit rayon de soleil qu'elle était avant.

Elle fixa les mains d'Alex, ses longs doigts fins. Devait-elle simplement les poser sur elle ? Ou peut-être fallait-il qu'elle pose ses mains sur lui. Mais par où commencer ? Elle finit son verre.

Il la regarda poser bruyamment le verre vide sur la table basse.

— Je ne peux pas te remercier assez de nous avoir aidés à passer ce cap avec le médicament. Nous n'aurions pas pu le faire sans toi.

Elle se décala vers lui, leva une main et ne put pas décider où la mettre. Sa joue ? Son épaule ? Son entrejambe ? Sa main lui parut bizarre, elle picotait et tremblait, elle était exposée, ne sachant quoi faire. Elle fixa sa bouche et se rendit compte qu'il parlait.

— Quoi ?

Il prit la main de Lauren qui traînait près de sa tête et il la serra chaleureusement et fermement. Il lui fit un petit sourire et un regard extrêmement chaleureux.

— J'ai dit que tu faisais des miracles.

— Ah.

— De quoi ont l'air mes yeux de vieille âme maintenant ?

— Beaucoup mieux, souffla-t-elle, perdue dans la chaleur de son regard tendre. Plus de chaleur, beaucoup moins de douleur. Tu as eu le temps de réfléchir aux choses plus sombres ?

— Tout ce que j'ai fait, c'est de laisser entrer la lumière de Lauren dans ma vie.

— Oh, Alex…

Elle leva l'autre main et glissa les doigts dans ses cheveux courts avant de les enrouler autour de sa nuque. Il resta immobile, à la regarder. Elle s'approcha lentement de lui et posa un baiser doux sur ses lèvres chaudes. Elle recula et le regarda dans les yeux. Tendre, si tendre.

— Encore une fois, s'il te plaît, dit-il.

Elle l'embrassa encore, fermement cette fois, savourant la chaleur, se risquant à goûter. Il tenait toujours sa main, mais son corps resta figé. Elle recula encore pour le regarder, surprise qu'il soit tellement maître de lui.

Ses yeux noirs brûlaient en la regardant. Elle sentait la tension en lui, comme s'il essayait de contrôler sa passion de toutes ses forces. Afin de la laisser mener la danse. Mais elle aimait sa passion, elle en avait besoin.

— Tu m'as dit que les rendez-vous étaient une nouveauté pour toi ? chuchota-t-elle.

Il lui fit un sourire gêné.

— Oui.

— Eh bien, pour moi c'est la séduction.

Il posa une main sur son visage et caressa sa lèvre inférieure du pouce en appuyant doucement dessus.

— Je suis ouverte à tout ce que tu veux.

Elle l'embrassa encore et d'une façon ou d'une autre,

continua à l'embrasser pendant qu'elle s'assit à cheval sur ses genoux. Elle avait peut-être bien quelques tours de séductrice dans son sac. Sa robe remonta au niveau de ses hanches. Il écarta les jambes, et elle s'ouvrit sur une bosse dure qu'elle sentit à travers la fine barrière de sa culotte. Il fit glisser ses mains le long de ses cuisses nues et jusqu'à ses hanches, où il les laissa. C'était son tour. Elle passa les bras autour de son cou et l'embrassa en s'abandonnant complètement. Il grogna, sa langue s'enfonçant profondément, faisant bouger les mains maintenant, l'une autour de ses fesses, l'autre glissant sur le tissu humide de sa culotte. Et puis le baiser se transforma, sa bouche devenant dure et exigeante alors que ses doigts glissèrent sous sa culotte afin de la caresser intimement. Elle se perdit dans les sensations, ne contrôlant plus rien, ne se souciant plus de rien.

Il laissa traîner sa bouche dans son cou, mordillant et suçant, ces sensations vives pénétrant le plaisir flou de ses doigts talentueux. Elle balança automatiquement les hanches, gémissant doucement et puis de plus en plus fort jusqu'à ce que sa bouche soit couverte par la sienne, ses longs doigts glissant en elle, son pouce appuyant exactement au bon endroit. Son corps tressaillit et puis le pouce d'Alex bougea, la travaillant en la pénétrant avec les doigts. Tout en elle se serra et puis explosa. Son cri brutal fut englouti par sa bouche.

Il rompit le baiser et elle haleta, le cœur battant. Il retira lentement la main d'entre ses jambes et un autre frisson de plaisir la fit gémir.

Il la prit dans ses bras et enfouit le visage dans son cou.

— Lauren, dit-il d'une voix rauque.

Elle se détendit contre lui pendant qu'il caressait son dos. Elle leva enfin la tête et le regarda. Son visage était sérieux, intense. Elle l'embrassa encore et parla contre ses lèvres.

— Je te veux.

Il grogna et entoura son visage avec les mains.

— Dis-moi exactement ce que tu veux de ma part.

— Je te veux en moi, chuchota-t-elle.

Il ferma les yeux et chuchota 'Oui' comme si elle avait répondu à ses prières. Puis il serra les bras autour d'elle.

— Accroche-toi.

C'est ce qu'elle fit, et il la souleva, marchant jusqu'à la

chambre. Les chats sautèrent du lit dès l'instant où ils franchirent le seuil et filèrent hors de la pièce. Alex retira les couvertures et la posa doucement sur le lit. Il passa immédiatement la main sous sa robe et retira sa culotte.

Il s'assit à côté d'elle, caressant ses jambes depuis le haut des cuisses jusqu'aux chevilles, créant des picotements chauds dans tous les endroits qu'il touchait.

— Enlève ta robe, dit-il.

Elle souleva les hanches, sortit la robe de sous elle, s'assit et la retira. Elle ne portait pas de soutien-gorge, car la robe était doublée et dos-nu.

— Toi aussi, dit-elle.

Il était toujours entièrement habillé.

Il ôta ses chaussures et la rejoignit, l'embrassant et la faisant rouler sous lui. Elle s'agrippa à ses épaules, mais elle perdit sa prise lorsqu'il descendit en laissant des baisers mordants le long de sa gorge, ce qui lui fit pousser un petit cri. Puis il captura son sein, l'entourant d'une main, baissant la tête et suçant, ce qui lui serra les entrailles. Il relâcha lentement le sein en éraflant le téton avec les dents, la faisant sursauter, avant de donner le même traitement à l'autre sein. Il la troubla en étant tendre puis brutal, et elle ne put rien anticiper. Il descendit encore, continuant de cette façon bouleversante avec les mains et la bouche, la faisant sursauter et soupirer.

— Les jambes par-dessus mes épaules, dit-il en passant entre ses jambes et en déposant un baiser sur son sexe.

Elle se raidit, ne sachant pas si elle était prête. Elle serait à sa merci. Il fit glisser ses doigts le long de son centre, l'ouvrant afin de la regarder. Et puis il attendit simplement.

Elle ferma les yeux, déglutit et fit ce qu'il demandait. Elle fut récompensée par sa langue dure et sa bouche affamée.

— Putain ! cria-t-elle en se cambrant sous lui.

Il grogna et elle sentit chaque vibration contre son centre sensible, puis il plongea encore, affamé, insatiable. Elle arqua le dos, leva les hanches et il écarta encore ses jambes avec les épaules. Elle haleta, submergée et complètement incontrôlable, gémissant en poussant des cris primitifs qu'elle reconnaissait à peine comme étant les siens. Oh, mon Dieu. Elle n'arrivait pas à reprendre son souffle. Elle mêla ses doigts à ses cheveux, tirant dessus, essayant de l'écarter. Il la pénétra avec les doigts, la distrayant momentanément de sa bouche impitoyable. Elle se rendit vaguement compte que c'était à cela que ressemblait la passion, et puis son esprit s'abandonna, son corps pulsant au rythme d'Alex, prenant ce qu'il donnait, frissonnant violemment de plaisir, de pression profonde, si bon, si bon, et puis l'orgasme frappa, se propageant dans son corps, pliant son dos, arquant sa nuque. Alex resta avec elle, lui faisant traverser un plaisir sombre et palpitant qui continua encore et encore jusqu'à ce qu'elle se relâche entièrement.

Elle le sentit s'écarter. Elle ne put pas bouger, pas parler, pas même ouvrir les yeux. Elle entendit le lit craquer et puis des vêtements tomber sur le sol. Le bruissement de l'emballage d'un préservatif.

Puis il fut au-dessus d'elle, descendit la main afin de se guider en elle. Elle s'attendit à une pénétration brutale, mais il entra lentement, centimètre par centimètre, en l'étirant.

Il déplaça les bras afin de les poser de chaque côté d'elle. Il frôla son oreille avec la bouche.

— Tu es tellement serrée.

— Ça fait un moment, avoua-t-elle. Ça va, tu n'es pas obligé d'y aller lentement.

Elle retint son souffle lorsqu'il la pénétra entièrement.

— Serre les jambes autour de moi, ordonna-t-il. Je ne veux pas que tu te cognes à la tête de lit.

Elle écarquilla les yeux, mais elle fit ce qu'il voulait. Et puis il la baisa vite et durement et profondément et elle resta accrochée, agrippant ses épaules, sentant les muscles se fléchir au rythme de son va-et-vient puissant. Elle regretta de ne pas pouvoir le regarder dans les yeux. Il les avait fermés, la tête à côté de la sienne, haletant près de son oreille. Elle avait follement envie d'intimité, mais elle était trop troublée pour l'expliquer.

Il chuchota à son oreille :

— Incline les hanches pour moi. Je veux m'enfoncer plus loin.

Elle croyait qu'il était déjà au bout, mais elle obéit et le balancement suivant envoya une onde de choc de plaisir dans son corps. Il grogna et pompa de plus en plus vite. Elle enfonça les ongles dans ses épaules en filant vers un orgasme qui la frappa subitement : son corps se balança, une sensation électrique l'irradiant depuis son centre, frappant ses membres. Alex s'enfonça profondément en poussant un grognement grave et il jouit en elle avant de s'immobiliser.

Elle le serra entre ses bras et ses jambes, ressentant toutes sortes de choses douces et tendres pour lui. C'est elle qu'il avait choisie après s'être privé si longtemps. Cela voulait dire quelque chose.

Finalement, longtemps après, il se retira, se laissant tomber sur le lit à côté d'elle, couché sur le dos. Il souriait. Elle souriait également, s'approchant et roulant sur le côté afin de passer un bras autour de lui.

Il passa la main autour de sa nuque et il l'embrassa à pleine bouche.

— C'était incroyable.

Il se laissa retomber sur le matelas.

Une petite voix dans sa tête la harcelait : *et maintenant ?* Elle l'observa, couché là, les yeux fermés, contenté. Elle avait envie d'entendre des mots, un peu de tendresse après l'intensité de, eh bien, *tout cela.*

— Jusque là, ça fait quoi de sortir avec moi ? demanda-t-elle d'un ton enjoué.

Il gloussa d'une voix grave.

— Fantastique.

— Je n'ai encore jamais eu d'orgasmes multiples, l'informa-t-elle.

Il grogna et l'embrassa encore.

— Tu me tues. J'aurais aimé pouvoir rester. Ça fait trop longtemps et j'ai accumulé beaucoup de choses.

Elle soupira.

— Moi aussi, j'aimerais que tu puisses rester.

Il se déplaça pour regarder le radioréveil sur sa table de nuit.

— Merde. Je dois filer.

Elle se sentit très déçue, alors qu'elle savait qu'il avait une bonne raison.

— Bien sûr, dit-elle doucement.

Il l'embrassa encore.

— Mon ange.

Il se leva et partit vers la salle de bains, sans doute pour s'occuper du préservatif.

Elle frissonna et elle tira les couvertures jusqu'à son menton.

Il revint et s'habilla rapidement.

— Tu pourrais peut-être passer ce soir ? Je t'enverrai un texto dès que Viv sera endormie. Tu as la clé.

— Comme pour un plan cul ?

— Allez, ne le prends pas comme ça.

Il s'assit au bord du lit et il enfila ses chaussures.

— Nous avons passé du bon temps.

Du bon temps. C'était tout. Elle avait confondu le désir et la tendresse.

Il se pencha et l'embrassa.

— Passe me voir, d'accord ?

Elle se sentait épuisée, bien utilisée, pas bien aimée.

— Je vais dormir, dit-elle d'une toute petite voix.

Il la regarda longuement.

— D'accord. Dors bien. En ce qui me concerne, je vais bien dormir.

Il partit et elle se laissa retomber sur le lit en écartant les bras. Elle n'arrivait pas vraiment à se fâcher, alors qu'une partie d'elle aurait aimé le pouvoir. Elle se sentait encore trop bien, chaque terminaison nerveuse picotant, frémissant encore. Il y avait au moins une étincelle entre eux, même s'ils ne s'étaient pas suffisamment approchés pour une connaissance profonde de leurs âmes. Une part d'elle espérait toujours que cela arriverait.

15

Le lendemain matin, Lauren décida de partir faire une longue balade en vélo jusqu'à Ludbury House. C'était la villa de Clover Park où Hailey travaillait en tant qu'organisatrice de mariages. Si elle absente, elle se rendrait à l'appartement de Hailey à quelques pâtés de maisons de là. Quoi qu'il en soit, Lauren avait besoin de parler à son alliée du plan Faites Naître l'Amour (TM) afin d'y mettre fin. Elle ne voulait pas être amoureuse d'Alex, mais elle penchait de ce côté-là même en sachant que c'était risqué. Hailey pouvait peut-être lui apporter un peu de clarté.

Elle retira son vélo du support, monta dessus et se souvint immédiatement de toutes ses activités nocturnes avec Alex. Bon sang, ce qu'elle était endolorie. Cela faisait bien huit mois qu'elle n'avait pas couché avec quelqu'un et Alex était plus que ce à quoi elle était habituée, dans tous les domaines. Elle sourit intérieurement. Il était sa licorne, l'alpha tendre qu'elle avait secrètement espéré sans jamais le trouver. La plupart des hommes avec lesquels elle était sortie étaient gentils. Pas réservés, mais pas des alphas non plus. Et certainement pas aussi grands. Elle descendit de son vélo et le reposa sur le support.

Une marche rapide ferait du bien. Il lui fallut une demi-heure, et lorsqu'elle arriva à Ludbury House, elle avait chaud et elle était fatiguée et grincheuse. Cela commençait à l'ennuyer de ne pas avoir de certitudes concernant Alex. Elle avait découvert ce qu'elle cherchait, pourtant elle était étrangement insatisfaite. Elle s'arrêta sur le trottoir pour admirer Ludbury House : c'était une belle demeure de deux étages et demi en bois blanc avec des colonnes blanches et une superbe terrasse tout autour. Même si elle était souvent passée devant la villa, elle soupira en y imaginant son propre mariage.

Elle ouvrit la lourde porte d'entrée et découvrit Hailey au fond d'une salle de bal, assise à une petite table avec un couple qui préparait son mariage.

Hailey promit de la rejoindre chez Garner's pour une pause rapide dans une heure. Voilà donc Lauren chez Garner's. Elle se dirigea vers le bar vide où Josh coupait des citrons verts et elle s'y installa. Il était presque onze heures, un dimanche. Les seules autres personnes présentes mangeaient un brunch dans la zone de repas.

— Salut, Lauren, tu es bien matinale, dit Josh avec un sourire charmant.

Elle l'examina un instant. Ses cheveux bruns étaient ébouriffés, sa mâchoire n'était pas rasée depuis plusieurs jours et son T-shirt gris était étiré en travers de son torse et de ses épaules larges. Malgré ses sourires charmants, il était plutôt rebelle. Elle se demandait si Alex était ainsi avant d'avoir Viv. Si on ajoutait quelques piercings, elle était certaine qu'elle aurait été trop intimidée ne serait-ce que pour flirter avec Alex. Elle était l'opposé d'une rebelle.

— Ça va ? demanda Josh en faisant glisser les rondelles de citron vert dans une boîte en plastique.

Il la regarda dans les yeux et il attendit.

Elle se concentra sur son torse, car ses yeux de vieille âme pleins de douleur la troublaient.

— Tu veux boire quelque chose ? demanda Josh.

Elle le regarda dans ses yeux marron, le chagrin enfoui làdedans lui pinçant le cœur. Elle eut envie de le prendre dans ses bras.

— Juste de l'eau, merci.

— Je t'apporte ça.

Elle fixa le bar du regard, ressentant une sorte d'étrange expérience extracorporelle, mélangeant les deux frères avec leurs chagrins et leur apparence similaires. C'était Alex qu'elle devait affronter et réconforter, pas Josh. Elle ne pouvait même pas imaginer embrasser Josh. Il ricanerait sûrement après, comme s'il la taquinait depuis le début. Non, il taquinait seulement Hailey de cette façon. Qu'allait-elle faire au sujet d'Alex ? pensait-il à elle ? Se souciait-il d'elle ? Ou bien espérait-il simplement un peu plus de temps dans son lit ? Pourquoi avait-elle couché avec lui aussi vite ? Elle aurait dû attendre d'être certaine de ce qu'elle voulait. Ce n'était pas comme s'il avait essayé de la séduire la nuit précédente. Tout était venu d'elle, elle l'avait invité chez elle, avait laissé traîner sa main près de sa tête.

C'était impossible à nier, elle était une séductrice.

Elle fit tomber sa tête entre les mains et un verre d'eau glacée apparut devant elle.

— Tu veux que j'aille chercher Mad pour toi ? demanda Josh en indiquant la zone de repas où Mad était en train de servir. C'était sa plus jeune sœur, une amie de Lauren, mais pas celle auprès de qui elle se serait confiée étant donné que A) Alex était son grand frère, alors Lauren ne pouvait pas partager de détails intimes et, même si elle le pouvait, B) Mad était corrosive et très franche. Le lendemain matin requérait quelqu'un de plus doux et compréhensif. Carrie lui vint immédiatement à l'esprit, mais la façon dont elle avait été à fond pour les romances interdites rendait son jugement assez discutable.

Elle se redressa et but son eau glacée.

— Non, ça va. Hailey me rejoint ici dans une heure.

— Tu veux manger quelque chose ? demanda Josh.

Elle aurait bien mangé. Elle eut soudain très envie de viande rouge.

— Je vais prendre un hamburger et des frites. Merci.

— C'est parti, dit-il en entrant la commande dans l'ordinateur.

Se sentant beaucoup mieux, elle décida de poser les bases d'une paix entre Hailey et Josh.

— Josh, puis-je te dire un secret au sujet de Hailey ?

Il se pencha au-dessus du bar.

— Je suis tout ouïe.

— Si tu te concentres sur le fait d'être plus adorable qu'elle…

— Adorable ?

— Oui, si tu es particulièrement adorable, plus que ce que Hailey pourrait imaginer, tu la mettras à genoux.

Il se redressa avec un éclat diabolique dans les yeux. Puis il fronça les sourcils.

— Ça ne fonctionnera pas. J'ai été très gentil avec elle, comme tu me l'as dit, je lui ai offert une boisson gratuite…

— Et elle t'a rendu la pareille.

— Elle m'a payé le double du prix en me faisant un pied de nez.

Il se renfrogna.

— On dirait qu'elle ne me laisse même pas lui offrir un verre. Désolé, mais je ne crois pas pouvoir être plus gentil ou adorable que ça.

— Tu pourrais, je sais pas moi, proposer de lui acheter un livre. Elle adore les livres.

Il leva un sourcil.

— Quel genre de livre ?

— Tu pourrais peut-être lui parler de ses livres préférés, voir s'il y en a un nouveau qui sort d'un auteur qu'elle aime, ou peut-être trouver la première édition d'un classique.

Il secoua la tête.

— Je ne sais pas. Être gentil et adorable et tout, cela marche peut-être pour certains, mais ça m'ennuie profondément. Je crois que je vais l'embêter un peu plus. Afin que ça reste intéressant.

C'était comme s'ils aimaient se battre. Comment allait-elle un jour réussir à les rapprocher suffisamment pour qu'ils se rendent compte de l'étincelle évidente ? Puis elle pensa à son étincelle avec Alex et elle se découragea. Une étincelle ne menait pas toujours à une reconnaissance de l'âme. Parfois, cela ne faisait que mener à la confusion et à une incertitude douloureuse.

Elle soupira.

— Si tu es certain que c'est la direction qu'il faut prendre.

— Ça lui plaît, sinon elle ne continuerait pas à revenir, dit Josh. À vrai dire, je crois qu'elle trouve que je suis ennuyeux quand je suis gentil.

Il haussa les épaules avant d'ajouter :

— Et je la comprends.

Elle but son eau.

— Moi, ça me plairait.

— Ah oui ?

— Oui.

— Comment te traite Alex ?

Elle sentit la chaleur lui monter dans le cou.

— Bien.

Josh tapota le bar.

— Tant mieux. Il a trop besoin de toi pour te traiter autrement. Tu es incroyable avec Viv. Tu aurais dû le voir avant que tu arrives dans sa vie. Une épave.

Elle secoua la tête en souriant.

— C'est juste que j'ai de l'expérience avec les enfants, dit-elle modestement.

— Elle parle tout le temps de toi. Elle dit 'fuper' dans beaucoup de phrases.

— Je lui ai dit de m'appeler Super L.

Au lieu de 'maman', ajouta-t-elle silencieusement.

— Ah d'accord, elle l'a raccourci en 'super'. Je te suis tellement reconnaissant. Nous le sommes tous.

— Merci. Je suis contente de pouvoir les aider.

Elle ne parvint pas à sourire, alors elle but une longue gorgée d'eau.

Josh continua :

— Alex est devenu un autre homme. Je l'ai vu tôt ce matin, il a emmené Viv pour manger des pancakes, et il débordait de bonheur. Il dit que tout ça est grâce à toi.

Elle s'étrangla avec son eau et elle se mit à tousser furieusement.

Josh attendit qu'elle se calme avant de dire :

— Il dort mieux, Viv dort mieux. Il ne reste plus qu'une molaire et il sera sorti d'affaire.

— Jusqu'à la phase suivante, dit-elle en toussant doucement. Trois ans, c'est l'année de la défiance.

— Avec un peu de chance, tu seras dans les environs pour lui donner quelques conseils de temps en temps.

— Bien sûr.

Avec un peu de chance, peut-être, si, si, si.

Josh partit et revint quelque temps plus tard avec son déjeuner. Elle mangea lentement et avec plaisir, tout avait si bon goût. Après le déjeuner, elle s'arrêta pour discuter avec Mad pendant sa pause, et elle retourna au bar où elle trouva Hailey assise avec un grand verre de limonade rose. Hailey portait une robe blanche très mignonne aux épaules nues avec des volants bordés au crochet. La taille était serrée entre deux couches de volants, mettant en évidence sa taille fine. Lauren dut admettre que Hailey ressemblait toujours à une reine de beauté. Elle n'avait pas eu le temps d'examiner sa tenue plus tôt quand Hailey était assise avec ses clients, des classeurs empilés tout autour d'elle.

— Regarde ce que Josh a fait pour moi ! s'exclama Hailey avec un grand sourire. C'est un 'spécial Hailey'.

Lauren vit le regard de Josh et il lui fit un clin d'œil.

— Merveilleux, dit-elle.

Hailey sirota un peu de limonade avant de dire :

— Alors, es-tu prête pour un autre rendez-vous de Faites Naître l'Amour ?

Josh leva les yeux au ciel et retourna à la cuisine.

— Je te paierai triple pour ça ! appela Hailey.

Josh se retourna, lui jeta un regard noir et fit un geste de mépris de la main en grommelant avant de continuer vers la cuisine.

— Alors ? demanda joyeusement Hailey.

— Je crois en avoir terminé avec Faites Naître l'Amour (TM), mais je te remercie beaucoup pour ton aide.

Hailey sourit.

— Tu es avec Alex maintenant ? J'ai vu l'étincelle entre vous deux.

— Nous sommes sortis ensemble hier soir.

Hailey lui donna un coup de coude.

— Oui, et ?

— Et c'était bien.

Hailey hocha la tête, but davantage de limonade et appuya les doigts contre son front.

— Trop froid, gel du cerveau, aïe aïe aïe !

Elle jeta un regard mauvais vers la porte de la cuisine.

— Je parie que c'est la vraie raison pour laquelle Josh m'a donné une limonade glacée quand il fait chaud.

Lauren secoua la tête. Ces deux-là étaient impossibles.

— Je suppose donc que j'ai fini avec les rendez-vous en ligne et tout ça. Je veux voir où ça me mènera avec Alex.

— Ooh, Lauren, tu as trouvé ta licorne, n'est-ce pas ?

Elle appuya sa main sur son front en grimaçant.

— Oui et non, soupira-t-elle. Je ne suis pas certaine qu'il soit dans le même état d'esprit que moi.

— Ce n'est pas du tout un problème. Tu as trouvé ta licorne, il te suffit de continuer.

Lauren grinça des dents. Hailey parlait comme si tout était simple, mais qu'avait-elle réellement comme expérience ? D'après ce qu'elle savait, Hailey n'avait jamais eu de relation sérieuse.

Elle fut comme poussée par le diable. En voyant Josh passer la porte de la cuisine dans leur direction, elle chuchota à Hailey :

— Josh a dit que n'importe quelle femme particulièrement adorable avec lui le mettait *à genoux*. Il m'a dit ça en secret. C'est son talon d'Achille.

Elle était peut-être allée trop loin, mais Hailey goba tout.

Celle-ci écarquilla les yeux.

— Vraiment ?

— Oui.

Josh était derrière le bar désormais, toujours assez loin.

Heureusement, les chuchotements de Hailey portaient toujours comme un cri d'enthousiasme.

— Ce que je ne donnerais pas pour mettre Josh à genoux !

Josh marcha vers elles d'un pas tranquille, chaque pas montrant de sombres intentions, le regard fixé sur Hailey. Il s'arrêta devant elle, frappa le bar de la paume des mains et avança son visage près d'elle.

— C'est toi qui vas te mettre à genoux, princesse.

Hailey rougit des joues jusqu'à la poitrine en écarquillant les yeux avant de froncer les sourcils.

Ils eurent un match de regards impressionnant : pas un seul clignement de paupières.

Lauren avait terminé son travail. Son téléphone reçut un texto et elle l'attrapa sur le bar.

Alex : *Passe ce soir quand Viv sera endormie.*

Il était très persévérant. Elle répondit *à lundi* avec un smiley souriant afin qu'il sache qu'elle n'était pas fâchée. Ils devaient parler. Si elle se rendait chez lui tard le soir, cela envoyait les mauvais signaux. Ce n'était pas comme un engagement. Du moins, pas tout de suite. Mais elle avait besoin… de quelque chose… d'une vague idée qu'il avait de réels sentiments car elle avait bien trop de pensées douces et tendres pour lui.

— Allez, Lauren, rentrons chez moi pour un débriefing, dit Hailey en tirant le bras de Lauren.

Lauren paya rapidement en espèces avant de la suivre, espérant que parler allait l'aider à clarifier les choses.

Lorsqu'elle sortit sur le trottoir, Hailey s'arrêta.

— Pardon. Je dois vraiment retourner au travail. Il me fallait juste une excuse pour lâcher le combat de regards sans perdre. Appelle-moi plus tard si tu veux parler, d'accord ?

— D'accord, dit Lauren.

Hailey marcha d'un pas rapide vers Ludbury House.

Lauren tourna dans la direction opposée et rentra chez elle beaucoup plus lentement, l'esprit troublé. Allait-elle pouvoir résister assez longtemps à Alex pour avoir une bonne discussion ? Cela paraissait simple, mais avec Alex, rien n'était aussi simple. Il représentait une triple menace : sexy, mort de faim et irrésistible. Et la passion n'avait que bien trop tardé pour elle. Mais était-ce suffisant ?

16

Lundi matin, Alex ouvrit la porte à Lauren et l'examina depuis ses longs cheveux châtains encadrant son visage angélique jusqu'à ses seins rebondis dans un débardeur noir avec un short noir et ses longues jambes bronzées. Il fallait qu'il arrive à la revoir seule. Le soir même, avec un peu de chance.

— Bonjour, dit-il d'une voix éraillée.

La bête était sortie de sa cage et elle avait faim.

— Bonjour, répondit Lauren doucement.

Viv se jeta sur les jambes de Lauren en la serrant fort.

— Fuper !

— Princesse Kei-Kei !

Lauren souleva Viv et la serra dans ses bras.

Alex regarda cet échange et sourit. Il adorait que Viv soit folle de Lauren et vice versa.

— Dolly ! cria Viv en pointant du doigt vers sa chambre.

Lauren la posa et Viv courut dans sa chambre. Il avait acheté une nouvelle poupée à Viv la veille : exactement la même, donc avec le même nom, mais avec des cheveux.

Lauren voulut la suivre, mais il l'arrêta en la prenant dans les bras. Elle posa ses bras autour de sa taille et lui rendit l'embrassade. Elle ne pouvait s'en empêcher. Elle était du genre à aimer les câlins.

Il chuchota à son oreille :

— J'ai lu tes livres préférés hier soir. La trilogie Féroce.

Elle recula, la main sur la poitrine, en écarquillant ses grands yeux verts.

— Pas possible.

Il enleva la main de Lauren de sa gorge et la remplaça par la sienne. Il sentit son pouls battre rapidement sous ses doigts, sa peau se réchauffant à son contact.

— J'ai sauté des passages pour arriver aux parties intéressantes.

Il la sentit déglutir.

Oui. Il avait son numéro. Et il allait s'en servir autant que possible. Il s'était inquiété d'avoir été trop agressif avec elle, se contrôlant au prix de grands efforts, mais lorsqu'il avait lu son fantasme, ce qui l'excitait vraiment, il avait constaté qu'il n'avait pas du tout besoin de se retenir. Il suffisait juste qu'elle admette ce dont elle avait secrètement envie : de sexe déchaîné et sans limites avec des commentaires cochons et un homme qui aimait prendre les devants. Cela allait être amusant.

Il lui fit un sourire entendu en faisant glisser ses doigts le long de sa gorge. Elle entrouvrit les lèvres, ses yeux se mettant à brûler.

— Alex, chuchota-t-elle d'une voix haletante qui le poussa à se pencher vers elle. J'aime ces livres, mais je n'ai encore jamais fait ce genre de choses dans la vraie vie. Il faut que je me sente à l'aise.

Il se décala vers son oreille.

— Tu as trouvé l'homme qu'il fallait pour tous tes fantasmes. Je vais m'en occuper et ça va te plaire.

Elle inspira audiblement.

— Dolly ! s'exclama une petite voix.

Ils se tournèrent tous les deux et ils virent Viv qui tenait sa nouvelle poupée par les cheveux.

— Quelle belle nouvelle Dolly ! s'exclama Lauren.

Sa voix trembla et elle parlait un peu trop fort. Viv ne le remarqua pas, mais lui oui.

— Ce soir, dit-il à Lauren.

— Nous parlerons plus tard, lança-t-elle par-dessus son épaule avant de rejoindre Viv pour leur matinée de divertissements.

Il partit à son studio, se sentant plein d'énergie et prêt à travailler. Il se jeta sur son projet, apportant les touches finales aux couvertures des livres de fantasy. Il avait reçu un délai supplémentaire pour le terminer. Il sauta le déjeuner, tant il était immergé dans son projet qui se mettait enfin en place. Il était tard dans l'après-midi lorsqu'il émergea de son studio au moment où Lauren se garait dans l'allée. Les après-midi, elle emmenait souvent Viv au terrain de jeux, à Spray Bay, ou chez son grand-père. Et elle envoyait toujours une photo de Viv qui s'amusait là-bas, puis elle lui adressait un autre texto juste avant de rentrer. Il n'aurait pas pu imaginer une meilleure nounou pour Viv : responsable, attentionnée et affectueuse. Elle semblait sincèrement aimer passer du temps avec Viv, qui était une boule d'énergie assez difficile à surveiller.

Il les rejoignit dans l'allée et il jeta un coup d'œil à l'arrière. Viv dormait. Elle faisait souvent la sieste dans la voiture, particulièrement après une journée d'activités de plein air.

Lauren fut sur le point de la sortir de la voiture.

— Elle s'est fait un autre petit ami au terrain de jeux. Un petit garçon qui s'appelle Liam.

— Merveilleux. Je vais la laisser faire la sieste. Je vais la porter et puis toi… Il baissa la voix et la rendit rauque – tu viens avec moi.

Elle se raidit.

— Alex, nous devons parler.

— Bien sûr, nous pouvons parler.

'Après', ajouta-t-il silencieusement. Ce n'était pas de sa faute, il était prêt à exploser à cause de ses besoins longtemps négligés.

Lauren lui jeta un regard suspicieux.

— C'est important. Nous avons sans doute tous les deux des choses à dire.

— Ou à faire.

Elle lui jeta un regard noir.

Il retint un sourire. Lauren était enfin assez à l'aise avec lui pour laisser tomber son rôle d'ange. Bien sûr, elle était gentille, mais ce n'était pas tout. Après avoir lu les parties érotiques de ses livres de romances préférés, il la soupçonnait d'avoir accumulé beaucoup de passion fougueuse. Et il était l'homme chanceux qui allait pouvoir faire sauter le bouchon.

Il ouvrit la portière de la voiture.

— Laisse-moi l'installer d'abord, et puis nous aurons un peu de tranquillité ensemble.

— Pour parler, insista Lauren.

Il ignora cela. Il sortit doucement, tout doucement, Viv de son siège auto, ferma la portière avec la hanche et la porta jusqu'à la maison en faisant attention à ne pas la bousculer. Lauren ouvrit la porte avec sa clé et elle les laissa passer. Dès l'instant où il entra, Viv se réveilla.

— Papa !

Il soupira.

— Salut, ma puce.

Il regarda Lauren qui essayait de ne pas rire.

— Je t'enverrai un texto pour plus tard.

Lauren ricana, apparemment ravie que ses plans sournois aient été contrés.

— Seulement si tu promets que nous parlerons.

— Nous parlerons, dit-il.

Après.

Lauren lui jeta un regard plein de soupçons. C'était comme si elle arrivait à lire son esprit cochon. Eh bien, il lui avait donné un gros indice.

Il eut un sourire en coin.

— Allez, c'est le seul moment où nous pouvons parler sans petites oreilles.

Viv posa les mains sur les joues d'Alex et serra.

— Parler, parler, imita-t-elle.

— Tu vois ? dit-il entre les petites mains.

Lauren rit.

— Allez, Mademoiselle Vivian, allons changer cette couche.

Il posa Viv qui courut dans le couloir jusqu'à sa chambre.

— Je peux la changer.

— Je m'en occupe, dit Lauren. C'est pour cela que tu me paies un gros salaire.

Il gloussa.

— Tu vaux bien plus que ce que je pourrais payer.

Elle le regarda sous ses longs cils.

— Tu as une de ces façons de tourner les phrases.

— Il m'en reste encore beaucoup d'autres. Des mots qui te feraient rougir et gémir.

— Chut.

Elle devint écarlate.

Il posa une main sur sa joue chaude.

— Tu rougis vraiment beaucoup. Ne t'inquiète pas, elle ne peut pas nous entendre.

— Alex.

Un sourire réticent tira sur les coins de ses lèvres.

Il lui tint le menton.

— Allez, donne-moi la pleine puissance de ce sourire.

Elle secoua la tête en riant.

— Et voilà, dit-il en souriant aussi.

Elle était si belle, si sexy.

Viv réapparut avec les fesses nues.

— Maman, pipi !

Lauren et lui échangèrent un regard surpris. Il ne savait pas ce qui était le plus choquant, le maman ou le pipi. Lauren avait fait très attention à corriger Viv en lui disant de l'appeler Super L. Viv ne l'avait pas redit depuis cette première fois, il y avait trois semaines.

Lauren fut la première à se remettre et elle se concentra sur la partie importante.

— Bon, allons voir.

Ils partirent tous à la salle de bains, où Viv leur montra fièrement le pot. Il y jeta un coup d'œil. Il y avait la plus minuscule goutte de pipi. Pas même assez pour déclencher la chanson qui se faisait entendre quand elle urinait. Est-ce que cela comptait ? Où était le reste ?

— Waouh ! s'exclama Lauren. Tu es une grande fille ! Bravo ! Maintenant il faut tirer la chasse et se laver les mains. C'est ce que fait tout le monde.

— Bravo, Viv, ajouta-t-il un peu tard.

Ces histoires de propreté étaient encore une nouveauté pour lui. À vrai dire, il ne s'était même pas rendu compte que Lauren avait commencé à l'entraîner.

Viv suivit Lauren avec enthousiasme, l'aidant à tirer la chasse après la petite goutte de pipi et puis se lavant les mains et les séchant. Si quelqu'un les regardait – toutes deux tellement synchronisées, avec la peau et les cheveux de la même teinte – il penserait qu'elles étaient mère et fille.

Ses yeux s'embuèrent. Il était impossible qu'il laisse un jour partir Lauren. Viv avait besoin d'elle.

Lauren venait de terminer un repas tranquille à la maison ce soir-là lorsque son téléphone tinta pour un texto. Elle le ramassa. C'était Alex.

Comment dois-je faire pour la propreté ? Elle ne veut plus aller au pot.

C'était assez étrange. Lauren n'avait même pas encore commencé la propreté avec Viv. Elle lui avait acheté la jolie culotte aux volants roses le vendredi précédent, lui avait montré qu'elle la lavait et qu'elle la rangeait dans le tiroir pour le jour où elle serait prête à être une grande fille, et puis son plan de commencer aujourd'hui était passé par la fenêtre lorsqu'Alex lui avait dit avoir lu sa trilogie de romances érotiques préférées. Il avait eu une voix rauque indiquant que cela lui avait donné des idées. Elle s'accorda un instant pour surmonter le flot de désir brûlant déclenché par ce souvenir, avant de répondre par texto.

Fais un tableau sur lequel tu colles un autocollant chaque fois qu'elle va au pot, et donne-lui un M&Ms.

Alex : *Quel genre de tableau ? Mensuel ? Quotidien ?*

Lauren : *Dessine juste des colonnes pour les autocollants. Elle ne connaît pas encore les jours, les semaines, les mois.*

Alex : *C'est vrai. Je n'ai pas d'autocollants. Il vaut mieux que tu viennes.*

Elle sourit. Elle avait tout cela, mais elle savait qu'il avait une autre raison de la faire venir. *J'en apporterai plus tard. Préviens-moi quand Viv sera endormie. J'aimerais vraiment parler.*

Trois heures plus tard, Lauren bâillait en hésitant à aller se coucher. Elle vérifia son téléphone une dernière fois. Alex avait envoyé un message cinq minutes plus tôt. *Elle est endormie. Viens et mets une robe.*

Elle ignora sa demande. *Suis en route.* Elle attrapa son sac, sur le point d'y ranger son téléphone lorsqu'il sonna encore.

Et pas de culotte.

Elle jeta un regard noir à l'écran.

Si tu ne veux pas prendre la chose au sérieux, oublie ça. :(

Je suis sérieux. Promis.

Je te verrai donc avec une culotte.

Elle secoua la tête et sortit de chez elle, bien déterminée à avoir cette conversation et à découvrir où elle en était avant de s'enfoncer trop loin dans quoi que ce soit. Lorsqu'elle arriva chez lui, elle décida d'entrer avec sa propre clé afin que la sonnette ne réveille pas Viv. Elle poussa la porte et Alex se tenait là, une faim sombre au fond des yeux.

— Salut, dit-il de sa voix de velours profond que le corps de Lauren reconnaissait maintenant comme une séduction.

Tout son corps se mit à brûler lorsqu'il la tira à l'intérieur et qu'il referma doucement la porte derrière elle.

— Salut, parvint-elle à articuler.

— Je prends ça, dit-il en attrapant son sac et en le posant sur la petite table où il rangeait ses clés.

Elle inspira profondément, surprise de découvrir qu'elle tremblait légèrement. Elle se redressa. Elle n'avait aucune raison d'être nerveuse, se dit-elle. Ils allaient simplement parler. Tout mettre au grand jour.

Alex s'approcha d'elle avec une vitesse alarmante. Elle retint sa respiration, comprenant son intention, et puis toute pensée cohérente la déserta lorsqu'il écrasa sa bouche sur la sienne, sa langue s'insérant à l'intérieur. Il la colla contre la porte, les poignets au-dessus de la tête, sa jambe entre les siennes. Elle se transforma en lave en fusion, son pouls battant au rythme de la pulsation entre ses jambes. La bouche d'Alex était affamée, dure et exigeante, et elle se laissa aller, ses hanches bougeant contre lui, prise d'un besoin qui n'avait encore jamais été aussi fort.

Il la relâcha soudain. Elle cligna des paupières, désorientée lorsqu'il la tourna vers la porte, l'obligea à se pencher et coinça ses mains sous les siennes contre la porte. Sa voix grave et profonde gronda à son oreille :

— Écarte-les.

— Es-tu flic ? demanda-t-elle, étourdie par la rapidité des événements.

Ce n'était pas dans la trilogie Féroce, mais il avait seulement lu les scènes de sexe. Le héros était un alpha dominateur qui prenait toujours l'héroïne, une bibliothécaire timide, par-derrière. Les similarités étaient aussi claires que les battements de son cœur dans ses oreilles.

Il écarta ses jambes avec la sienne, puis il posa les deux mains sur ses seins.

— Peut-être bien. Que caches-tu sous ces vêtements ? On dirait que c'est un corps de tueuse.

Elle laissa échapper un rire avant de retenir sa respiration, car les mains d'Alex descendirent tout droit depuis ses seins jusqu'à son ventre et entre ses jambes.

— J'ai l'impression de me faire fouiller, dit-elle, à bout de souffle.

— Oui. Tu défies mon autorité. C'est pour cela que j'ai dû te pencher sur le capot de ma voiture.

Il fit descendre le short de Lauren et le retira.

Oh, merde. Il allait se la faire là, en pleine vue.

— Alex, protesta-t-elle, mais pas trop fort, car la dernière chose qu'elle voulait, c'était qu'une fillette de deux ans soit témoin de cette débauche.

Il retira brutalement sa culotte et puis fit lentement glisser les paumes de ses mains vers le haut, le long de l'intérieur de ses cuisses. Elle retint sa respiration, ayant à la fois envie de son contact et besoin de se rendre dans un endroit plus intime.

— Où est la robe, hein ? demanda-t-il, ses doigts s'arrêtant juste avant le centre du plaisir. C'est un crime.

Déçue, elle se redressa et elle se tourna vers lui. Il lui ôta son T-shirt, envoya voler son soutien-gorge, et puis sa bouche couvrit la sienne, ses mains caressant son dos nu. Il la laissa enfin respirer, retira son propre T-shirt d'un geste rapide, la retourna vers la porte et la pencha. Son torse réchauffa le dos de Lauren lorsqu'il se pencha pour mordiller et tirer sur le lobe de son oreille. Une chaleur moite se concentra entre ses jambes.

— Alex, s'il te plaît.

Elle ne savait même pas ce qu'elle demandait… elle savait seulement qu'elle avait besoin de ce qu'il était le seul à pouvoir lui donner.

Il grogna, ses mains se baladant, semblant être partout à la fois, allumant un feu en elle.

— J'adore t'entendre supplier.

Elle le regarda par-dessus son épaule. Il portait encore un short avec une bosse impressionnante.

— Emmène-moi dans ta chambre tout de suite, ordonna-t-elle.

Il sourit et fit glisser ses longs doigts vers son centre, l'écartant pour la caresser intimement avant d'enfoncer ses doigts en elle. Elle sentit ses genoux vaciller.

— Lauren, grogna-t-il en la caressant à l'intérieur, dis-moi ce que tu veux. Ce dont tu brûles d'envie.

Elle n'arrivait pas à reprendre son souffle.

Il retira ses doigts et puis il caressa sa lèvre inférieure d'un doigt, poussant au-delà de ses dents et dans sa bouche. Elle se goûta, ce qui fut une sensation érotique inhabituelle pour elle. Elle suça son doigt et il gémit. Il la releva, attrapa tous leurs vêtements d'un geste étonnamment attentionné, la prit par la main et la guida jusqu'à sa chambre.

Il ferma et il verrouilla la porte, laissant tomber les vêtements au bout du lit. Il cachait les preuves, comprit-elle, au cas où Viv se réveillait. Elle déglutit lorsqu'il se tourna vers elle avec un regard de prédateur.

— Je vais te donner tout ce dont tu as secrètement envie, dit-il d'une voix rocailleuse, les mots se diffusant dans ses entrailles.

Elle eut la bouche sèche. Il s'avança vers elle et il faufila son bras autour de sa taille en la faisant lentement reculer contre le mur, les yeux sombres et affamés. Elle eut vaguement conscience qu'ils étaient aussi loin de la chambre de Viv que possible et elle espéra pouvoir rester assez silencieuse.

Il entrelaça ses doigts avec les siens et la colla contre le mur. Il fixa sa bouche.

— Dis-le.

— Embrasse-moi.

Un léger sourire passa sur son visage avant qu'il prenne sa bouche dans un baiser passionné, dur et exigeant et profond. Elle se sentit possédée, réclamée, à lui. Elle frémit et leva les hanches, demandant silencieusement ce dont elle avait besoin. C'était tout ce qu'elle pouvait faire. Il possédait sa bouche, elle avait les mains toujours prisonnières des siennes, les surfaces dures de son corps appuyant contre sa douceur à elle. Il déposa un chemin de baisers le long de son cou, la frôlant avec les dents, laissant derrière lui une charge électrique de plaisir. Et puis plus bas, sa bouche continua jusqu'à sa clavicule pendant qu'il baissait lentement leurs mains.

— Alex, dit-elle en haletant, je veux te toucher.

Il lâcha ses mains, s'agenouillant devant elle.

— Oh, mon Dieu, fut tout ce qu'elle parvint à dire avant qu'il pose une main sur son sein et qu'il se mette à sucer en poussant le téton contre son palais. Elle glissa ses doigts dans ses cheveux et elle le serra contre elle, les muscles se serrant entre ses jambes, folle d'envie qu'il la remplisse. Il lâcha son sein en éraflant son téton sensible, ce qui la fit sursauter. Avant qu'elle puisse dire un mot, il avait capturé l'autre sein, l'attirant profondément dans sa bouche. Elle détendit les doigts dans ses cheveux et laissa échapper un petit gémissement.

Il posa soudain la main entre ses jambes et elle poussa un petit cri. Ses doigts étaient diaboliques et exigeants et incroyables. Sa bouche continua à téter son sein, une ligne directe de plaisir vers son sexe. Elle haleta, bougeant à son rythme, submergée, la pression augmentant sans cesse. Oh mon dieu. Elle allait… elle posa vite une main sur sa bouche, essayant de rester silencieuse pendant ce qui promettait d'être un orgasme violent, lorsqu'il la relâcha soudain. Il se leva et il appuya son corps contre le sien. Elle gémit, endolorie et pleine de désir.

Il posa fermement la main dans sa nuque. Ses yeux brillaient.

— Laisse-moi entendre les mots. Dis-le.

— Je te veux.

Il mordit sa lèvre inférieure, puis il la suça.

— Tu veux que je fasse quoi ?

— Que tu me baises.

— Oui, murmura-t-il avant de poser brutalement sa bouche sur la sienne.

Il attrapa la main de Lauren et la poussa entre ses jambes.

— Touche-toi et dis-moi comment tu veux que je te baise.

Elle lui jeta un regard noir.

— Je peux me toucher quand je veux. Je veux que tu le fasses, toi.

Il ricana et il bougea ses doigts sur les siens, l'obligeant à se caresser elle-même.

— Tu fais ça souvent, mon ange ?

Elle gémit et il arrêta leurs mains.

— Oui. Avant toi, j'ai passé huit mois sans sexe.

Il grogna.

— Tu me rends tellement excité, putain. Continue à te caresser.

Il baissa son short et son boxer et il les retira.

Elle fit ce qu'il dit, montant rapidement dans les tours en fixant son érection épaisse. Pas étonnant qu'elle ait été endolorie après la dernière fois. Elle immobilisa ses doigts, le regardant marcher vers la table de chevet, déchirer l'emballage d'un préservatif et l'enfiler. Elle voulut le rejoindre, mais il s'approcha vite d'elle.

— Non, dit-il en la faisant reculer. Là. Contre le mur. Comme dans ton livre préféré.

— Ils ont baisé dans beaucoup d'endroits.

Il jura.

— J'adore entendre le mot 'baiser' sortir de cette bouche angélique.

Il couvrit sa bouche avec la sienne et il l'appuya contre le mur. Elle s'agrippa à ses épaules, enfonçant les ongles, voulant encore plus. Il posa une main sous son genou et souleva sa jambe, l'ouvrant à lui. *Oui ! Enfin*. Il appuya contre sa fente et elle se cambra pour le rejoindre.

Il s'arrêta et il regarda sa bouche.

— Dis-moi tous les endroits où ils ont baisé, toutes les façons. Je veux tous les détails salaces.

Elle en avait tellement assez de parler de fiction. Elle passa la main derrière lui, attrapa son cul et le serra contre elle, lui rappelant à quel point elle était chaude et mouillée. Elle chuchota les paroles salaces du livre, des mots qu'il aimait entendre sortir de sa bouche. Elle venait à peine de commencer lorsqu'elle poussa un cri quand il la tourna brusquement vers le mur et la fit se pencher d'un seul geste rapide.

Il la couvrit avec son corps, posant une main sur sa bouche en lui parlant à l'oreille.

— Tu ne dois pas faire de bruit, sinon tu vas réveiller Viv. Pose les mains à plat sur le mur.

Elle fit ce qu'il avait dit et il la pénétra d'un seul coup. Elle poussa un cri, le bruit étant étouffé par sa main. Il la pénétra encore et parla d'une voix de velours.

— Maintenant, je vais te baiser fort et profondément.

Il retira la main de sa bouche.

— Ne monte pas le volume.

— Fais-le, grogna-t-elle presque.

Il attrapa ses hanches et il lui donna ce dont elle avait besoin. Des va-et-vient violents qui la remplirent, l'excitèrent, sa respiration soufflant dans son oreille. Elle n'avait encore jamais été vraiment baisée avant Alex, leurs corps trempés de sueur, tout s'estompant dans un brouillard de besoin primitif qui faisait battre leurs cœurs. Et puis il fit passer sa main devant elle, ses doigts entre ses jambes, et elle retint un cri en essayant de rester silencieuse. De petits gémissements s'échappèrent d'elle lorsqu'il la submergea complètement, la pénétrant profondément, caressant encore et encore jusqu'à ce qu'elle craque. Il continua à la caresser, la faisant frissonner et gémir avec impuissance sous lui, avec une intensité trop vive pendant qu'il pompait lentement en elle et qu'elle se rendit compte qu'il n'allait pas s'arrêter. Il voulait qu'elle jouisse encore, mais elle était trop endolorie et déjà partie trop loin. Elle retint son souffle dans un moment d'inquiétude. Il la remplissait, la tenait prisonnière, la contrôlait complètement.

Il parla d'une voix grave et basse :

— Laisse-toi aller. Ne lutte pas.

Elle se raidit lorsqu'il s'enfonça profondément, la caressant plus vite, et puis elle se perdit dans la sensation. Sa voix, rauque et haletante à son oreille, lui raconta avec des détails explicites toutes les façons dont il voulait la prendre. Le corps de Lauren tressaillit et puis elle craqua violemment, les bruits de son extase étant soudain contenus par la main d'Alex sur sa bouche. Il lâcha enfin sa bouche, attrapa ses hanches des deux mains et pompa vigoureusement, encore et encore jusqu'à ce qu'il s'abandonne, la bouche appuyée contre sa nuque. Elle sentit autant qu'elle entendit le grognement grave qu'il essayait de contenir et qui vibrait dans son cou. Ils reprirent tous les deux leur souffle pendant un long moment. Elle avait toujours le cœur qui battait vite et elle était encore un peu étourdie.

Il se retira et elle se redressa, les jambes tremblantes. Elle lui attrapa le bras pour rétablir son équilibre. Il la tira vers le lit, retirant les couvertures pour elle. Elle se laissa tomber la tête en avant sur l'oreiller, complètement molle.

Elle se souvenait vaguement qu'ils devaient parler, mais elle n'était plus douée de parole. Elle flotta, le sommeil cherchant à l'attirer dans ses profondeurs. Elle aurait aimé qu'il éteigne les lumières, mais elle ne put pas formuler cette demande. Il se déplaçait dans la chambre et elle voulut lui dire de s'installer et de dormir.

Elle prit lentement conscience qu'il la rejoignait dans le lit, la cajolant avec sa voix grave et ses mains chaudes.

Alex jeta un regard au corps doux et souple de Lauren, complètement abandonné et détendu, le meilleur état qui soit pour obtenir ce qu'il voulait, et il sentit sa verge reprendre vie. Il fit traîner ses doigts le long de sa colonne et elle frissonna. Il continua le long de son dos lisse, glissant les deux mains sur ses flancs et la courbe de ses hanches et puis autour de ses fesses, en ayant terriblement envie de continuer. Elle ne bougea pas. Il avait bien trop pensé au fait d'être encore avec elle. Particulièrement après avoir lu ce qu'elle aimait.

Il bougea, souleva ses cheveux et l'embrassa doucement dans la nuque. Elle soupira. Il déposa des baisers sur son épaule et puis dans son cou jusqu'à l'endroit tout doux juste sous son oreille. Il se rendit compte qu'il voulait qu'elle reste dans son lit de façon permanente. Cette chose entre eux fonctionnait. Et Viv aurait la mère dont elle avait besoin.

— Imagine si tu n'avais pas besoin de rentrer chez toi, chuchota-t-il, en sachant qu'elle était trop épuisée pour bouger.

Elle était obligée de l'écouter.

— Que veux-tu dire ? demanda-t-elle doucement.

Il profita de son avantage : elle était douce et agréable à ce moment-là. Il glissa les mains sur ses épaules et dans son dos.

— Je veux dire, si tu vivais ici de façon permanente.

Elle ferma les yeux, appréciant ses caresses.

— Nous avons seulement… fait ça pendant trois semaines.

Il mordilla le côté de son cou.

— Précise. Dis-le.

— Désiré, brûlé d'envie, baisé. Tu choisis.

Son érection durcit.

— Oui à tous les trois. Mais c'est plus que ça, non ?

Il la fit rouler sur le côté et elle bougea aussi facilement qu'une poupée de chiffon. Il glissa sa paume sur l'intérieur de sa cuisse et poussa sa jambe sur le côté. Elle écarta les jambes et tendit les bras vers lui. Il grimpa sur elle et elle l'entoura de ses bras et de ses jambes comme pour un câlin. Il ferait sans doute mieux d'attraper un autre préservatif, mais il se sentait trop bien pour s'éloigner de ce corps qu'il désirait.

— Mmm, dit-elle avec un sourire endormi et satisfait.

Il embrassa ce sourire.

— Viv t'adore. Nous fonctionnons bien ensemble au lit et en dehors… nous devrions nous marier.

Elle ouvrit brusquement les yeux.

— Quoi ?

Elle retira ses bras et ses jambes.

— Quoi ? répéta-t-elle, clignant des paupières comme si elle était perdue ou troublée.

— C'est ce que tu veux, n'est-ce pas ? Une relation sur le long terme. Je peux te la donner.

— Tu ne peux même pas me regarder quand nous baisons.

— Je te regarde maintenant.

Elle souffla.

— J'ai l'impression que tu n'as jamais eu beaucoup d'intimité dans tes relations.

— Ni eu beaucoup de relations. Est-ce vraiment important ?

Elle le repoussa.

— Je ne peux pas parler ainsi. Pousse-toi.

— Pourquoi ?

Il appréciait cette position et il espérait obtenir plus une fois que l'histoire du mariage serait réglée.

— Ton corps perturbe mon cerveau. Je ne peux sérieusement pas réfléchir.

Il sourit, ravi de l'entendre, et il se décala pour s'allonger à côté d'elle. Il s'appuya sur un coude et étala sa main en bas de son ventre plat. Elle le repoussa et roula sur le côté, s'appuyant elle aussi sur son coude en le regardant.

— Combien de temps as-tu été avec Tammy avant de découvrir qu'elle était enceinte ? demanda-t-elle.

— Quatre mois.

— Et avant elle, combien de temps ont duré tes relations ? Y a-t-il eu quelqu'un de sérieux ?

— Rien n'a jamais duré plus de quelques mois. Je ne comprends pas en quoi c'est important. Peu importe le temps que tu as passé avec quelqu'un. Ce qui est important, c'est ici et maintenant.

— J'essaie juste de comprendre comment tu peux faire une demande en mariage après trois semaines.

Il replaça les cheveux de Lauren sur son épaule.

— C'est facile, nous allons bien ensemble.

Elle grogna, roula sur le dos et se couvrit le visage avec les mains.

— Qu'est-ce que ça veut dire ?

Elle laissa tomber ses mains.

— M'aimes-tu, Alex ?

— Qu'est-ce que c'est que cette question ? demanda-t-il en essayant de gagner du temps.

Il ne pouvait pas répondre. Il n'était pas amoureux, mais ce qu'il y avait entre eux était mieux que cela : la compatibilité, une maman pour Viv.

— Une question légitime, aboya-t-elle.

— Pour quelqu'un qui vient de te demander en mariage ? demanda-t-il, comme s'il était offensé.

Il avait peut-être abordé le sujet trop tôt, mais tout se mettait en place dans son esprit. Elle resta silencieuse et il décida de détourner son attention.

— Viens là, assieds-toi.

Il s'assit également. Il ne l'avait pas encore prise dans

cette position et il se dit qu'elle aimerait sans doute. Le bonus était qu'il montrerait sa volonté de créer un lien avec elle en lui faisant face.

Elle s'assit péniblement.

— Je ne prends pas le mariage à la légère, dit-elle.

Il hésita entre la prendre sur ses genoux ou lui dire de s'y mettre. Il s'avança vers elle et elle croisa les bras.

— Qu'est-ce qui est plus sérieux qu'une proposition ? demanda-t-il.

— L'amour !

Il passa à l'offensive.

— Est-ce que tu m'aimes ?

Elle détourna les yeux.

— J'essaie de ne pas t'aimer, mais je penche dans cette direction.

Il ne put retenir un large sourire.

— D'accord, alors tu penches, c'est bien. Nous aimons tous les deux Viv. Elle a besoin d'une maman…

— Tu vois ? cria-t-elle. C'est ce dont j'avais peur. Tu me veux pour elle.

— Je te veux aussi pour moi. Il y a plein de femmes qui se sont jetées sur moi avant que je te rencontre et je n'étais pas du tout intéressé.

Tant pis. Il la tira sur ses genoux, disposant ses longues jambes autour de lui et la collant contre lui pour une embrassade nue et érotique. Comme toujours, elle le serra à son tour, les bras autour de son torse, la tête posée sur son épaule.

— Mais alors tu es arrivée et je t'ai désirée comme personne avant.

Il caressa son dos, essayant de profiter du câlin et de ne pas la pousser trop vite vers la baise brutale dont il avait envie comme de sa respiration suivante. S'il la désirait plus chaque fois qu'ils baisaient, le mariage serait facile.

Elle recula pour le regarder.

— Si tu m'avais rencontrée avant Viv, t'aurais-je plu ?

Il l'embrassa afin d'éluder la question. Elle céda immédiatement. C'était ce qu'il aimait tant, cet abandon doux, cette vulnérabilité ouverte même quand il la poussait hors de sa zone de confort. Il rompit le baiser, laissant la main sous ses cheveux pour tenir sa tête avant d'admettre :

— Avant Viv, j'aimais les filles libres et rebelles comme moi, mais j'ai changé depuis qu'elle est arrivée dans ma vie et ce que je veux a changé également. Maintenant, j'aime les femmes avec un visage d'ange… et un corps diabolique.

Il leva l'autre main, caressant la lèvre inférieure de Lauren avec son pouce.

Elle retira brusquement la tête.

Il posa les deux mains sur son visage afin de la forcer à se tourner vers lui.

— Et un grand cœur. Un cœur de mère.

Elle eut les larmes aux yeux.

— Ça ne va pas marcher.

— Pourquoi pas ? Tout concorde.

Elle essaya de s'écarter, mais il la garde près de lui.

— Lauren, j'ai besoin de toi. De tant de façons différentes, au lit et en dehors.

Elle inspira profondément en frissonnant.

— Je sais que tu as coché toutes les cases et que tu penses que tout est logique, mais ça ne… ça n'arrivera pas. Je ne peux pas t'épouser. Pas de cette façon.

— Lauren.

— S'il te plaît, dit-elle doucement en regardant son torse.

Il la relâcha et elle descendit de ses genoux.

— Le besoin et l'amour ne sont pas la même chose.

Cela le frappa comme un seau d'eau glacée. C'était si définitif. Et pire, elle sortit du lit et elle attrapa ses habits.

Il la regarda, engourdi. Elle avait besoin de mots, des bons mots, mais il n'avait rien. Il avait abandonné son comportement insouciant d'avant, avait abandonné toutes ses relations sauf une, celle qui importait, Viv.

Il n'était pas capable de donner plus que cela. Et il était absolument certain qu'il ne méritait pas son amour. Mais ils auraient pu avoir quelque chose de mieux, de plus stable, pour le bien de Viv.

Il la regarda s'habiller, ne sachant pas comment la faire rester.

Elle se tourna vers lui, complètement habillée, les cheveux toujours ébouriffés, le cou irrité par la barbe naissante d'Alex.

— Écoute, je continuerai à t'aider avec Viv, mais cette partie…

Elle pointa le lit du doigt, puis elle le regarda dans les yeux en levant le menton.

—… cette partie de *baise* est terminée.

Elle partit, fermant doucement la porte derrière elle. Il attendit, espérant stupidement qu'elle se ravise et qu'elle revienne. Elle le désirait autant qu'il la désirait. Elle avait avoué qu'avant lui, elle n'avait été avec personne pendant des mois.

La porte d'entrée se referma doucement.

Il se laissa retomber sur le matelas et se cogna le crâne à la tête de lit.

— Fait chier !

Il posa les mains sur sa tête douloureuse.

Un cri d'enfant s'éleva dans la chambre voisine.

L'ange était parti et il était de retour en enfer.

17

Alex savait qu'il avait besoin de Lauren en tant que nounou, mais être avec elle tous les jours tout en *n'étant pas* avec elle était une torture. Une pure torture. Il n'aurait jamais dû coucher avec la nounou. Ou du moins, il aurait dû attendre la fin de l'été quand il n'était pas obligé de la voir chez lui tous les jours. Qu'était-il censé faire ? Cela ne faisait que trois jours et il ne savait pas comment il allait supporter les sept semaines à venir.

La veille, juste avant que Lauren parte pour un long week-end du quatre juillet, il avait flanché et il lui avait demandé si elle allait se rendre à d'autres soirées pour célibataires avec Hailey. Sa réponse rageuse lui indiqua tout ce qu'il avait besoin de savoir. Ils souffraient tous les deux de cette distance froide après avoir été aussi proches que deux personnes pouvaient l'être.

Il avait clairement merdé royalement.

Cela n'aidait pas que Viv parle de 'Fuper' quand Lauren lui manquait, ce qui semblait être tout le temps. Viv voulait qu'il raconte des choses à Lauren pendant son temps de congé, mais comme Lauren et lui avaient un moment difficile, il faisait seulement semblant de le faire.

Il habilla Viv d'un T-shirt rouge avec des feux d'artifice dessus, lui fit deux couettes et se rendit chez son père. Celui-ci faisait toujours un gros barbecue pour le quatre juillet.

Ensuite, ils allaient se rendre à Clover Park pour les feux d'artifice. Il était peut-être un peu trop protecteur, mais il avait pris des écouteurs pour abriter Viv du bruit.

Il se dit qu'espérer que son père longtemps célibataire puisse le conseiller pour arranger les choses était révélateur de son désespoir. Il se dit que comme son père passait beaucoup de temps avec Lauren, il existait une petite possibilité pour qu'il l'aide.

Heureusement, lorsqu'il arriva chez son père, c'était Josh qui se chargeait des grillades, pas son père. Logan, Ty et sa femme, Charlotte, étaient là également.

— Salut, Viv ! Tu as l'air très festive avec ce T-shirt aux feux d'artifice ! dit Charlotte.

Viv étira le bas de son T-shirt pour montrer les feux d'artifice.

— Tu sais ce qui irait parfaitement avec ce T-shirt ? demanda Charlotte en passant la main dans son grand sac.

Viv secoua la tête de sorte que ses couettes frappèrent son visage.

— Une barrette à feux d'artifice !

Elle tendit une barrette rouge étincelante avec de petits rubans rouges, blancs et bleus. C'était parfait pour une petite fille.

— Oui ! cria Viv en courant vers Charlotte et en lui tournant le dos comme elle le faisait quand Alex la coiffait devant le miroir de la salle de bains.

— Merci !

Charlotte l'accrocha au-dessus d'une couette dans les cheveux de Viv et elle prit une photo avec son téléphone qu'elle montra à la fillette.

Viv se tourna vers Alex.

— Papa ! Fuper.

Il sortit son téléphone et il prit consciencieusement la photo que Viv voulait qu'il transmette à Lauren.

— Tu es magnifique. Comme une fille aux feux d'artifice super forte.

Il prenait toujours garde à ce qu'elle se considère plus forte que mignonne, même si elle était extrêmement mignonne. Il voulait que ce soit une fille qui ne laisse personne lui marcher sur les pieds. Comme sa sœur, Mad.

— Fuper ! insista Viv.

— Je sais, je sais.

Il ne suffisait plus. Tout devait être montré à lui et à Lauren. Il envoya la photo à son père au lieu de Lauren. Il regarda Viv qui attendait patiemment.

— Elle dit 'magnifique'.

Viv rayonna et il se sentit malheureux. Il fallait qu'il trouve une façon de garder Lauren dans leur vie. Il ne pouvait pas décevoir sa petite fille.

— Où est papa ? demanda-t-il à ses frères.

— À l'intérieur, il découpe la salade de fruits, dit Logan. Je l'ai ramenée du supermarché, déjà coupée, mais il réduit tout en petits bouts pour bébé. Il coupe même les grains de raisin en deux.

Alex sourit. Son père était très prévenant avec Viv et il voudrait certainement aider Alex à épouser la meilleure maman pour elle.

— Pouvez-vous tous garder un œil sur elle pendant que je parle à papa ?

— Ça a l'air sérieux, dit Josh.

— C'est le cas.

Il se tourna vers Viv.

— Demande à oncle Logan de jouer au basket avec toi.

— Balle ! dit Viv en montrant du doigt le côté de la maison où se trouvait le panier de basket.

— Basketball, dit Logan en la soulevant et en la posant sur ses épaules.

Viv poussa des cris de joie.

— Attendez, je veux jouer aussi, tonna Ty.

— Moi aussi, dit Charlotte.

— Toi, tu ne fais que regarder, dit Ty à Charlotte. On va te garder bien au calme.

Charlotte était enceinte de trois mois et Ty était vigilant. Il l'empêchait de trop s'activer. Avec de bonnes raisons. Charlotte risquait un certain nombre de complications de grossesse effrayantes à cause d'un problème de santé antérieur. Jusqu'ici, Charlotte allait très bien, mais après ce qui était arrivé à Tammy, Alex ne pouvait pas en vouloir à Ty pour son inquiétude.

Charlotte leva les yeux au ciel et tout le monde passa le

coin de la maison. Le filet de basket de taille enfant était toujours installé en face du panier normal.

Il entra dans la maison où son père coupait soigneusement des grains de raisin.

— Salut, papa.

Son père posa le couteau.

— Oh, salut, je ne savais pas que tu étais arrivé. Où est Viv ?

— Elle joue au basket avec les garçons.

— Ce sera une athlète, dit-il avec un grand sourire. C'est bien une Campbell.

Son père leur avait fait jouer à toutes sortes de sports dès qu'ils étaient en âge de tenir une balle.

— Je suppose qu'elle a un peu pris de mon côté.

Son père recommença à couper les grains de raisin.

— Beaucoup. Toi aussi, tu avais les cheveux châtains à son âge. Les mêmes yeux, les joues, les oreilles, le *caractère*.

Il passa une main dans ses cheveux.

— Parfois, tout ce que je vois quand je la regarde, c'est Tammy. Particulièrement la courbe au-dessus de sa lèvre et la fossette de son menton.

Son père marqua une pause, puis il continua à couper.

— Cela fait un moment que tu n'as pas parlé de Tammy en l'appelant par son prénom. Est-ce que Viv a encore posé des questions sur sa maman ?

D'une certaine façon, Alex eut moins de mal à parler de Tammy parce qu'il n'avait pas à regarder son père dans les yeux.

Il attrapa deux verres.

— Non, Viv n'a pas beaucoup parlé de sa maman depuis que Lauren a commencé à s'occuper d'elle.

Il partit à l'évier et il les remplit d'eau.

— C'est juste que Viv s'est tellement attachée à Lauren que je ne peux m'empêcher de penser qu'elle veut une maman. Et puis je pense à Tammy et à tout ce que Viv rate en ne l'ayant pas avec elle.

Son père indiqua la table de la cuisine. Alex s'y assit en passant un verre à son père. Ils avaient souvent été assis à cette table quand il était plus jeune, à parler en buvant. Ils restèrent silencieux quelques minutes, mais ce n'était pas gênant. Son père était doué pour les situations compliquées. Alex ne savait pas si c'était parce qu'il avait été flic ou juste parce qu'il s'était occupé de tous ses enfants et des enfants perturbés dont il était le mentor par l'intermédiaire de la Ligue Athlétique de la police. Beaucoup de ces enfants avaient fini par faire partie de la famille : Park, Ethan, Marcus, Zach et Ben. Son père avait tant d'amour à donner et Alex ne put s'empêcher de se demander d'où il venait. Après tout, la mère d'Alex avait laissé tomber son père quand Alex n'avait que cinq ans. Elle avait simplement abandonné ses enfants et elle n'était jamais revenue. Son père avait été un père célibataire, s'occupant de six enfants en plus de ses frères d'honneur. Alex arrivait à peine à être père célibataire d'une enfant.

Son père rompit le silence.

— Je sais que parfois tu aimerais que Tammy soit là pour être la maman de Viv.

Il marqua une pause, puis il demanda doucement :

— Crois-tu qu'elle aurait aimé Viv comme tu le fais ?

Il fut surpris par cette question.

— Tu crois qu'elle ne l'aurait pas aimée ?

Son père pinça les lèvres.

— Je ne sais pas. Je me demande seulement si Viv a raté autant de choses que tu sembles le penser.

Alex but une longue gorgée d'eau et fixa son verre.

— Tammy était indifférente, avoua-t-il. Elle traitait le bébé de parasite.

Il leva la tête.

— J'espérais qu'après sa naissance, son instinct maternel entrerait en jeu.

— Tout le monde n'a pas cet instinct maternel. Particulièrement pas autant que Lauren. Elle est exceptionnelle.

Son cœur battit plus fort en entendant le nom de Lauren, alors qu'il essayait précisément de parler d'elle de façon détournée.

— Je suppose.

— Je veux dire, regarde ta propre mère.

Il serra la mâchoire.

— Une connasse sans cœur.

Son père sursauta.

— Hé. Ta mère n'était pas complètement sans cœur. Elle vous aimait à sa façon. Ce n'était simplement pas la façon dont on voudrait qu'une maman vous aime.

Il but une gorgée et secoua la tête.

— Je suis désolé. J'aurais aimé que les choses soient différentes pour vous, les enfants.

— Ce n'est pas de ta faute.

Son père hocha la tête.

— Merci.

Il regarda Alex d'un air compatissant.

— Je ne connaissais pas très bien Tammy, mais je dois dire que je ne voyais pas beaucoup d'amour de sa part dans ta direction non plus.

Alex poussa un long soupir.

— Je sais. Je crois qu'elle avait l'intention de me laisser tomber : elle parlait tout le temps de partir en stop en Californie, en sachant que je ne voulais pas quitter la ville. Je l'ai convaincue de rester jusqu'à la naissance du bébé.

Et puis elle était morte, ne voyant jamais sa fille. Il se sentit encore une fois écrasé par la culpabilité, le souffle coupé.

Son père lui donna une tape sur l'épaule.

— Je te l'ai dit avant et je te le redis, ce qui est arrivé à Tammy n'est pas de ta faute. Tant que tu ne peux pas te pardonner…

— Comment pourrais-je un jour me pardonner d'avoir retiré sa mère à Viv ? s'exclama-t-il.

Son père lui serra l'épaule avant de laisser tomber sa main et de soupirer longuement.

— Je déteste te le dire, mais tu as des problèmes liés à ta mère. Ta mère est partie, la mère de Viv est partie, même si ce n'est pas de sa faute…

Il l'interrompit, ses vieilles récriminations amères envers lui-même revenant en force.

— C'est de ma faute. Je l'ai mise enceinte, je l'ai convaincue d'avoir le bébé.

Son père le regarda durement dans les yeux.

— Encore une fois, il faut être deux pour ce genre de choses. Le fait est que tu as sauvé une vie : celle de Viv. Et la mort de Tammy, bien que tragique, n'est de la faute de personne. Pas la tienne. Pas celle de Viv. Pas celle du médecin. Juste la malchance.

Tammy avait dû être rapidement placée sous anesthésie générale pour la césarienne, car le rythme cardiaque de Viv avait chuté brusquement. Puis Tammy avait fait une mauvaise réaction à l'anesthésie, son cœur s'arrêtant de battre. Ils avaient essayé de la réanimer. Et échoué.

Il déglutit fort.

— Alex ?

— Oui.

Son père attendit de le regarder dans les yeux avant de dire :

— Écoute-moi, s'il te plaît. Quand tu pourras arrêter de t'en vouloir pour ce qui est arrivé à Tammy, tu pourras passer à autre chose et avoir une belle vie pour toi et pour Viv.

Cette belle vie ne pouvait pas avoir lieu sans Lauren. Ils avaient besoin d'elle.

— Lauren est parfaite pour Viv.

— Et toi ? Lauren est-elle la personne qui te rendra heureux ?

Il fixa la table.

— Elle est trop bien pour moi.

Son père frappa la table, faisant sursauter Alex.

— Alors, sois trop bien pour elle. Tu peux faire un petit effort, non ? Offre-lui du vin, invite-la à dîner, fais-lui sentir qu'elle est spéciale.

Son dîner avec Lauren s'était terminé au lit. D'une certaine façon, le sexe avait embrouillé les choses entre eux. Maintenant qu'il y réfléchissait, la majorité de ses relations passées avaient été basées sur le sexe. Il devait trouver une meilleure façon de se rapprocher de Lauren. Et vite.

— Je suis en vacances jusqu'à lundi, dit son père. Je ferai du baby-sitting tous les soirs de jeudi à dimanche et puis chaque samedi soir jusqu'à la fin de l'été. Penses-tu que cela pourrait te donner un peu d'avance ?

Il fit un petit sourire à son père.

— Je devrais donc sortir avec la femme que je veux épouser ?

— Épouser ? s'exclama son père.

Il leva les mains.

— Je lui ai demandé. Tout me paraissait logique. Nous aimons tous les deux Viv. Nous sommes compatibles.

— Mais je devine qu'elle a dit non.

Il baissa la tête.

— Elle a dit non.

Elle voulait qu'il l'aime. Si quelqu'un méritait l'amour, c'était bien Lauren, pourtant quelque chose le retenait.

— C'est plus dur pour toi maintenant, dit doucement son père. D'aimer quelqu'un, je veux dire, après avoir perdu Tammy.

Il fixa son père pendant un moment, comprenant la vérité de cette affirmation. Il avait cru être passé à autre chose, mais il était toujours coincé dans son chagrin, sa perte et sa culpabilité. La naissance, Tammy ouverte sur la table, du sang partout, les appareils de monitoring qui sonnaient, les médecins et les infirmières qui criaient, le bébé qui pleurait. Il ferma les yeux et il essaya de repousser les souvenirs. La rose noire de la dernière œuvre d'art de Tammy se forma dans son esprit. Il regardait toujours quotidiennement son travail, particulièrement le travail qui datait de sa grossesse. Une série de photos sombres – des objets isolés, des terrains vagues – se terminant par la rose noire dans un terrain vague. Comment pouvait-elle se sentir seule alors qu'il était là avec elle ? Alors qu'elle portait leur bébé ? La rose noire signifiait la mort et le deuil. Lui avait-elle laissé un indice ? Un au revoir parce qu'elle allait les quitter, Viv et lui ? Pourquoi une rose noire ?

Son père lui serra l'épaule.

— Es-tu allé au cimetière depuis l'enterrement ?

Il frissonna.

— Non.

— Tu dois trouver une façon de dire au revoir. De la laisser partir et d'être en paix avec ce qui est arrivé.

Il déglutit, la gorge nouée, la poitrine douloureuse. Il n'y avait pas moyen qu'il retourne au cimetière. Il n'allait jamais revivre cet enterrement. Il avait à peine survécu la première fois, la culpabilité si lourde qu'il arrivait à peine à respirer. Pour cette même raison, il ne voulait plus jamais mettre le pied dans un hôpital.

— Je peux t'accompagner, si tu veux, proposa son père.

Alex termina son verre d'eau et se leva.

— Merci, mais non.

— D'accord, dit-il doucement.

Alex regarda par la fenêtre de la cuisine, sans vraiment voir quoi que ce soit, car il était de retour dans l'endroit sombre de son esprit où se logeaient les récriminations contre lui-même. Il fut transpercé de culpabilité. Viv avait tant perdu. Tammy avait tout perdu.

— Ne t'inquiète pas, dit son père, j'ai dit de bonnes choses sur toi chaque fois que Lauren est venue.

Il se figea avant de se retourner lentement.

— Que lui as-tu dit ?

— J'ai *peut-être* montré quelques photos de toi bébé.

— Papa !

— Et des œuvres d'art originales signées datant de la maternelle. Très tôt déjà, tu montrais des signes de ton talent.

Il grogna.

— Autre chose ?

— J'ai cassé du sucre sur le dos d'Ethan, de Ben et de Marcus afin qu'elle ne sorte pas avec eux à la soirée pour célibataires de Hailey.

— Papa !

Son père grimaça.

— J'ai peut-être dit qu'Ethan était un accro au sexe.

Alex écarquilla les yeux.

— J'ai été trop loin ?

Il rit malgré lui. Ethan n'était *pas* accro au sexe. C'était un séducteur, mais il était très difficile quant aux filles avec qui il sortait. Au moins maintenant, Alex savait pourquoi toutes les femmes avaient évité Ethan à cette soirée pour célibataires.

— Tu n'as pas seulement éloigné Lauren avec ça. Toutes les femmes ont évité Ethan ce soir-là, et probablement dans l'avenir aussi. Les femmes parlent entre elles, particulièrement celles-là.

— Mince.

Son père se frotta le front.

— J'essaie d'aider un fils et puis je dois réparer une bêtise pour l'autre. Je me suis dit que tu en avais plus besoin. D'accord, je sais ce que je dois faire.

Alex secoua la tête, mais en y réfléchissant, les combines

de son père avaient bien fonctionné pour lui. Lauren avait fait de son mieux pour éviter les avances des autres, ce qui lui avait permis de tenter sa chance.

— Plus maintenant. Je me débrouille seul, désormais.

— Super. Elle sera là dans une heure.

Il le regarda avec de grands yeux. Il n'avait pas eu le temps de se préparer à voir Lauren. Il n'avait pas encore tout réglé dans sa tête.

Il chercha à adopter un ton neutre, puisque son père avait essayé de lui rendre service.

— Tu l'as encore invitée sans me le dire ?

— Tu devrais peut-être te demander pourquoi elle ne te l'a pas dit.

— Je n'en ai aucune idée. Qu'est-ce que ça signifie ?

Son père se leva.

— Elle voulait peut-être te surprendre. Ou alors elle veut seulement apprendre à te connaître sans que tu la demandes en mariage. Bon sang, Alex, je n'arrive pas à croire que tu lui aies fait une demande si vite. Non pas que je n'aime pas cette fille, elle est adorable.

Il secoua la tête, souriant apparemment en pensant à Lauren.

— Tu dois la traiter avec beaucoup d'égards. Comme une reine.

— Comme une reine, répéta-t-il bêtement, ne sachant pas du tout comment s'y prendre.

Son père prit le bol de salade de fruits et une cuillère de service avant de sortir par la porte de derrière. Il s'arrêta et il ajouta par dessus son épaule :

— Tu vas y arriver.

Alex le suivit dehors. Tout le monde était là. Viv avait dû se lasser du basket. Il passa rapidement les gars en revue en essayant de trouver lequel d'entre eux pourrait l'aider pour cette histoire d'engagement sur le long terme. Il avait le léger espoir que Lauren ne l'abandonne pas tout de suite, même s'il n'était pas encore tout à fait prêt. Il ne pouvait pas la perdre aussi vite. Josh ne s'intéressait pas aux relations de longue durée. En tout cas, aucune dont Alex ait entendu parler. Park et Mad étaient ici maintenant, mais bon sang, cela avait été si facile pour Park. Mad le vénérait depuis qu'elle était petite. Tout ce qu'il avait eu à faire, c'était rendre la pareille. Logan avait eu une relation sérieuse à la fac et il ne s'en était jamais complètement remis. C'était un sujet sensible. Cela laissait donc Ty. Ty, l'exubérant qui en faisait des tonnes. Bon, tant pis. Qu'avait-il à perdre ?

Alex n'avait fait que quelques pas vers lui lorsque Ty le rejoignit, apparemment dans le but de partir.

— Tu as besoin de quelque chose au magasin ? demanda Ty. Je vais acheter des légumes. Je veux faire un smoothie au chou kale pour Charlotte.

Alex retint un haut-le-cœur à cette pensée.

— Je t'accompagne. Attends-moi une minute.

Il alla voir son père, lui demanda de garder un œil sur Viv, fit un bisou à sa fille et puis rejoignit Ty à son nouveau mini-van. Ty passa les premières minutes du trajet à vanter les fonctions de sécurité de la voiture avec d'innombrables détails insoutenables.

— Waouh, marmonna Alex.

— Je sais qu'elle n'est pas très belle à regarder, mais c'est la mieux classée au niveau de la sécurité par l'Institut d'Assurances de la sécurité des autoroutes.

— C'est très important pour une famille.

Ty sourit.

— Tu comprends, toi aussi.

C'était un de court trajet jusqu'au supermarché, alors Alex ne perdit pas de temps pour aller droit au but.

— Comment as-tu convaincu Charlotte de passer d'une simple relation à un mariage ?

— Facile, dit Ty avec un grand sourire, je l'ai mise enceinte.

C'était vrai. Mais ça ne l'aidait pas du tout. Alex n'avait pas l'intention de reprendre la voie de l'insouciance. L'idée de Lauren enceinte risquant de mourir lui donnait des sueurs froides. Il inspira profondément plusieurs fois.

— D'accord, remontons un peu dans le temps, dit Alex. Comment as-tu fait pour qu'elle passe de fâchée contre toi à folle de toi ?

Alex se souvenait de la première fois que Ty avait demandé à Charlotte de sortir avec lui. Ils étaient tous chez Garner's. Elle l'avait jeté, toujours énervée par quelque chose que Ty avait fait lors de leur première rencontre. Alex ne connaissait pas tous les détails.

— Pourquoi ? demanda Ty. Tu cherches à te caser avec quelqu'un ?

— Lauren.

— Elle est adorable. Tant mieux pour toi. Et Viv l'adore déjà.

— Je sais. J'ai vraiment merdé deux fois avec elle. J'ai clairement besoin d'une initiation aux rendez-vous galants.

— La troisième fois sera la bonne, plaisanta Ty.

— Qu'as-tu fait ? Des fleurs ? Des chocolats ?

Ty sourit.

— Alors voyons, je l'ai invitée à dîner, j'ai fait une danse de style stripteaser, je l'ai emmenée à dîner au coucher de soleil sur un yacht… tu sais comment cette soirée s'est terminée.

— Oui.

D'une façon ou d'une autre, Ty avait réussi à coincer le yacht dans la vase et ils avaient dû attendre la marée haute pendant des heures sans dîner. La police locale les avait sauvés.

Ty continua.

— Oui, bon, après ça, j'ai clarifié mes intentions et elle a été à moi, rien qu'à moi.

Alex réfléchit à cela. Il ne voyait pas comment cela pouvait s'appliquer à lui, pas même le fait de danser. Il savait seulement danser les slows et sauter sur la musique de *Princesse Kei-Kei et les Elfes*. Bon sang. Comment faisaient les autres célibataires pour avoir une vie sociale ? Il n'avait personne à qui demander.

— Pourquoi es-tu si maussade ? demanda Ty.

— Je sais pas.

— Écoute, au final, peu importe ce que tu fais.

— Ah bon ?

— Mais oui. Il te suffit de foncer tout droit avec de bonnes intentions. C'est quelque chose que j'ai tout de suite dit à Char. J'ai toujours de bonnes intentions, même si ça ne sort pas de la bonne manière. Les femmes sont très indulgentes si tu es sincère. Lauren me semble particulièrement du genre indulgent.

— Tu crois qu'il suffit de l'inviter à dîner ?

— Tout à fait. Sois sincère, fais-lui savoir qu'elle te plaît vraiment.

— Comment dois-je faire ça ?

Ty se pencha vers lui, attrapa le menton d'Alex et bougea sa mâchoire comme si c'était la marionnette d'un ventriloque.

— Tu me plais vraiment, Lauren.

Alex chassa sa main.

— Crétin.

— C'est vraiment aussi facile. Utilise tes propres mots.

Alex leva les yeux au ciel. Il avait déjà fait ça, en lâchant stupidement une proposition de mariage. C'était trop et trop vite. Pourtant, il avait l'impression qu'il ne lui restait plus beaucoup de temps. Comme si c'était urgent d'établir Lauren en tant que mère pour Viv. Putain. Son père avait raison. Il avait des problèmes par rapport à sa maman. Et Tammy. Pas étonnant que Lauren l'ait repoussé. Il était une épave.

Après un tour rapide dans la section fruits et légumes du supermarché pour prendre une tonne de légumes verts, ils rentrèrent à la maison. De nombreuses pensées tournaient en rond dans la tête d'Alex : Lauren, sa discussion avec son père, sa conversation avec Ty. À la moitié du trajet, il dit à son frère :

— Papa dit que j'ai des problèmes par rapport à maman.

— Ha ! N'est-ce pas notre cas à tous ? C'est ce qui arrive quand ta mère t'abandonne quand tu es petit.

Ty avait six ans quand elle était partie.

— Alors comment as-tu surmonté ça ? Je veux dire, tu sembles si heureux maintenant.

— Je le suis. J'ai simplement décidé qu'il n'y avait rien que je pouvais faire. Elle avait fait son choix. Nous avons de la famille autour de nous. Beaucoup de famille et nos frères honoraires.

Il marqua une pause.

— Tu le sais sûrement déjà, puisque tu as Viv, mais avoir ta propre famille, c'est comme une deuxième chance de vivre ce que c'est d'avoir une famille.

— Oui, mais Viv n'a pas de maman, alors ce n'est pas une vraie famille.

— Bien sûr que si. Tu crois que nous n'étions pas une vraie famille parce que nous n'avions que papa ?

Il inspira brusquement. Il n'avait jamais réfléchi aux choses sous cet angle.

— Non, tu as raison. Papa en a fait une vraie famille.

— Carrément. Mais ce que je voulais dire au sujet d'avoir une deuxième chance, c'est que tu as la possibilité de vivre la joie d'être un enfant au travers de Viv et que tu peux lui donner tout ce que tu aurais pu vouloir.

Il s'immobilisa. C'était exactement le problème. Il se voyait en Viv, sans mère, et il voulait lui donner ce qu'il avait tant voulu quand il était petit : une maman. Mais Viv n'avait jamais connu sa mère. Pas comme lui et ses frères et sa sœur. Il avait connu puis perdu sa mère. C'était douloureux. Aucune des situations n'était idéale pour lui ou pour Viv, mais Viv ne connaissait que lui en tant que parent principal. Était-ce possible que Viv n'éprouve pas du tout le manque d'une maman ? Non, impossible. Tout le monde avait besoin d'une mère. N'est-ce pas ?

Ty continua.

— Il me tarde que notre bébé…

Il s'interrompit et il pointa le ciel du doigt.

— Pas de livraison en avance, la cigogne, hein ?

Il n'écoutait plus lorsque Ty se lança dans toutes les nécessités d'une bonne nutrition prénatale. Alex murmura quelques 'ah', mais sinon il resta silencieux, sous le choc de constater qu'il avait projeté son propre désir de mère sur Viv. Il n'était toujours pas certain de ce que tout cela signifiait. De quoi Viv avait-elle vraiment besoin ?

Ty se gara devant la maison de leur père. Alex sortit de la voiture et des frissons lui parcoururent la colonne. Viv pleurait à gros sanglots interrompus par : 'Papa ! Papa ! Je veux papa !'

Son adrénaline monta en flèche et il courut à toute vitesse jusqu'au jardin. Il trouva son père assis avec Viv dans les bras. Lauren était là, agenouillée à côté de Viv en essayant de la réconforter.

— Viv, dit-il, mais elle ne l'entendit pas et ne le vit pas.

Elle avait les yeux fermés lorsqu'elle poussa un autre long cri.

— Papa !

— Elle ne voulait que toi, dit Lauren.

Il souleva Viv.

— Je suis là. Papa est là.

Il la colla contre son torse et lui frotta le dos. Ses sanglots étaient terribles, mais elle ne semblait pas avoir très mal.

— Qu'est-il arrivé ? demanda-t-il à son père.

Son père se leva et montra la tempe de Viv, qui avait un point rouge. Pas de gonflement.

— Elle s'est frappée avec la batte par accident pendant le tee-ball.

C'était une batte en plastique.

Le cœur d'Alex ralentit lorsque Viv se calma en reniflant. Il comprit qu'elle avait besoin de lui. Pas de Lauren. De lui. Il serra Viv contre lui avant de reculer la tête pour inspecter le point rouge.

— Pas de sang, lui dit-il. Tout va bien.

Elle fourra son pouce dans la bouche et elle se lova contre son torse. Contente.

Pourquoi essayait-il de forcer cette histoire de maman ? Viv se contentait de lui.

Il suffisait.

Il fit tomber un baiser sur le haut de la tête de Viv. Ils se suffisaient. Ils étaient une vraie famille.

18

———————

Le cœur de Lauren se serra en voyant le lien étroit existant entre Alex et Viv. Elle l'aima encore plus. Elle aurait préféré que ce ne soit pas le cas, mais voilà, à un moment donné elle était tombée amoureuse d'Alex. C'était sans doute arrivé la première fois qu'elle l'avait vu danser avec sa petite fille. Elle soupira et elle rejoignit Charlotte et Mad. Elles regardaient Ty et Logan qui semblaient en plein concours de celui qui faisait le plus de pompes. Park arbitrait. Josh et Joe étaient au grill.

Le regard de Lauren retourna vers Alex. Il était assis sur une chaise avec Viv maintenant, et il lui parlait d'un ton apaisant. Viv semblait être presque endormie, épuisée après toutes ses larmes.

— C'est tellement mignon, dit Charlotte en regardant Alex et Viv.

— Effectivement, dit Mad. Il a toujours été si bon avec elle.

— Il m'a demandé de l'épouser, chuchota Lauren.

— Quoi ? s'exclamèrent Mad et Charlotte, presque en chœur.

Lauren sentit ses yeux brûler et elle cligna rapidement des paupières en essayant de retenir ses larmes.

— Il veut que je sois la mère de Viv.

Cela ne faisait que trois jours depuis leur événement majeur de baise-rupture. Elle n'aurait jamais cru que sa première proposition en mariage lui ferait aussi mal. C'était la façon dont il l'avait fait. Tellement nonchalamment, presque comme une sorte de contrat. Du genre, sois la mère de Viv parce que nous sommes *compatibles*. Pas d'amour, de la compatibilité. Mais à présent la douleur dans les yeux d'Alex était bien pire, comme s'il souffrait à cause d'elle et de Tammy, essayant de se rapprocher de Lauren afin que l'une prenne la place de l'autre. Son estomac se retourna. Elle n'avait jamais voulu ajouter à la souffrance d'Alex.

Les yeux marron de Charlotte étaient écarquillés.

— Que lui as-tu dit ?

— J'ai dit non.

Lauren inspira profondément en tremblant.

— Il ne m'aime pas.

— Abruti, marmonna Mad.

Puis, en voyant le regard surpris de Lauren, elle ajouta :

— Pas toi. Lui. Tu veux que je lui botte le cul pour qu'il comprenne ?

— Non ! s'exclama Lauren.

Plusieurs têtes se tournèrent dans leur direction.

— Je vous dis ça en secret. S'il vous plaît, ne dites rien à personne.

— Mais je peux en parler à Park, non ? demanda Mad. C'est la règle des couples. On peut leur dire des choses sans que cela compte comme un déballage des secrets.

— Non ! aboya Lauren.

Charlotte détourna les yeux.

Lauren soupira. Elles allaient sans doute tout dire à leurs hommes, ce qui était mauvais, très, très mauvais. Cela reviendrait bien sûr aux oreilles d'Alex.

— Ce groupe est bien trop connecté.

— Désolée, dit Mad. Ce n'est pas de ma faute si vous n'arrêtez pas de tomber amoureuses de mes frères. Personne n'a dit qu'ils étaient doués pour les relations ou la romance ou quoi que ce soit.

Mad se tourna vers Charlotte.

— D'ailleurs, pourquoi es-tu tombée amoureuse de Ty ? Tu le détestais, avant.

Charlotte passa la main sur son ventre légèrement rebondi.

— Je ne l'ai jamais *détesté*. Il m'a juste énervée une fois. Mais maintenant il est adorable et tendre. Comment pouvais-je ne pas tomber amoureuse de lui ?

À ce moment-là, Ty tonna :

— La prochaine fois, petit chaton !

Puis il posa la main sur le visage de Logan et il le poussa. Logan chassa sa main.

Ty ricana et agita les doigts en le narguant.

— Tu veux refaire un tour avec moi ?

Logan partit parler avec Josh.

— Vas-tu continuer à travailler pour Alex ? demanda Mad à Lauren. J'imagine que la situation est devenue gênante depuis que tu as refusé sa proposition.

— Oui, bien sûr. J'ai dit que j'allais continuer.

Peu importe à quel point c'était difficile au niveau person-nel, elle savait qu'il avait besoin d'elle. Et elle adorait passer la journée avec Viv. Elle avait failli ne pas venir aujourd'hui, en se disant que cela l'aiderait de passer un long week-end sans Alex, mais elle n'avait pas pu refuser l'invitation chaleu-reuse de Joe. Ils étaient devenus amis.

— Tu es bien trop gentille, dit Mad. Rends les choses diffi-ciles pour lui. Fais-le travailler pour obtenir ce qu'il veut.

Charlotte secoua la tête.

— Pas aux dépens d'une enfant. Lauren fait le bon choix.

Elle posa un bras autour de l'épaule de Lauren et elle la serra.

— Tu es adorable.

— C'est tout moi, dit Lauren en soupirant.

— Alors laisse-moi résumer, dit Mad. Cela fait quoi, trois, quatre semaines que tu travailles pour lui...

— Trois et demi, dit Lauren.

Mad lui jeta un regard étrange.

— Trois et demi, d'accord. Et puis, sorti de nulle part, il te fait une demande en mariage.

Charlotte baissa la voix.

— Euh, Mad.

— Quoi ? demanda Mad.

Charlotte montra Lauren.

— Elle couche évidemment avec lui. Les hommes ne font pas de demande en mariage pour aucune raison.

Mad la regarda, dans l'expectative. Lauren devint écarlate.

Mad inclina la tête en étudiant Lauren.

— Ah. Intéressant.

Charlotte donna un coup de coude à Mad.

— Arrête de la mettre mal à l'aise.

Le regard de Lauren se posa encore sur Alex et Viv. Elle avait envie de les rejoindre, de faire partie de leur petite famille, mais elle devait finalement accepter avoir fermé cette porte en rejetant Alex. Ses yeux se mirent à brûler et elle se retourna vite vers ses amies.

Alex ne profita pas de la proposition de son père de garder Viv pendant le long week-end du quatre juillet. À la place, il passa les trois jours suivants avec Viv et les nuits tout seul. Pas exactement seul... avec Tammy. Il savait qu'il devait arrêter de regarder ses œuvres d'art tous les jours. Il fallait qu'il la laisse partir. Et la seule façon qu'il pensait pouvoir le faire, c'était en la donnant à Viv. Tammy lui avait donné Viv. Il allait donner Tammy à Viv. Il allait créer son cadeau maintenant et l'offrir à Viv quand elle serait assez grande pour comprendre.

La première nuit, une fois que Viv se fut endormie, il rassembla toutes les photos de famille qu'il avait sur son ordinateur, depuis le début de leur relation jusqu'à ses neuf mois de grossesse. Treize mois de souvenirs. Il supposait que sur le long terme, cela ne représentait pas beaucoup, mais sa vie avait changé si profondément à cause d'elle qu'il avait l'impression que cela faisait plus. Il téléchargea les fichiers sur un site de photos où il commanda un livre relié pour Viv, les images étant imprimées en haute résolution sur les pages. Tammy semblait si jeune. Elle avait seulement vingt-cinq ans quand elle était morte. Il en avait vingt-huit.

Quand ce fut fait, il copia les photos d'origine sur une clé USB, la posa sur son bureau et puis cliqua pour supprimer les photos de son ordinateur. Son adrénaline monta d'un seul coup, il se mit à transpirer et ses doigts tremblèrent. Non. Pas encore. Il laissa les photos sur son ordinateur et partit se coucher.

Le lendemain soir, il travailla sur sa respiration et se donna un discours d'encouragement. Il n'effaçait pas Tammy, il créait simplement quelque chose de nouveau. Quelque chose de tangible que Viv pourrait garder toute sa vie. Il ouvrit le dossier des œuvres d'art qu'il regardait quotidiennement, bien que cela ne lui faisait jamais du bien. Au contraire. Il téléchargea tout son travail sur le site de photos et réfléchit à ce qu'il devait en faire. Il y en avait trop pour un autre livre de photos. Il décida rapidement de se focaliser sur l'art qu'elle avait créé une fois qu'elle avait su qu'elle était enceinte. Vingt-six pièces en tout, ce qui n'était pas beaucoup, car elle avait été fatiguée par la grossesse et incapable de veiller tard très souvent pour créer. Il frotta son torse douloureux... autre chose qu'il avait enlevé à Tammy. Il se dit que c'était normal qu'elle soit fatiguée à cause de la grossesse et que ce n'était pas de sa faute, mais c'était difficile de repousser cette vieille culpabilité.

Il passa et repassa les neuf mois de ses œuvres d'art. Il les arrangea dans l'ordre sur le grand écran de l'ordinateur et il les fixa en essayant de les comprendre une dernière fois. Son regard se posa comme toujours sur la dernière œuvre qu'elle avait créée : la rose noire. La pression sur sa poitrine revint, lourde comme une main qui appuyait. Il ne pouvait pas respirer complètement. Cette œuvre le hantait. S'il arrivait à comprendre pourquoi elle l'avait créée, ce qu'elle signifiait, il pouvait passer à autre chose.

Il chercha 'rose noire' dans Google comme il l'avait déjà fait avant. Cela signifiait la mort et le deuil, ce qu'il savait. Comme il s'était promis d'arrêter de la regarder chaque jour, il continua, cliquant sur chaque résultat de recherche, cherchant désespérément à trouver une signification différente. Quelques minutes plus tard, il trouva quelque chose. Certaines personnes disaient que la rose noire était le symbole de l'anti autoritarisme, d'autres affirmaient que cela représentait un voyage dans des territoires inexplorés. Les deux correspondaient à Tammy. Elle était contre l'autorité, rebelle jusqu'aux os. Elle était également sur le point de découvrir un nouveau territoire en tant que mère. Était-ce cela ?

Il se sentit soudain terriblement fatigué. Il n'aurait jamais les réponses à ces questions, alors comment pouvait-il passer à autre chose ? Il se leva et il se traîna jusqu'au lit.

La troisième nuit fut celle de dimanche, plus le temps de déconner, il devait retourner à son propre travail et arrêter de se torturer avec les affaires de Tammy. Il décida de faire un livre avec les photos de sa grossesse et les œuvres d'art qu'elle avait créées chaque mois. Il espérait que Viv chérirait ce livre, en se voyant grandir en même temps que le travail de sa mère. Une partie de lui espérait que cela apporterait un peu de clarté. Il était une personne visuelle et il avait besoin d'assembler les pièces. Il travailla lentement, jusque tard dans la nuit, arrangeant les œuvres sur la page d'une façon qui permettait de passer de façon fluide d'une pièce à l'autre, d'une étape à la suivante. Il termina enfin et fixa la dernière double page : Tammy enceinte de neuf mois sur un côté, la rose noire de l'autre. Le contraste était si saisissant : la vie et la mort. Il laissa la rose noire toute seule sur une page et il fit passer la photo des neuf mois de grossesse à la fin. Il fixa son énorme ventre et la photo devint floue à cause de ses larmes, lorsqu'il se dit que Viv était là-dedans. Tammy était radieuse, souriant à la caméra. À lui. C'était la Saint-Patrick et il venait de lui donner une assiette de quatre cupcakes avec des trèfles en sucre vert sur un glaçage à la vanille de sa pâtisserie préférée. Elle avait un peu de sang irlandais en elle et elle s'était lamentée de ne pas pouvoir faire son tour des bars habituel. Il avait essayé de rendre la journée amusante en lui apportant les cupcakes.

Il s'essuya les yeux et il écrivit rapidement 'Saint-Patrick' et 'rose noire' dans le moteur de recherche de Google. Il retint sa respiration et cliqua sur un article du magazine *Rolling Stone* expliquant que la chanson 'Black Rose' de Thin Lizzy était la chanson de la Saint-Patrick parfaite.

Il laissa tomber la tête entre ses mains et éclata en sanglots. Bon sang. Il avait eu des pensées terribles tout ce temps… qu'elle attendait la mort, qu'elle disait au revoir, qu'elle haïssait le bébé. C'était juste une chanson. Une putain de chanson. Elle l'avait sûrement écoutée en créant cette dernière œuvre. Elle n'avait pas eu de pensées morbides. Sa mort l'avait prise par surprise, tout comme lui.

Longtemps après, il essuya ses larmes et il resta assis, épuisé. Elle n'avait pas haï le bébé et lui par extension. Elle avait traversé beaucoup de choses pour avoir Viv. Les nausées matinales, les doigts et les chevilles gonflées, les brûlures d'estomac, les nuits sans dormir, le dos douloureux, il avait tout entendu. Et puis l'accouchement. Elle avait voulu un accouchement naturel, comme elle l'avait dit de son ton sarcastique : 'afin de me rappeler de ne pas recommencer'. Mais peut-être avait-elle vraiment voulu faire l'expérience de tout cela parce qu'elle acceptait l'aventure.

Pour la première fois, il se sentit un peu en paix. L'article possédait un lien vers la chanson. Il cliqua dessus : de grosses guitares se métamorphosèrent en mélodie celte et clavier doux avant de revenir vers le rock. Les paroles et la mélodie étaient dures et parfois tendres. C'était Tammy : une carapace dure qui couvrait un ventre tendre. Il la comprenait enfin. Il n'avait pas besoin de continuer à regarder ses œuvres d'art tous les jours pour trouver des réponses. Au fond de lui, il sut tout ce qu'il avait besoin de savoir. Tammy l'avait aimé. Tammy aimait Viv.

L'aventure de Tammy s'était terminée, mais elle continuait encore d'une certaine façon à travers Viv. Il ajouta un titre au livre de photos : L'Aventure de Viv et Maman.

D'autres larmes coulèrent, puis il eut l'impression d'avoir terminé. Il avait les yeux irrités, les membres déliés, la pression sur sa poitrine avait disparu. Il commanda le livre de photos, transféra toutes ses œuvres d'art sur la clé USB, vérifia que tout s'y trouvait : les photos d'elle, toutes ses œuvres d'art, et il effaça enfin tout ce qui venait de Tammy de son ordinateur. Il poussa un long soupir, se leva, attrapa la clé USB et envoya une prière silencieuse de remerciement à Tammy pour Viv, ajouta être désolé qu'elle n'ait pas pu vivre pour la voir, et termina en lui disant au revoir.

— Au revoir, dit-il encore une fois, à voix haute cette fois, car il ne l'avait pas fait à l'enterrement.

Il avait été sous le choc.

Il se tourna et il partit dans sa chambre, où il rangea la clé USB dans la boîte à l'épreuve du feu posée sur la plus haute étagère de son armoire avec l'acte de naissance de Viv et d'autres papiers importants.

L'aube n'allait pas tarder. Inutile d'essayer de dormir. Viv allait se réveiller bientôt. Il se rendit dans la chambre de sa fille et il s'assit au bord de son lit en la regardant. Elle dormait sur le dos, les bras écartés. Il regarda la courbure de sa lèvre supérieure et la fossette de son menton qui lui venaient de Tammy, puis ses cheveux châtains et ses oreilles qui venaient de lui. Il eut encore les larmes aux yeux, mais il s'agissait de larmes de bonheur cette fois, car sa petite fille était le cadeau le plus précieux qu'il ait jamais reçu.

Le soleil se leva et il resta assis, le nouveau jour apportant un nouvel espoir. Il entendit son nom quelques instants plus tard.

— Papa ?

Il caressa ses cheveux vers l'arrière. Son petit rayon de soleil.

— Je suis là.

Elle s'assit et lui fit un câlin. Il la souleva et l'embrassa sur sa joue ronde.

— Je t'aime, Viv.

— Je t'aime, papa.

Il se leva avec Viv dans les bras.

— Préparons-nous pour la journée.

Lauren vint travailler chez Alex le lundi matin en ne sachant pas du tout comment elle allait être reçue. Il ne l'avait pas contactée au cours du long week-end, pas même par texto, et il avait été distant lorsqu'elle lui avait dit au revoir au barbecue familial du quatre juillet. Elle appuya sur la sonnette et lorsque la porte s'ouvrit, elle sentit son cœur se serrer. Il semblait tout fripé, comme s'il n'avait pas dormi de la nuit : il ne s'était pas rasé depuis plusieurs jours, ses yeux étaient vaseux et un peu gonflés. Avait-il pleuré ? Ou avait-il eu une autre nuit difficile avec Viv ?

— Alex, tu vas bien ?

— Oui, dit-il doucement. Je suis fatigué, mais ça va.

Elle le prit dans ses bras.

— Viv va bien ?

Il la serra contre lui.

— Elle va bien.

— Fuper ! Regarde-moi !

Alex s'écarta et se retourna. Ils regardèrent tous les deux Viv qui était sur le sol avec Dolly sur le dos, essayant de faire des pompes comme son père. Elle ne parvenait pas tout à fait à en faire une sans que Dolly glisse de son dos. Elle attrapait alors sa poupée, la remettait en place et réessayait.

— Waouh, quelle fille super forte, dit Alex.

Il l'aida à garder Dolly sur son dos.

— Je tiens Dolly. Je veux t'entendre compter.

Viv fit sa version d'une pompe, les fesses en l'air.

— Un, deux, trois ! compta-t-elle pour la première.

— Cinq, sept, huit ! compta-t-elle pour la deuxième.

— Neuf, dix !

Elle en fit une troisième et se laissa tomber par terre.

— Waouh ! s'exclama Lauren. Tu vas être en forme comme ton père.

Viv se leva en rayonnant.

— Maintenant, je veux voir des abdos, dit Alex en sortant le tapis pour elle.

— Princesse Kei-Kei ! cria Viv.

Alex sourit et démarra la musique. Viv commença à faire avec sa poupée toute la routine qu'Alex faisait en général avec elle.

Il prit la main de Lauren et la guida un peu plus loin, où ils pouvaient toujours voir Viv, mais où la musique était un peu moins forte.

— Tu as l'air épuisé, dit Lauren. Tu veux faire la sieste pendant que je la garde ?

— Oui, mais pas tout de suite. Je suis resté debout toute la nuit. J'ai fait un livre photo des œuvres d'art de Tammy avec des photos d'elle pour Viv.

— C'est vraiment bien. Je suis certaine qu'elle appréciera cela quand elle sera plus grande.

Elle lui serra la main et lui jeta un regard compatissant.

— Ça a dû être difficile pour toi.

Il hocha la tête.

— C'était difficile. Mais bien aussi. Ça m'a aidé à trouver un peu de paix.

— Tant mieux.

Ils restèrent silencieux pendant un moment en regardant Viv soulever Dolly au-dessus de sa tête comme un haltère. Elle jeta un coup d'œil à Alex et elle le fit sourire.

— Apparemment, elle est attentive à ce que je fais, dit-il.

— Bien sûr, elle le faisait avec toi.

Il se tourna vers elle.

— Je regardais tous les jours les œuvres de Tammy sur mon ordinateur. Je cherchais de fichues réponses tous les jours. Hier soir, j'ai tout effacé. J'ai dit au revoir.

Elle écarquilla les yeux avec inquiétude.

— Tu l'as effacé ? Ça me parait…

— Non, ça va. J'en ai fait un livre photo et j'ai tout sauvegardé ailleurs. J'essaie juste de dire que je passe à autre chose. Et j'espère que cela signifie que je pourrais avancer avec toi.

Il la regarda dans les yeux. Son regard sombre était si fatigué, si vaseux, mais aussi paisible. En fait, toute son attitude avait changé, il était passé d'intense à complètement détendu.

Elle avala la boule dans sa gorge et elle le serra encore dans ses bras. Pas parce qu'elle ressentait de la compassion pour lui. C'était parce qu'elle avait besoin de sentir ses bras forts autour d'elle. Il lui avait manqué depuis leur dispute la semaine précédente.

— Moi aussi, j'aimerais ça, chuchota-t-elle.

Il posa la main derrière sa tête et elle le sentit pousser un long soupir.

— Bien.

Elle le heurta lorsque Viv se joignit à leur câlin, en se jetant sur les jambes de Lauren.

— Câlin de groupe, dit-elle en riant.

— Et la fête de Kei-Kei, alors ? demanda Alex en regardant Viv.

— Câlin, câlin ! cria Viv.

Lauren se pencha et la souleva avant de la tendre à Alex. Viv se tourna et passa un bras autour du cou de Lauren également. Elle sourit, embrassa Viv sur la joue et se tourna vers Alex qui souriait à travers ses larmes. Et puis des larmes coulèrent également des yeux de Lauren, car elle savait qu'il était entièrement présent... avec son corps, son cœur et son âme.

La chanson des elfes heureux continuait de plus belle et Viv gigota pour descendre, alors ils la laissèrent repartir à sa fête.

Et puis ils s'embrassèrent et ils pleurèrent des larmes de bonheur et rien n'avait jamais été aussi parfait.

19

———

Et c'est ainsi que commença ce que Lauren aimait considérer comme la cour officielle d'Alex. Chaque après-midi lorsqu'elle rentrait chez lui après sa sortie avec Viv, Alex lui donnait une rose rouge. Elle la plaçait chez lui dans un grand verre qu'elle laissait près de la fenêtre de la cuisine afin de pouvoir l'admirer. De toute façon, elle passait la plus grande partie de son temps chez lui. Le vendredi après-midi, elle avait déjà quatre roses qui s'épanouissaient en ouvrant leurs pétales au soleil.

— Aimerais-tu dîner avec moi demain soir ? demanda Alex.

Elle sourit intérieurement et elle se détourna des roses pour le regarder dans les yeux, sentant sa sincérité jusqu'au bout des orteils. Elle profita du moment. Ils étaient déjà sortis ensemble avant, et ils s'étaient même rendus ensemble à l'anniversaire surprise de Hailey la veille au soir, mais ceci était différent, comme leur premier rendez-vous depuis qu'Alex avait rouvert son cœur.

— Oui, dit-elle en lui faisant un grand sourire.

Il sourit à son tour, la joie illuminant son beau visage.

— Oui ! imita Viv en attrapant la jambe d'Alex.

Alex baissa la tête vers Viv en posant une main sur sa tête.

— Toi, tu vas rendre visite à Papy demain soir et tu

mangeras de la pizza. Lauren et moi nous allons dans un restaurant qui est réservé aux adultes.

Viv accepta cela de façon typique, en sautant sur place et en criant 'Pizza !'

Le lendemain soir, Alex se présenta chez elle avec une autre rose.

Elle l'attira dans son appartement, la rose toujours serrée dans sa main.

— Alex ?

— Oui ?

Elle sourit et dit d'une voix espiègle :

— Je commence à avoir l'impression que tu as fait un tableau de récompenses pour moi, mais au lieu d'avoir des bons points, j'obtiens une rose pour chaque journée que je passe avec toi.

Il la regarda avec des yeux tendres et chaleureux.

— Ce n'est pas un tableau de récompenses, dit-il d'une voix rendue rauque par l'émotion. J'essaie de faire naître l'amour.

— Est-ce que tu te moques de moi ? chuchota-t-elle.

Il secoua la tête, complètement sincère.

— Je t'aime, Lauren.

— Je t'aime aussi !

Elle laissa tomber la fleur, jeta les bras autour de son cou et l'embrassa passionnément.

L'instant d'après, il la coinça contre le mur, collant sa bouche sur la sienne, ses parties dures appuyant contre les courbes douces de Lauren. Ce qui était exactement ce qu'elle voulait.

Ce soir était le grand soir. C'était l'anniversaire de leurs deux mois et Alex allait faire sa demande. Lauren comptait que cela faisait deux mois depuis leur premier baiser et il était d'accord, car, même s'ils avaient eu quelques séparations, Lauren l'avait aimé à travers tout. Il n'arrivait toujours pas à croire qu'il avait eu la chance de trouver la bonne personne à la fois pour lui et pour Viv. Mais bon sang, il avait presque perdu Lauren en essayant d'ouvrir son cœur. Il avait été retenu par sa propre crainte de souffrir, mais il avait fini par le faire et il se sentait beaucoup mieux. C'était même mieux que cela. Il se sentait vraiment en vie et si plein d'amour qu'il croyait que son cœur allait éclater. Cela atteignait des niveaux ridicules, comme de danser sous les étoiles, de chanter sur les toits son amour pour Lauren.

Mais d'abord il devait faire quelque chose d'important pour Viv. Il la laissa regarder quelques dessins animés du samedi matin en préparant le tout. Il avait encadré une photo de Tammy : celle où elle était enceinte de neuf mois avec les cupcakes de la Saint-Patrick qui lui avaient enfin donné les réponses qu'il cherchait. Il l'accrocha maintenant dans le couloir menant aux chambres. Puis il accrocha à côté une photo de leur petite famille, de Viv et lui à Noël dernier.

Lorsque l'émission de Viv fut terminée, quelque chose au sujet de petits chiots, il éteignit la télé et il la souleva.

— J'ai quelque chose de spécial à te montrer.

Il la porta jusqu'à la photo et il la montra du doigt.

— C'est ta maman.

Viv fixa la photo avec de grands yeux.

— Et c'est toi dans son ventre. Plus tard, quand tu es née, j'ai été tellement heureux. Je t'aime, mon bébé.

Viv bouda.

— Pas un bébé. Grande fille.

Elle ne portait plus de couches – énorme bravo à Lauren qui avait réussi à faire cela – et elle était extrêmement fière de son statut de grande fille.

— Grande fille. Je t'aime, Viv.

— Je t'aime, papa.

Viv toucha la photo.

— Dodo pour toujours ?

— Oui. Elle dort pour toujours au paradis.

— Réveille-toi !

— Non, dit-il doucement. Elle est avec les anges maintenant. Mais nous pouvons dire bonjour de temps en temps. Bonjour, maman.

— Bonjour.

— Où nous pouvons lui dire des choses quand nous en avons envie. Comme, devine quoi ? J'ai une nouvelle amie qui s'appelle Kaitlin.

— Fuper.

— Bien sûr. Tu peux lui parler de Super L.

Il passa à la photo suivante.

— Et ça, c'est notre famille. Toi et moi.

— Oui. J'ai faim.

Et voilà qui résumait bien une enfant de deux ans. Super ! Ensuite ?

Il la porta jusqu'à la cuisine.

— Je sais que tu es une fille intelligente qui connaît beaucoup plus de mots. Dis : 'j'ai faim. Puis-je manger s'il te plaît ?'

Elle le serra autour du cou.

— S'il te plaît, papa ! S'il te plaît !

— Puis-je manger s'il te plaît ?

Elle lâcha son cou et le regarda dans les yeux.

— Oui !

— Dis : 'puis-je manger s'il te plaît ?'

— Puis-ze manger, s'il te plaît ! exigea-t-elle.

— Dis-le plus gentiment, je te prie. Puis-je manger s'il te plaît ?

Viv souffla et regarda le plafond. C'était bien la fille de Tammy. Un véritable trait de rebelle, même si Tammy avait des raisons légitimes de se rebeller. Il attendit patiemment.

— Puis-je goûter s'il te plaît, papa ? demanda Viv d'un ton adorable en zozotant.

— Oui. Des raisins secs ou du yaourt ?

— Yaourt !

Il la posa par terre.

— Attrape les serviettes. J'apporte le yaourt.

Ils passèrent une bonne journée tous les deux. Mais il espérait de toutes ses forces que ce soir, Lauren dirait oui et vivrait pour toujours avec eux.

Ce soir-là, après avoir déposé Viv chez son père, il passa chercher Lauren à son appartement. Ils allaient au restaurant, où il avait l'intention de faire sa demande, et puis ils iraient chez Garner's pour la fête de retour de son frère honoraire Zach.

Elle ouvrit la porte, vêtue de sa jolie robe bleue avec un

adorable sourire séducteur sur le visage. Il lui donna une douzaine de roses rouges.

— Merci, dit-elle. Je ne porte pas de culotte.

Il parvint à rester sérieux et il entra chez elle.

— Franchement, Lauren, je suis choqué.

Elle fronça les sourcils.

— Vraiment ?

— Me voilà sur le point de déclarer mon amour avec la plus grande sincérité et tu essaies de transformer cela en quelque chose de cochon…

Il la fit reculer contre la porte et la coinça en appuyant son corps contre toute sa douceur avant de baisser la tête et de frôler ses lèvres avec les siennes.

—… Quelque chose de cochon et *d'excitant*.

Elle soupira en passant les bras autour de son cou.

Il s'écarta juste assez pour la regarder dans les yeux.

— Je t'aime de tout mon cœur. Je n'ai encore jamais ressenti cela avec quelqu'un d'autre.

— Moi aussi, je t'aime. Tellement.

Et puis il ne put s'en empêcher et il transforma cela en quelque chose de cochon et d'excitant, lui aussi. Il se laissa tomber à genoux et il humecta ses lèvres.

Elle le fixa, le regard plein de désir, ce qui était exactement ce qu'il voulait.

— Lauren, veux-tu m'épouser ?

Elle cligna des paupières.

— Quoi ?

Il sortit la bague en diamant de sa poche et il la lui tendit. C'était un simple anneau en or avec un diamant rond. Classique, élégant et magnifique. Comme Lauren.

Sa mâchoire tomba. Il apprécia sa surprise et il espérait vraiment que cela signifiait qu'elle était d'accord.

Il parla avec son cœur, avec des mots crus, d'une voix rauque et la gorge serrée.

— Je sais que Viv et moi nous nous en sortirons tous les deux. Tu serais un bonus. Tu n'es pas obligée de remplacer qui que ce soit. Mais je t'aime vraiment et Viv t'aime vraiment et j'espère juste…

— Oui !

Il poussa un cri et glissa la bague à son doigt. Lauren se

laissa tomber à genoux et le serra dans ses bras. Il fit de même et il l'embrassa dans les cheveux, submergé d'émotion, les yeux pleins de larmes.

Lauren recula et le regarda, des larmes coulant sur ses joues.

— Je sais que je ne pourrais jamais remplacer la maman de Viv, mais je t'aime et j'aime Viv. J'adorerais mêler ma vie à la vôtre.

Il prit son visage entre les mains.

— La nôtre. Maintenant, c'est la nôtre. Pour le restant de nos vies.

Elle hocha la tête en pleurant toujours. Il essuya ses larmes et il l'embrassa. Et puis il voulut davantage, alors il se leva et il la tira avec lui dans sa chambre. Le dîner fut oublié.

Une fois là, il enleva sa robe et il l'admira longuement.

— Tellement belle.

Elle tira sur son T-shirt et il le retira. Ils se jetèrent l'un contre l'autre, les bouches affamées, les mains avides de toucher la peau. Il s'écarta assez longtemps pour qu'ils se déshabillent tous les deux. Il enfila un préservatif et ils tombèrent dans le lit. Il roula sur elle, se hissa au-dessus et regarda ses yeux verts embués de désir et d'amour. Il entrelaça leurs doigts, les enfonçant doucement dans le matelas lorsqu'il la pénétra lentement. Elle souleva les hanches pour le rejoindre, faisant passer ses jambes autour de sa taille. Serré. Chaud. Humide. La perfection.

Il garda les yeux ouverts, la fixant en lui faisant l'amour, grimpant de plus en plus haut, les petits bruits qu'elle faisait l'encourageant à continuer. Et puis il le sentit : ce lien de leurs âmes. Il le traversa comme un éclair de compréhension. Elle était à lui. Il était à elle.

Il frotta ses lèvres contre les siennes.

— Je le sens.

Elle sourit.

— Moi aussi. Le corps, le cœur et l'âme.

— Oui.

Et puis il n'y eut plus de mots. Il essaya de ne pas aller trop vite, mais Lauren l'encouragea avec des mots cochons et son corps serré et brûlant qui s'arquait vers lui, se serrait autour de lui. Il lui fit faire un tour exaltant qui les fit tous deux crier de plaisir avant de se laisser tomber sur le matelas.

Il roula sur le côté et la prit dans ses bras. Comme toujours, elle le serra aussi contre elle. Ils étaient aussi proches qu'il était possible de l'être.

20

Lauren s'habilla, rafraîchit son maquillage et se brossa les cheveux en espérant ne pas avoir trop l'air d'une femme qui venait de se faire admirablement baiser. Ils devaient encore se rendre chez Garner's pour la fête de retour de Zach. Elle passa dans la chambre où Alex était encore allongé sur le lit, nu, les mains jointes derrière la tête.

— Pourquoi n'es-tu pas habillé ? demanda-t-elle.

Il lui fit signe de venir avec le doigt.

Elle secoua la tête et fit un pas en arrière.

Il s'assit.

— Ne m'oblige pas à venir te chercher.

Un frisson d'anticipation lui parcourut le dos.

— Nous allons être en retard.

Viens me chercher.

Il posa les pieds sur le sol.

— Les gens qui viennent de se fiancer sont toujours en retard.

— Ce n'est pas vrai.

Elle recula vers la porte.

— C'est impoli, ajouta-t-elle.

Viens me chercher.

Il se leva, un regard de prédateur dans les yeux et plus bas, une érection qui montait rapidement. Elle le fixa un moment, surprise qu'il soit si vite prêt pour un deuxième tour. Il se jeta brusquement vers elle et elle sursauta en poussant un petit cri. Puis elle tourna les talons et courut de l'autre côté du lit pour qu'il ait davantage la place de la poursuivre.

Il l'attrapa facilement, la prenant par la taille.

— Je n'en ai pas encore terminé avec toi, ma belle.

Il l'embrassa le long du cou et elle inclina la tête pour lui faciliter l'accès.

— Malheureusement, nous devons aller à une fête. Je ne peux pas la rater. Cela fait des années que Zach n'est pas rentré.

Il commença à marcher avec elle vers la salle de bains, un bras autour de sa taille, le dos de Lauren collé contre son torse.

— Sexe sous la douche, café, et nous nous mettrons en route.

— D'accord, mais il faut que ce soit du sexe féroce et brutal d'alpha, pas le temps pour les cajoleries.

— Oui, mon ange.

Lorsqu'ils arrivèrent chez Garner's, la fête battait déjà son plein. Alex et elle allèrent d'abord saluer Zach, un grand homme mince d'une trentaine d'années avec d'épais cheveux bruns et une barbe. Il était réservé et étonnamment silencieux quand on voyait comment les autres le chahutaient.

Peu de temps après, Lauren reprit des forces après avoir mangé quelques hors-d'œuvre chauds, entourée une nouvelle fois par ses amies. Carrie était toute maquillée et magnifique avec une jolie robe portefeuille mauve au col en V qui moulait bien ses courbes. Et elle ne portait pas de lunettes ! Ses traits délicats étaient soudain visibles avec ses grands yeux bleus et son petit nez mignon.

— Tu as mis des lentilles ? demanda Lauren.

— Oui, dit Carrie. Et une nouvelle robe. Je suis toute prête.

Elle observa la pièce remplie d'hommes célibataires. Lauren se retint de l'avertir contre certains hommes et à la place, elle dit :

— Tu es magnifique.

— Merci ! Toi aussi !

Carrie se retourna brusquement et attrapa la main de Lauren.

— Oh mon Dieu ! Vous vous êtes fiancés ?

Alex glissa un bras autour des épaules de Lauren et sourit.

— Tout à fait.

Lauren rayonna.

— Je suis tellement heureuse.

— Tu es lumineuse ! s'exclama Hailey. Félicitations à tous les deux !

Toutes les femmes s'exclamèrent en voyant Lauren resplendissante, et elles les félicitèrent.

— Merci, dit Lauren en se tournant vers Alex. Il a fait naître l'amour.

Ses amies firent des 'oh' et des 'ah', sauf Mad, qui enfonça un doigt dans sa gorge comme pour se faire vomir.

— On dirait que mon plan a fonctionné ! déclara Hailey. Qui est la suivante pour mon service Faites Naître l'Amour ?

— C'est un vrai service, dit Alex en gardant un visage sérieux. Il y a une marque déposée et tout.

Lauren hocha la tête avec sérieux. Alex et elle se regardèrent comme de gros bêtas amoureux.

Étonnamment, personne ne se porta volontaire pour le service de Hailey. Celle-ci fronça les sourcils et examina tour à tour les femmes célibataires qui s'agitèrent, mal à l'aise.

Ethan vint saluer Alex, apprit la bonne nouvelle et les félicita tous les deux.

— On dirait que Viv t'a libéré pour bon comportement, dit Ethan en faisant un clin d'œil. Profite de ta liberté.

Humour de flic. Il montra le bar où quelques-uns des garçons trinquaient à Zach.

— Il est enfin revenu du *no man's land*.

— Le *no man's land*, dit Carrie doucement, les yeux brillants.

Puis elle ajouta :

— Attends, tu veux dire la prison ?

Ethan la regarda, apparemment surpris par cette question.

— Non.

— Mais est-il rebelle ? insista Carrie dont la voix monta avec son excitation.

— C'est peu de le dire, dit Ethan en échangeant un regard avec Alex.

— Euh, Carrie... commença Lauren en posant une main sur le bras de Carrie pour la retenir.

Son amie avait juré de se trouver un bad boy malgré les avertissements répétés de Lauren.

Ethan continua.

— Il a un passé compliqué, mais n'est-ce pas notre cas à tous ?

Carrie poussa un petit cri.

— Il s'est remis dans le droit chemin, dit Alex.

Ethan haussa une épaule.

— Plus ou moins.

Carrie se dégagea du bras de Lauren et marcha tout droit vers Zach avant de lui dire quelque chose qui le poussa à la regarder d'un air spéculateur. Puis un sourire s'étala lentement sur son beau visage.

Lauren se tourna vers Alex.

— Dois-je aller là-bas ?

Alex l'embrassa sur la tempe.

— Elle est en de bonnes mains.

Lauren soupira

— C'est bien ce que je crains.

ÉPILOGUE

— Lorsque deux personnes s'aiment beaucoup, elles veulent être très proches.

Alex jeta un regard noir à Lauren parce qu'elle se moquait silencieusement de son explication du mariage à Viv. Il avait conscience que cela commençait à ressembler à la conversation sur les fleurs et les abeilles. Il savait aussi très bien que le lendemain, Lauren allait emménager chez lui avec toutes ses affaires. C'était la fin du mois d'août et il voulait qu'elle soit installée avant de commencer la nouvelle année scolaire. Ils avaient prévu de se marier en octobre. Il se serait contenté d'un mariage rapide à la mairie, mais Lauren avait d'autres idées – le genre de mariage dont elle rêvait depuis qu'elle était petite. Ils se mariaient donc en octobre à Ludbury House avec Hailey faisant office de témoin et d'organisatrice du mariage. Il ne se souciait que du bonheur de Lauren. Et de Viv. Son cœur se pinça douloureusement, la gorge serrée, les yeux brûlants. Il lui était impossible de contenir le profond puits d'émotions depuis qu'il s'était ouvert, et il ne voulait pas qu'il en soit autrement pour les deux personnes qu'il préférait au monde.

Viv hocha solennellement la tête depuis son perchoir sur le canapé, apparemment consciente qu'une annonce majeure allait arriver. Ses couettes étaient de travers, son T-shirt rouge était dedans dehors – elle avait insisté pour s'habiller toute seule ce matin-là –et son legging bleu était remonté d'un côté. Ses chaussettes étaient blanches avec des taches d'herbe parce qu'elle avait couru dans le jardin une fois précédente. Il avait abandonné l'idée de garder ses chaussettes toutes blanches. Mais bon sang, il n'allait jamais oublier à quel point elle était mignonne pour cette occasion capitale.

Lauren et lui se tenaient ensemble devant Viv, essentiellement parce que Lauren cachait un cadeau dans son dos. Il passa un bras autour de Lauren.

— J'aime beaucoup Lauren.

— Fuper, dit Viv.

— Oui, Fuper, dit Alex. Euh, Super, je veux dire.

Lauren intervint.

— Et moi aussi, j'aime beaucoup ton papa. Nous allons nous marier.

Viv inclina la tête sur le côté.

—Mayer ?

— Oui, dit Alex. Ça signifie que nous nous promettons de nous aimer pour toujours. Et de t'aimer aussi.

— Je t'aime, Viv, dit Lauren avec un grand sourire.

— Moi aussi, je t'aime, dit Alex à sa fille malgré la boule dans sa gorge.

Viv hocha la tête et elle s'occupa en retirant sa chaussette.

Lauren continua.

— Nous allons être une famille. Je vais vivre ici avec toi et m'occuper de toi. Tu peux m'appeler Super L ou maman, comme tu préfères.

Viv jeta la chaussette derrière elle. Elle heurta la grande fenêtre et tomba derrière le canapé. Alex se retint d'interrompre le jet de chaussettes de Viv, car Lauren s'approchait de Viv avec le cadeau.

— Je t'ai acheté un cadeau parce que tu es ma nouvelle fille, dit Lauren en s'asseyant à côté de Viv avec une grande boîte plate couverte de papier rouge écarlate et d'un nœud doré.

Viv retira son autre chaussette, la laissa tomber et accepta le cadeau.

— Merci !

Lauren sourit.

— Avec plaisir. Vas-y, tu peux…

Viv n'eut pas besoin d'encouragements. Elle déchiqueta le papier. Quel bazar. Lauren l'aida à soulever le couvercle de la boîte et à en sortir la tiare et la robe.

La mâchoire de Viv tomba et elle écarquilla ses grands yeux marron.

— Princesse Kei-Kei ! cria-t-elle.

La robe était hideuse et c'était entièrement l'idée de Lauren. Le haut était en satin rose avec des manches bouffantes, d'énormes nœuds verts fluo sur les épaules et la taille, et le bas était un tutu rose couvert d'un motif d'elfes vert fluo très laids – ils ressemblaient davantage à des trolls. Il y avait également une tiare argentée avec des brillants et une image de Kei-Kei et du chef des elfes au centre.

Il regarda Lauren aider Viv à enfiler la robe par-dessus son T-shirt et son legging. Puis elle ajouta la tiare. Viv se plaça au milieu du salon et tourna plusieurs fois sur elle-même, en laissant la robe tourbillonner.

— Fabuleux ! déclara Lauren.

— Papa !

— Fantastique, dit-il avec autant d'enthousiasme que possible.

Il espérait que cette robe soit strictement réservée à la maison. Il ne voulait vraiment pas sortir avec elle dans cette tenue ou aller ainsi à sa nouvelle école le mois prochain.

— On fait la fête ! cria Viv en sautant sur place.

— Pas encore, dit-il. J'ai un cadeau que je voudrais que tu donnes à Lauren. Viens.

Il partit devant et elle le suivit jusqu'à son studio. Au cours des dernières semaines, il avait demandé à Lauren de poser avec Viv afin qu'il puisse les dessiner. Ce n'était pas facile avec une petite de deux ans qui s'agitait et qui gloussait, mais après plusieurs séances, il avait enfin capturé leur ressemblance. Alex avait ajouté un autoportrait et il avait transformé le dessin en peinture numérique qu'il avait imprimée sur une toile en haute résolution. Il avait attaché un gros ruban rouge autour avec un joli nœud.

— Aide-moi à le porter, dit-il à Viv.

Ils prirent tous les deux un côté, même si ce n'était pas lourd. Il voulait seulement qu'elle participe.

Lorsqu'ils arrivèrent au salon, Viv perdit patience, lâcha

son côté et courut vers Lauren en grimpant à côté d'elle sur le canapé.

— Cadeau !

Alex le tendit à Lauren.

— C'est un cadeau de mariage en avance de la part de nous deux.

— Oh, Alex ! J'adore ! s'exclama Lauren en retirant le ruban.

Elle se tourna vers Viv qui était appuyée contre elle.

— Merci beaucoup pour cette peinture magnifique ! Qui est cette famille ?

— Famille ! s'exclama Viv joyeusement en les montrant tour à tour.

— Maman, papa, Viv.

— Exactement, lui dit Alex.

— Deux mamans ! s'exclama Viv.

Lauren sourit.

— Comme tu es intelligente.

Elle tapota Viv sur le nez.

— Et tu as de la chance d'avoir deux mamans.

— Enfin, pas en même temps, marmonna Alex.

Il se voyait déjà devoir expliquer cela très bientôt, car Viv allait le répéter à tous ses nouveaux amis de la maternelle. Il s'en occuperait le moment venu.

Lauren devait vraiment avoir aimé le portrait, car une semaine plus tard, elle avait transféré l'image sur une couverture, deux tasses et un porte-clés. Il se dit que cela figurerait sans doute également sur leurs cartes de Noël.

Bien sûr, l'original fut accroché dans le couloir à côté des autres photos de famille : Tammy, Alex et Viv, et eux trois. Toutes les différentes familles de Viv. Un jour, dans un futur assez proche, elle aurait un petit frère ou une petite sœur… c'était le plan après leur anniversaire de mariage. Il avait déjà averti Lauren que bien qu'il soit content d'être papa, il allait sûrement être un mari trop protecteur et – légèrement – irritant pendant sa grossesse à cause de ce qui était arrivé à Tammy. Il s'attendait également à s'évanouir pendant la naissance. Lauren assura qu'elle ne s'attendait pas à autre chose de la part de son alpha adorable et elle déclara que c'était attendrissant. Elle ajouta qu'elle pourrait faire venir une personne en soutien lors de l'accouchement pour tous les deux. Son acceptation et sa compréhension le touchèrent profondément. Elle était son âme sœur, l'unique personne parfaite pour lui, celle qu'il avait longtemps cru ne pas exister. Il n'arrivait toujours pas à croire qu'il avait eu la chance de la trouver.

Deux mois plus tard, ils se marièrent.

Lauren fut la plus belle mariée qu'il ait jamais vue dans une robe blanche qui ressemblait à ce que pourrait porter une princesse.

Son autre princesse portait sa robe de Kei-Kei et les elfes. Évidemment.

Chères lectrices, chers lecteurs,

Que faudra-t-il pour que Josh et Hailey quittent le ring de boxe et deviennent amis ? Peut-être un petit coup de poignard discret jusqu'au cœur ? Si seulement ils baissaient assez longtemps leurs défenses ! Pour l'instant, Hailey est trop occupée avec la sage Carrie qui a l'intention de se trouver un bad boy pour flirter. L'histoire suivante est celle de Carrie et Zach, *Erreur sur le bad boy*, le tome cinq de la série du Club de Lecture Happy End. Rejoignez le club et réclamez votre happy end !

Erreur sur le bad boy (Club de Lecture Happy End, Tome 5)

Dès que l'infirmière sage Carrie Young aperçoit le bad boy Zach Harrison avec ses cheveux fous, sa barbe fournie et ses paupières tombantes, elle sait qu'il est exactement ce dont elle a besoin pour surmonter toutes ces années gâchées par un ex coincé et autoritaire. L'heure de la séduction a sonné !

Sauf que... le lendemain matin, le bad boy ne disparaît pas après avoir eu ce qu'il voulait et il prépare le petit-déjeuner ! Quoi ? S'est-elle trompée avec cette histoire de bad boy ?

Zach n'est pas idiot. Il sait reconnaître une bonne chose qui lui tombe dessus. Et si cela signifie qu'il doit faire semblant d'être un bad boy, il est partant. Il se dit qu'un petit jeu de rôle ne peut pas faire de mal. En outre, son travail d'anthropologue l'oblige à partir bientôt. Il se destine à une vie de loup solitaire – près de l'action, mais jamais empêtré dedans – parfaite pour sa carrière et pour détruire toutes les relations. En attendant, une fille coquine a besoin d'un bad boy et il veut lui faire plaisir.

Inscrivez-vous à ma newsletter afin de ne rater aucune de mes nouvelles publications: Kyliegilmore.com / FRnewsletter

DU MÊME AUTEUR

La série Clover Park

The Opposite of Wild (Book 1)

Daisy Does It All (Book 2)

Bad Taste in Men (Book 3)

Kissing Santa (Book 4)

Restless Harmony (Book 5)

Not My Romeo (Book 6)

Rev Me Up (Book 7)

An Ambitious Engagement (Book 8)

Clutch Player (Book 9)

A Tempting Friendship (Book 10)

La série Clover Park STUDS

Almost Over It (Book 1)

Almost Married (Book 2)

Almost Fate (Book 3)

Almost in Love (Book 4)

Almost Romance (Book 5)

Almost Hitched (Book 6)

La série du Club de Lecture Happy End

Hollywood incognito (Tome 1)

Au-devant des ennuis (Tome 2)

Même pas cap (Tome 3)

Entente formelle (Tome 4)

Erreur sur le bad boy (Tome 5)

Joue avec moi (Tome 6)

Résister au destin (Tome 7)

À PROPOS DE L'AUTEUR

Kylie Gilmore est l'auteur de best-sellers sur la liste de *USA Today* de la série du Club de Lecture Happy End, la série Clover Park et la série Clover Park STUDS. Elle écrit des romances comiques qui vous feront rire, vous feront pleurer et vous donneront un coup de chaud.

Kylie vit à New York avec sa famille, deux chats et un chien complètement fou. Quand elle n'est pas en train d'écrire, de courir après ses enfants ou de prendre des notes lors de conférences sur l'écriture, vous la trouverez sur la pointe des pieds, cherchant à atteindre sa cachette secrète de chocolat tout en haut du placard.